飞灰

[德]莫妮卡·马龙——著

潘璐——译

Monika Maron

Flugasche

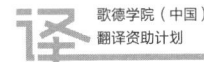
歌德学院（中国）
翻译资助计划

著作权合同登记号 核字 01-2016-7377

Originally published as: "Flugasche"
© S. Fischer Verlag GmbH, Frankfurt am Main. 1981
The translation of this work was financed by
the Goethe-Institut China
本书获得歌德学院（中国）全额翻译资助

图书在版编目（CIP）数据

飞灰/（德）莫妮卡·马龙著；潘璐译.—北京：人民文学出版社，2016
ISBN 978-7-02-012133-5

Ⅰ．①飞… Ⅱ．①莫… ②潘… Ⅲ．①长篇小说－德国－现代 Ⅳ．① I516.45

中国版本图书馆CIP数据核字（2016）第248820号

选题策划：雅众文化
特约策划：曹雪峰
责任编辑：张海香
特约编辑：陈艺恒
装帧设计：鲁明静

飞灰

［德］莫妮卡·马龙 著
潘璐 译
人民文学出版社出版
（100705 北京市朝内大街166号）
山东临沂新华印刷物流集团有限责任公司印刷 新华书店经销
字数：165千字 开本：880×1230毫米 1/32 印张：7.5
2016年11月北京第1版 2016年11月第1次印刷
印数：1-6000
ISBN 978-7-02-012133-5
定价：32.00元

译者序

德国著名女作家莫妮卡·马龙（Monika Maron）1941年6月出生在德国柏林，出生的时间和地点决定了她的人生将面临许多的坎坷波折和聚散离合。先是"半犹太血统"的母亲赫拉无法与莫妮卡"雅利安人种"的生父结婚，莫妮卡只能在单亲的抚育下成长。不久外祖母病逝，"犹太血统"的外祖父虽然早就皈依基督新教，但仍然被驱逐回波兰老家，最终下落不明。莫妮卡的幼年是在频频的空袭警报和严重的物质匮乏中度过的，1945年春天，战争总算结束了。莫妮卡虽然只能在瓦砾之间用破布片包着死老鼠当娃娃玩耍，但她总算可以在和平的天空下自由地奔跑了。对于信仰共产主义的母亲赫拉来说，和平不仅给她带来了新的工作，还给她带来了爱情——卡尔·马龙从流亡地苏联回到柏林，投身战后重建，先是任职柏林副市长，直至升任民主德国内政部长。新家庭的建立使母亲赫拉和莫妮卡从西柏林的祖宅迁居东柏林，莫妮卡也从母姓改为父姓。

刚刚走出战争阴影的德国不仅百废待兴，面对的还有不同意识形态的激烈争夺以及在东西两个阵营之间逐渐形成的坚冰般的壁垒，柏林成为了冷战的前沿阵地，先是被英法美俄分割占领，后来又被柏林墙一分为二。莫妮卡和母亲的这次搬家看似平常，其后果却是始料不及的：那就是亲人的离散、反目，甚至老死不相往来。但少年的莫妮卡·马龙对这些正在萌生的灾难还浑然不觉，她在反法西斯主义和共产主义的教育下无忧无虑地成长。中学毕业后，出于对父母的反抗和对工人阶级的崇拜，莫妮卡·马龙到了德累斯顿的一家飞机制造厂工作。但是一年之后，她离开工厂回到了柏林，在电视台做了两年导演助理。之后到洪堡大学学习戏剧学和艺术史，又在戏剧学院学习、工作了三年，后来到民主德国发行量最大的报纸之一《周报》担任记者工作。

也许是一种早年的经验，那些不愿或者不能说出来的东西，可以付诸纸上，而纷乱的思绪，一旦诉诸语言，就有了形状；那些自己身上多余出来的、讨厌的冗余突然显现为有意义的可能性。（摘自《我写不出书来，但依然尝试》）

从少女时代起，莫妮卡·马龙就对文学和创作有着浓厚的兴趣，她喜爱的作家有海因里希·海涅、格奥尔格·毕希纳、卡夫卡、普鲁斯特、贝克特等。对自己喜爱的剧目，如布莱希特的《伽利略》《四川好人》，她能看上四五遍，而且常常是站票，要站上四五个小时。她不仅对海涅的诗歌烂熟于心，还尝试用海涅的语言创作。在杂志社和报社的工作也为她后来的文学创作提供了积累和历练的机会。

1975年，继父去世了，莫妮卡·马龙感到前所未有的解放。她开始了自由的冒险。她买了自己的汽车；她辞去报社的工作，成了一名自由作家；她出于好奇和对远方的渴望甚至接受民主德国国家安全部的派遣，前往西柏林搜集情报，但她在递交的两份报告中拒绝说出相关的东德人员的名字，并对民主德国的现状颇多批评。八个月后她主动提出与国安部终止合作，后来还退出了德国统一社会党，这使她自己成为国安部监视和跟踪的对象。

但对莫妮卡·马龙来说，这些数年之后被媒体炒作的沸沸扬扬的事件只不过是一些插曲，二十世纪七十年代最后几年的主旋律是她的第一部长篇小说《飞灰》的创作。小说里的主人公女记者约瑟法撰文揭露老发电厂给B城造成的污染问题，杂志社领导不但拒绝发表这篇文章，还借机批判约瑟法。在绝望之时约瑟法以不告而辞表示反抗，这时上级部门却决定关停老发电厂。这部作品因为揭露了环境污染问题，常常被划归到德语文学最早的环境文学之列，这其实只是这部小说的一个方面，个人与社会、感情与现实的纠葛和冲突才是这部小说的真正主题。虽然是一个文坛新手，莫妮卡·马龙却显示出了对于规模宏大作品的驾驭能力。她通过插叙、倒叙等手法打破直线型的、时间顺序的叙述，扩展了叙述的空间，使情节发展富有立体感。另外在写实主义的主线之中还插入了许多白日梦和梦境，其内容离奇怪诞，但富有寓意和象征意义，增强了情节间的戏剧性，使小说的风格更加丰富。由于书中的揭露和批判内容，小说《飞灰》无法在民主德国出版，1981年通过联邦德国的费舍尔出版社才得以面世。虽然西德媒体对《飞灰》的片面宣传令莫妮卡·马龙痛心不已，但这部小说也使她声誉鹊起，奠定了她在德国文坛的地位。

自此，莫妮卡·马龙的文学创作一发不可收拾。1982年，她又发表了作品集《误解》，包括四部短篇和一个剧本。其中有讽刺、写实的《奥利希先生》，也有具有寓言、幻想、荒诞等风格的作品，展现了其多面手的创作才能。1986年，莫妮卡·马龙发表了第二部长篇小说《女叛徒》，女主人公罗莎琳德·波科斯基十五年如一日在历史研究所里进行着单调无聊的工作，有一天她发现自己的身体进入了类似休眠的状态，加上双腿瘫痪，不用再去上班了。突然拥有这么多的时间，她决定开始回忆自己的一生。但她的回忆中很快就混杂了很多离奇的想象，甚至一些她似曾相识的人物也像鬼魂一样突然出现，在她眼前演起了荒诞剧。虽说全书晦暗抑郁，主人公只能在头脑中体验自由和真理，但《女叛徒》被马龙自己称为她"写得最畅快淋漓"的一本书，其内容的丰富、多层次，以及小说的人物布局、互文性等都是值得深入研究的主题。

有一种催促我行动的紧迫感，我只是不知道，要进行什么样的行动。对于行动的渴望存在于我的身体里，违背着我的意愿，同时又不可抑止。（摘自《寂静巷六号》）

数年之后，《女叛徒》里的罗莎琳德·波科斯基又在莫妮卡·马龙的第三部长篇小说《寂静巷六号》（1991年）里出现了。这次她不再耽于幻想，而是决心行动。本来她只想做一份不用动脑子的打字工作，把年近八旬、右手残疾的退休干部赫尔伯特·贝伦鲍姆口述的自传写到纸上，但是两人因为年龄和生活轨迹的不同，分歧渐渐显露出来。罗莎琳德从质疑发展到质问，进而为被贝伦鲍姆投入冤狱的朋友复仇。最终贝伦鲍姆心脏病发作死亡，留给罗莎琳德的除了快意，还有一丝复杂的心情。

尽管情节和人物并不完全有连续性，但文学评论者常常会把莫妮卡·马龙早期的三部长篇小说《飞灰》《女叛徒》和《寂静巷六号》称为"三部曲"，因为作品中的女主人公共同经历了长时间的犹豫、最终决定突破藩篱、重新开始付诸行动的过程。现实中的莫妮卡·马龙走过了同样的心路历程。虽然已经在西德出版了多部作品，但她和她的出版社、读者却关山阻隔，连稿费都要由已经退休因而有过境自由的母亲偷带入境。1988年，莫妮卡·马龙获得了联邦德国的三年签证，终于下定决心和丈夫、儿子迁居汉堡。不久，柏林墙倒塌了，被分割了四十余年的德国终于统一了。莫妮卡·马龙也随之离开汉堡，回到她既熟悉又陌生的柏林。面对生活的巨变，莫妮卡·马龙写下了大量文章和随笔，尤其从东德居民的视角把她对统一的期待、欣喜、疑惑、失望都付诸其中，后来结集为《按照我的理解力的大小》（1993年）出版。

人生中最可能错过的机遇就是爱情。（摘自《忧伤动物》）

在两德统一的喧嚣渐渐平息之后，莫妮卡·马龙创作中的政治元素开始淡化，爱情主题凸显出来，1996年发表的《忧伤动物》就体现了这一变化。如果线性地讲述，这部小说的情节简单得近乎庸常：一对天命之年的男女发生了婚外情，先是如胶似漆，后渐生龃龉，最终男子葬身轮下。但这么一个俗套的故事怎么会被德国文学批评的"教皇"莱西-拉尼茨基赞为"最美的爱情小说之一"，并称其"香艳有加，浓情难解"呢？这要归功于莫妮卡·马龙精妙的叙述技巧，她让女主人公时隔数十年来回忆、讲述这段爱情，使故事变得断断续续、虚虚实实、扑朔迷离、引人入胜。两德的分裂和统一虽然在小说中被设置成一个遥远而模糊的背景，但男女主人公的思想行为无不受其左右，使得这部作品超出了爱情小说的范畴，获得更加丰富的内涵。

接下来莫妮卡·马龙又创作了两部以爱情为主题的小说《荒芜的终碛》（2002年）和《唉，幸福》（2007年），因为两部小说的主要人物相同，后者可以看作是前者的续篇。年过五旬的女主人公约翰娜常常想到老之将至，面对自己不再有激情的婚姻、不再有挑战性的工作，她渴望着改变，可又不知从何做起。谁能帮助她？是一条狗、一个情人、一个新的环境，还是一个偶像？约翰娜决定尝试。她出发了，不无迟疑，也给她的丈夫阿希姆带来了疑惑和烦恼。

当然，莫妮卡·马龙并没有拘囿于爱情、家庭、女性等主题，在小说创作的同时她还发表了记述她一家三代人生活的家庭回忆录《帕维尔的信札》（1999年），杂文集《横穿轨道》（2000年），《我的出生地——柏林》（2003年），反思自己创作的"法兰克福诗学讲稿"《我写不出书来，但依然尝试》（2005年），回应自己三十年前的小说《飞灰》的报告文学《比特费尔德拱桥》（2009年）等。各种奖项也纷至沓来，既有褒奖她的文学成就的克莱斯特奖（1992年）、荷尔德林奖（2003年）、莱辛奖（2011

年)等,也有表彰她热心公众事物、积极为社会进言的德意志国家奖(2009年)。如今年过七旬的莫妮卡·马龙仍然笔耕不辍,2013年又发表了长篇小说《阴阳之间》。女主人公鲁特在光天化日之下跨越阴阳阻隔,不但见到了死去的亲朋好友,还碰见恶的化身,甚至死神。生与死、爱与背叛、罪责与逃避,诸多重大的主题都被作者轻松编织在这些奇异的相遇里。

莫妮卡·马龙的作品得到各国读者的广泛喜爱,被译成十余种语言出版。2011年、2014年,莫妮卡·马龙两度访问中国。她的小说《忧伤动物》已由东德文学专家、美国阿尔玛学院(Alma College)的刘宏博士译成中文,由译林出版社出版。

《飞灰》讲述的是女记者约瑟法·纳德勒的故事。约瑟法面临着双重的压力,一份压力来自于职业:她写了一篇关于B城化工厂及其老化的发电设备的报道,揭露其对居民健康的威胁。但是她应该坚持真相,还是屈从领导的意志,写一个可以发表的版本?约瑟法面临着抉择。另一份压力是她的个人生活:她作为三十多岁的单身母亲和儿子生活在一起,一方面害怕孤独,渴望着一个能给自己温暖和安全感的家庭,可又害怕失去自由,受到拘束。与情同手足的好友克里斯蒂安坠入爱河,是幸福生活的开始,还是多年友谊的结束?小说围绕着这两条线索展开,莫妮卡·马龙把自己的外祖父母和母亲的身世以及个人的职场、情感经历糅合进来,约瑟法身上明显有她自己的影子。

对东德情况有所了解的读者不难看出,小说中的B城就是当年东德的工业重镇比特费尔德。这里临近褐煤产区,从十九世纪末开始就集中了大量的化工、能源企业,环境污染随之而来。

东德时期，由于一味追求经济效益，忽视设备更新，环境问题愈发严重。约瑟法的报道开篇就写着"B城是欧洲最脏的城市"。在小说中描写的那些"像炮筒一样伸向天空的烟囱"，还有"每天一百八十吨夜以继日不停落下的飞灰"等景象并非文学的虚构，而是写实的。"还有这些刺鼻的烟雾，简直可以当作路标使用。请您一直往前走，直至闻到氨味，然后左转，直到硝酸，如果您感到嗓子和气管里一阵刺痛，那请您转身，并叫医生来，因为那是二氧化硫。"作者在这里对东德政府经济至上的政策提出了批评，片面强调经济效益不仅对环境造成污染，而且是以牺牲人的健康为代价的。工厂里，工人身体的伤残和畸形随处可见，居民"支气管炎比别的地方多五倍，树会一夜之间失去花朵，就好像可怕的巫师或者是一阵充满了二氧化硫的妖风把它们吹走了一样"。

和严重的污染情况形成鲜明对比的，是人们对环境问题的轻视和淡漠。作者在小说中对此进行了着重的刻画。首先是对政府错误做法的揭露：随着调查的深入，约瑟法发现污染并非不可避免。只要关停那座运转了七八十年的老发电厂，建一座新的，就能在很大程度上解决问题。但是政府并不重视这一点，一方面封锁媒体、隐瞒情况，另一方面把用于设备更新的拨款拆东墙补西墙，使得情况迟迟得不到改善；在新电厂终于即将落成之时，上级部门又坚持旧电厂继续使用。B城的居民也对环境问题采取隐忍的态度。他们爱穿白色的衣服，经常擦窗子，以这些行为与污浊的环境进行着消极无力的抗争。新闻办事员阿尔弗雷德·塔尔曾在厂报上发表了一篇影射B城污染的童话，遭到上级的批评后只能忍气吞声，寄希望于像约瑟法这样的外来者来揭露B城的问题。最为矛盾的人物是锅炉工霍里韦茨卡，作为生产第一线的工人，他对那座老掉牙的发电厂的问题最为清楚，但是出于责任感，为了保障整座总厂的生产运行，他仍然认真地坚守在自己的岗位上。作者还对消费者的行为提出了质疑，家庭主妇们为了两件衣服就打开洗衣机，爱攀比的小花园主给玫瑰花大量施用化肥，这些都会让环境付出代价。

  故事的另一条线索围绕着女主人公的个人生活。约瑟法是一个既坦荡、率真，又感性、敏感的人，对普鲁士式的秩序、义务、清规戒律有反抗精神。约瑟法自幼就羡慕外祖母的童年，"希望自己能跑上一块绿草地，徜徉在许多黄色的小花之间，光着脚，身旁是咀嚼的母牛，还有睡觉的双胞胎"。那个赤着脚、在开满黄花的草地上看护母牛和婴儿的女孩形象在约瑟法的头脑中是自由、本真生活的象征。但在现实生活中，她随性、直率的态度经常招致循规蹈矩之人的不满，不随波逐流的性格使她经常树敌；开始了职业生涯后，记者工作中的无数条条框框更是束缚着她的思想和笔端，使她不能直抒胸臆。她无法像露易丝一样用精于计算来躲避困难、迂回前进，也不擅长用讽刺来发泄心中的不满。她四处碰壁，"盲目地陷入一个又一个灾难，这些灾难即使外表上显得毫无可比性，但它们的结构却是出奇相似"。但是约瑟法并没有因此就改变初衷，她坚持自己的个性，寻找着适合自己的独一无二的生活道路，即使她已经多次"陷入最绝望的境地，但每次她都像奇迹般又鲜活地跳了出来"。

  对B城的采访使约瑟法震惊。其触目惊心的污染程度、各方人士对此的置若罔闻，都让约瑟法决心用一篇真实的报道把这一切公之于众。她不想把符合真相、一针见血的文字换成温和的、可出版的变种,"把真相掩藏在漂亮的句子后面"。这一做法给约瑟法带来了麻烦。由于约瑟法不愿意改动原稿以弱化、美化B城的问题,她和上司施特鲁策发生了冲突。虚伪、卑鄙的施特鲁策借机"整治"约瑟法,不但拒绝发表她的文章,还把约瑟法写给最高委员会的信当成她"反动"的证明拿来批判,鼓动党员大会开除了约瑟法的党籍。

B城事件也给约瑟法的爱情生活带来了影响。约瑟法的男友克里斯蒂安冷静、理智,他躲进学术研究的象牙塔,只求独善其身。表面上看他比约瑟法成熟,实际上他给约瑟法出的主意都是规避风险、躲避矛盾的做法。他欣赏的约瑟法身上的特质正是他自己不具备的:坦率、勇敢、百折不挠。当职场上的压力使原本独立坚强的约瑟法显出软弱的一面,产生了分裂自己、让"真实的自我"遁入私生活的念头时,克里斯蒂安无法再充当两者之中强者的角色,最终选择了分手。

放弃了安稳的记者职位,爱情也破裂了,约瑟法的生活看似彻底失败了。她真的要去做流水线女工,在单调、机械的工作中变得麻木、迟钝?在党员大会宣布开除她党籍的当天下午,最高委员会决定关停B城的老发电厂。这是否会给约瑟法的生活带来转机?作者并没有交代,而是留给读者无限的想象空间。莫妮卡·马龙却在三十年之后再度来到比特费尔德,登上了一座小山,眺望曾经的烟瘴之地。这座小山并不是天然形成的,而是由矿山废料堆成的,现在上面已经草木葱茏,变成了一处休闲观光场所。山顶上,艺术家克劳斯·布瑞建造了一件巨大的雕塑作品,称为比特费尔德拱桥,在三道平行的钢制圆弧之间有坡道连接,可供游人登高远眺比特费尔德及其周边地区。

这座拱桥连接的虽然不是河流的两岸，但它连接的是过去和现在——过去的矿山废石堆变成了公园，过去欧洲最肮脏的城市成了一个生态型的工业园区。展现在莫妮卡·马龙眼前的再也不是毒龙咽喉一样喷吐着飞灰的烟囱，而是一片点缀着森林和湖泊的澄净天地。

第一章

　　我的外祖母约瑟法是在我出生之前一个月去世的。她的丈夫——外祖父帕维尔在这之前一年被人赶到了一块波兰的麦田里。当外祖父和其他犹太人走到麦田中间的时候，人们把麦田从四面点燃了。我对外祖母约瑟法的想象里总有一根长长的辫子、一片蓝色的天空、一块绿色的草地、一对双胞胎、一头母牛，还有梵蒂冈。我房间的一面墙上挂着一张照片，照片上外祖母正在一个黑边的白瓷盆里洗洗涮涮。她的脑后垂着一个由辫子盘成的沉甸甸的发髻。她身材敦实，前臂结实有力，长着一头黑发。

　　母亲常向我描绘外祖母的童年。当我不愿意收拾自己的房间，或者是装嗓子疼不想上学的时候，外祖母的童年就成了我的前车之鉴。母亲就会说，你的外祖母当时要能上学的话，她该多高兴啊！然后就给我讲起六岁的约瑟法的悲伤故事：她不能学习看书写字，因为既要照顾双胞胎，又要看护母牛。我承认我的生活比外祖母好。她日子过得很穷，直到去世也只能画三个十字来代替签名。即使只面对自己，我也不会承认我羡慕贫穷、可怜的约瑟法。但是我肯定羡慕过她，因为在我的想象中总有一个令人羡慕的农村女孩，她的形象丰富多彩，充满了快乐。还是孩子的约瑟法坐在一片蓝蓝的天空下，四周是绿色的草地，草地上开着许多黄灿灿的小花。一头瘦巴巴的母牛呆头呆脑地磨着牙，一对双胞胎并排躺在草丛里睡着了。她把宽大的带条纹的裙子拉到膝头，摆弄着自己长长的辫子，跟母牛说着话。她打着赤脚，也不用去上学。

后来，外祖母和她的丈夫一起从罗兹附近的库罗夫村[①]来到了柏林，生了四个孩子，我母亲是其中最小的。据说外祖母每顿饭都做酸菜，里面加上火腿丁、洋葱和炒面。她煨酸菜的时间很长，直到酸菜变软，微微变成棕色。直到今天，我的母亲和伊达姨妈都对不是完全按照外祖母的菜谱做成的酸菜表示拒绝。

我也不太清楚为什么在想起外祖母的时候总是会想到梵蒂冈这个词。这个家庭的宗教情况对热爱秩序的普鲁士人来说简直是乱七八糟。外祖父是犹太人，外祖母是受过洗的天主教徒，后来加入浸礼会，孩子们也都是浸礼会教徒，外祖母据说常常会咒骂梵蒂冈。虽说是个文盲，但她应该也是一个睿智的女人。

尽管我很羡慕外祖母在绿草地上度过的童年，对她流传下来的烹饪技艺也很满意，但是在我童年将尽的一天，我决定从她的丈夫——我的外祖父帕维尔的身上继承主要的性格特征。对我的基因组合来说，我觉得祖父母可以不考虑。祖父是一个老实巴交的校役，祖母是一个老实巴交的帮佣，起码从我听到的讲述中可以得出结论：两个人身上都没有什么值得追求的特点。

[①] 库罗夫（Kurów）：波兰东南部一个历史悠久的小村庄，二战前曾有大约两千犹太人生活在这里，1942 年纳粹曾在这里设立犹太隔都。

外祖父帕维尔的性格向我展示了一大堆可能性，可以让我设想一个自己的未来。另外，当别人批评我的性格时，我可以指出：这些是外祖父遗传的。外祖父爱梦想，神经质，喜欢临时起意，而且脾气很大，如果猫蹲在他腿上，他就不站起来。每天早上，他都给每一个孩子分别做他们爱喝的东西——茶、牛奶、咖啡或者可可。而且，据说他确实有那么点疯疯癫癫。我的母亲曾经提起外祖父那永不安宁的性格：他一会儿想移民俄罗斯，一会儿想移民美国，但这些都被外祖母约瑟法那农民式的坚守阻止了。每当和外祖母吵架时，外祖父都会威胁说这回真的要去漫游了，但大部分情况下他又会补充说"可是你们的妈妈从来不给我收拾换洗衣服"并留下来。当有一天他真的要走的时候，却不是出于本心，而且外祖母跟他一起走了。在这之前，他对漫游的兴趣仅限星期天。每到星期天，外祖父都会骑上他的自行车去拜访朋友。如果是夏天，朋友又有一个花园的话，他晚上就会给外祖母带回花来。

外祖父的疯癫对我很有吸引力，我觉得疯疯癫癫的人比正常人更自由。他们可以摆脱周围人讨厌的指指点点，因为这些人几乎没有耐心去理解疯子。周围的人会说"他们疯了"，然后就不再打扰。在我下定决心继承外祖父的疯癫后不久，我就开始在自己身上观察到从母亲和伊达姨妈那儿听来的那些症状。我变得焦躁不安，脾气火爆，并且爱梦想。当第一次听到伊达悄悄地对母亲说"她这肯定是从爸爸那儿来的"时，我对自己的成果很是得意。

就连我母亲的家庭所经历的那种贫困对我来说也充满了魅力，这与我父亲提到的那种贫困不同。如果父亲要送我一辆自行车作为生日礼物时，他就会用充满责备的口吻说，十岁的时候其实还不应该得到一辆自行车，否则的话就会变成一个被娇惯坏的讨厌鬼。他那辆自行车就是他自己挣来的，就连行坚信礼时穿的那身西装也是他自己挣来的。他得去送报纸，放了学去送。不用把自己挣的钱交给家里，这已经够让他高兴了。我对这些话置之不理，也无须顶嘴，只要等着我母亲的介入。她听着听着，嘴角就会露出一抹带着讽刺的微笑，然后开始反驳。"这我就不明白了，"她假惺惺地开始说道，"家里只有两个孩子，父母又都工作。我们家可是四个孩子。爸爸是在家给成衣厂加工成衣的，兄弟都失业。我小时候可不用自己挣钱，十岁的时候就有了一辆自行车，虽说是旧的，但那也是一辆自行车啊。"十二岁的时候，她还得到了一架旧的照相机。有一次她们班去滑雪度假，她没有装备，一个兄弟搞来了滑雪板，另一个弄来了靴子，爸爸连夜给她缝了条裤子，妈妈把自己的毛衣拆了给她织了件套头衫。兄弟们把她送到火车站，很满意地发现他们的妹妹是全班最漂亮的姑娘。"我们可是比你们穷多了，"我母亲说，"但我们不是普鲁士人。"

在还不知道普鲁士人身上的普鲁士特征到底是什么的时候，我就已经产生了对普鲁士性格的深深蔑视，而我眼中的外祖父正是其反面。普鲁士人不发疯，这是肯定的。他们还要自己挣钱买他们的第一辆自行车，每天不停地洗手，而且总要承担某种义务。我不喜欢当普鲁士人。由于觉得自己是外祖父基因的唯一继承人，我身上的犹太血液就增加了一倍，我宣称自己是半犹太人，四分之一犹太人听起来不那么具有说服力。一有机会我就亮出我的波兰出身，并不是我想当波兰人——我记不得自己何时曾因为归属于某个国家而感到骄傲过，但是我不愿意当德国人。今天看来，我对普鲁士性格的特殊反感是由于害怕成年——成年后我就要彻底地服从现行的规则。强调出身是让自己摆脱那些可怕束缚最简单的方法。

外祖父帕维尔死了，他被烧死在麦田里。他属于我，他的所言、所思、所为，我都照单全收，我把一个人身上所有重要的特征都加诸其身。外祖父很聪明，富有艺术气质，乐天，宽容大度，谨小慎微。他身上确实存在的那种胆怯是无法否认的，我花了很长时间才接受了这一点。我看到过外祖父的一张照片，那张照片上的外祖父身材瘦弱，头发花白，嘴角咧成一个不确定的微笑，眼神既胆怯又惊慌。那张照片是1942年在我祖母约瑟法出生的村子里拍的。外祖父被赶出德国后，被送进犹太人隔都之前住的那个村子里。如果没有看到过那张照片的话，外祖父在我心目中还是一个勇敢的男人。外祖父的恐惧让我沮丧。自从我发现了它，我就在所有照片上认出它来。那些照片是还在柏林的时候拍的，外祖父还在做裁剪，周日还去拜访他的朋友们。那怀疑而警惕的目光、所有照片上几乎相同的头部姿势，让人产生一种印象，仿佛外祖父正在小心躲避着照片的观察者。当我发现外祖父的恐惧时，我自己还只知道对数学作业和黑暗地窖的恐惧。我当时读过的书中更多地提到勇气，而不是恐惧，有反抗者的勇气、新世界征服者的勇气、苏联游击队员的勇气。恐惧不是一个招人喜欢的特点，我试着尽己所能去压抑它。

后来我发现，在恐惧这一点上，我跟外祖父也有相似之处。摩恩豪普特不让我入党——因为据他说，他害怕我从背后给他一枪——我对他十分恐惧。每一个门房都让我感到恐惧，哪怕因为我的证件里有一页纸松动了，他们也会怒气冲冲地向我喊叫。我还害怕那些老太太，她们用拐杖把小孩从草地上赶走，好让她们的狗在上面拉屎。心性粗野的人对权力的贪婪总是让我战栗。我相信，外祖父脾气很大，是因为恐惧在他耳朵里喧嚣。那种喧嚣充满了头脑，把所有的想法都赶走，只剩下对恐惧的想法。恐惧在长大，变得比我还大，想从我的身体里冲出来。还有另外一种恐惧——那种深渊似的、黑暗的恐惧，它在我周围划出一个巨大的、阴暗的空洞，我在其中轻轻飘浮着，徒劳地想抓住一个牢靠的东西。我所触摸的一切都会从它连接的地方松落，同我一样在虚空中飘荡。当我想到死亡时，当我寻找我生命中那不可捉摸的意义时，外祖父害怕的是他被驱赶到其中的麦田。我应该害怕什么呢？是我将要死在上面的那张床，是我没有生活过的那些生活。是单调乏味直到毁灭，以及其后的一切。

第二章

明天我要去 B 城，我还从来没有到过那个城市，只是知道出生在 B 城被看作是一种厄运。

在计划上写着"关于 B 城的报道"，这是一个让人产生好感的说法。如果上边写着"关于某某工人的画像"，后边括号里写着"于 10 月 7 日①获得劳动勋章"，那我就不用去 B 城了。我可以找出前些年一篇类似的文章，打电话问一下某某同事的年龄、头发和瞳色，也许还有几个明显的性格特征，然后就可以开始了：来自 B 城的某某同事是一个谦虚的（也许是活泼的）四十岁（或者三十岁、五十岁）左右的男子。在谈起工作时，他用他蓝色的（也许是棕色的）眼睛严肃地（或者兴冲冲地）看着我……这并不是说某某同事不应该获得奖章，或者不是一个模范人物。但是，当他的名字出现在报纸上之后，他的举动就不再有很多可能性了。

也许他会带着居高临下的微笑来接待我，并不傲慢，而是有些

---

① 10 月 7 日是民主德国国庆日。

同情，并觉得有些可笑，因为我已经是第六个或者第七个记者，因为他知道，不管我在他身上发现什么，我只会写好话。但是某某同事是一个友善的人，他让我省去顾虑，开始讲述他的好集体、好师傅、好家庭，然后继续工作。

或者他已经成了我的记者同事们的牺牲品，那他讲的就会和他们写的一样，把他们杜撰的传奇当作自己的过去，担心用自己的语言不够达到一个公众人物应该达到的那不同寻常的标准。

偶尔也会碰到糟糕的例子，一个不知感恩的人会觉得勋章是他应得的，而不是被赠予的。他甚至可以放弃勋章，因为他对自己和工作从来评价甚高。

明天我就要去B城。"去看看，去吧！"露易丝用她那拖长腔的柏林口音说道。在这种情况下，我从来不肯定，她到底是没有兴趣为我的事情费神，还是今天觉得各种谈话都毫无用处，或者是她在这种时刻毫无保留地信任我。

她鼓励地看着我，目光甚至充满爱意。她那布满大大小小皱纹的脸上，那双孩童似的蓝色眼睛再次让我感到惊奇。"去吧！去看看吧！"

我装好箱子，六年来，我每个月都要收拾一次箱子：两条牛仔裤、四件衬衫、内衣和书。然后是必不可少的跟母亲的通话。好的，她明天起去幼儿园接孩子，直到星期四。换洗的毛衣我让他带上。

我还得到地窖里去取煤①。星期四回来时房间里肯定很冷，而且我很累。但是地窖里的灯不亮了，我有点害怕。一种莫名其妙的担心，

---

① 柏林一些老房子没有集中供暖设备，需要住户自己烧煤取暖，而煤一般储存在地窖里。

来自孩童时代的惊惧，但是足够引起心慌，还有肩膀痉挛，让我变成缩头乌龟。离星期四还有很长时间，冷就冷着吧！

我还必须吃点东西。

出差总是让我泛起乡愁，甚至是在出发之前。到一个陌生的城市待上三天或四天，到处都是里边坐着陌生人的房门。"您好，我叫约瑟法·纳德勒。我是《每周画报》的记者……"在这里获得经历、印象，看到让人惊讶的事情，却没有人能够分享，甚至没有人能够告诉。最迟一天后，我就会羡慕街上所有人，他们彼此间显然更加熟悉，也许相互根本不喜欢，但是他们彼此认识。

我贪婪地向每扇窗户里张望，窗子里面的人家都在吃晚饭。他们的嘴蠕动着在说话，看起来就像声音被关掉的电视机里的人物。

我怀着越来越浓的愁绪观察着，电影院门前，一些两脚动物渐渐融合成四脚动物，他们笑着，抽着烟。我也很想抽烟，但是一个女人吸着烟单独走在街上？也许在匈牙利可以，或者巴黎。

有时候我会向人问路或问时间，只是为了能够说几句话。

我最亲密的盟友是那些超级伟大的人，变成石像的人，是这个城市那些著名的死者。他们是除我之外唯一不作声的人。我最后的获救希望是把被遗弃感上升为一种享受，攀升到寂寞的最高层：我是所有人中最失落的。

我现在还在家，应该利用这一点。电话就放在我面前的桌子上，伸手可及。我拿起听筒，检查一下我们交际的人工心脏是否还在跳动，但显然没有人想跟我通话。我把香烟的过滤嘴捏在食指和拇指之间转动着，观察着那些纤维的结构，然后把那些根本不存在的烟灰弹掉。

这种该遭到三重诅咒的等待，到底在等什么？

等著名的童话王子，他让电话铃声响起："您好，美丽的女士，明天您就要到B城去，但是害怕寂寞？鄙人承蒙垂爱，随时听候吩咐。"

但是，留给我的只有寂寥之人的出路。我从壁橱里抽出床①，铺上干净的床单，在旁边放上一个花瓶，里边有一朵枯萎的玫瑰。我穿上我最美的、最长的睡袍——这是母亲大人送给她三十岁女儿的一件很感性的生日礼物。作为一个受苦受难的人，我看起来气色太好了。我给自己的皮肤涂上一些更合时宜的灰白色，眼皮画得暗一点，然后把剩下的那点最好的香水喷光，在镜子里观察着自己，有点得意，有点怀疑，对那童话中的王子和其他人充满了幸灾乐祸之情——他们活该。有一天，这一切都会消失，而他们没有看到。我倒了一杯红葡萄酒，把它像一杯毒酒一样小心翼翼地放到玫瑰旁，然后躺到床上，就像白雪公主躺进棺材。

哎，露易丝，你真是一如既往的聪明。你很明白，为什么在派我来这个可悲的小地方之前要用乐观主义和积极的工作态度把我武装一番。这些烟囱像炮筒一样伸向天空，还有它们夜以继日地射向这个城市的炮弹——它们并不隆隆作响，而是轻柔的，就像雪花，慢慢地、软软地飘下来，但是堵塞了落雨管，蒙住了房顶，风吹过时会扬起细细的波浪。夏天，这些灰尘在空气中旋转，它们是干燥的、黑色的细末，飞进我的眼睛里，也飞进你的眼睛里，因为你也没来过这儿，就像我一样。只有外地人才会停下脚步，把黑灰从眼睛里揉出来。B城的居民都眯着眼睛穿行在他们的城市里，你会以为他们是在微笑。

---

① 一种可以竖起的床，外观往往伪装成壁橱，可见主人公住房狭窄。

还有这些刺鼻的烟雾,简直可以当作路标使用。请您一直往前走,直至闻到氨味,然后左转,直到闻到硝酸,如果您感到嗓子和气管里一阵刺痛,那请您转身,并叫医生来,因为那是二氧化硫。

这个地方的人特别爱擦窗户,每星期,最好是每天都擦。在这片连上帝都要见怜的污浊之中,到处都是干净的窗户。人们穿着白色的衬衣,孩子们穿着白色的长袜,你得设想一下,穿着白色的长袜趟过黑色的、油腻的雨水是什么情形。白色的毛衣在这儿卖得最好,女售货员说。去吧,去看看吧——我的眼珠子都要掉出来了,到处都是这些脏东西。如果你在街上碰到幼儿园的小家伙们排着队出来,你会去想,他们中到底有多少个已经得了支气管炎。你会惊讶于每一棵还没有死掉的树。露易丝,如果我什么都无力改变的话,我来这里干什么?我听到的每一句话、看到的每一张脸,都化作我的同情,也化作我的羞愧。我羞愧,因为我不知道有这么一座城市,我吝啬地使用了我曾经引以为豪的想象力。我曾经乘着我的想象力在威尼斯乘坐过贡多拉,或者在纽约被吓得要死,或者在摩洛哥从树上摘过柑橘,但是我没有让想象力来到这个随时可以来的 B 城。

办公桌后面的矮个儿男人戴着厚厚的眼镜,当我向他说起我要写关于 B 城的污染问题,写这个城市里生活的人们时,他用他那忧伤的猫头鹰眼睛打量着我。阿尔弗雷德·塔尔是厂长的新闻办事员,一个不起眼的小个男人,光亮的头发在脑后梳成一绺一绺,还有瘦削的溜肩膀。他笑的时候会把手捂在嘴前,因为他的牙不好。

如果我说要见某某同事、某位勋章获得者的话,他肯定不会那么吃惊,因为这种事他每天都会遇到。我的来自报刊、广播和电视的同事们在寻找新素材的过程中常常会闯进他这个在犄角旮旯里的小房间。何时曾有过工人获得国家勋章这种事，还能到首都去参加宴会，某某同事获得的是统治阶级应得的荣誉。他父亲四十年前还死于职业病，某某同事却能够在企业医院里获得特别照料，他母亲作为退休女工第一次看到了大海，孩子们每年都会到海边参加夏令营。露易丝，别以为我没有看到这些，或者我不看重这些！但是我想象着，某某同事和妻子去买一身黑西装，不能太贵——什么时候还能再穿得着呢？但也不能太便宜，因为这件衣服上将会别上一枚勋章。旧的黑皮鞋也不顶事了，尤其配不上这套新西装。然后，某某同事出发去柏林，他甚至可以用厂长的那辆黑色大轿车。当轮到首字母 M，叫到他的名字时，"来自 B 城化工厂的某某同事"，声音当然很大，传遍整个大厅，他几乎要流下眼泪。也许他想到了他的父亲，他那死于职业病的父亲，名字只在报纸上出现过一次，是在讣告上。也许在这个时刻，他甚至原谅了每天都飘洒到头上的、能装满整列火车的灰尘。宴会时，他犹豫不决地沿着摆放菜肴的桌子走来走去。他没拿鸡鸭之类，担心自己会由于激动而笨手笨脚，那只动物会飞到他的新西装上——他不想丢丑。他每样都取得很少，因为想显得谦逊。回到家他会跟大家讲，一切都是那么无与伦比，欢迎仪式、冷餐会、蘑菇、香槟应有尽有，还有部长是怎么跟他握手的。某个人会问他，是否记得部长曾经在某个炎热的夏日参观过他们车间，让人把他带到车间里最热的地方？当时测得是七十六度，部长命令给工人买几箱橘子汁，然后就不见了。所有人都会因为这个问题而发笑，就像被一个好的笑话引得发笑。某某同事当然不会对部长说起这些，就像他们所有的人都不会说一样。

不，我不想再给某某同事添麻烦了。

阿尔弗雷德·塔尔摆着头。即使微笑的时候，他看起来也有点伤心。"您可以去老发电厂看看。您看，就在后边，四根烟囱那儿就是。灰尘是从那儿来的，我们早就应该有一个新的了，但不知怎么资金总是不到位。等资金到位的时候，别的地方总有一座发电厂瘫痪了，于是他们就得到了我们的新发电厂，而我们还得用老的。现在我们总算要有一座新的了，是用天然气的。"塔尔的语气里夹杂着一丝刻薄。

"什么时候呢？"我问道。

"还有半年就应该完工，但是谁知道呢。您没有看到工地吗？那座很大的、天蓝色的建筑。"塔尔嘻嘻笑着，"景观设计师建议刷成天蓝色。既然我们这儿看不到蓝色的天空，那他们至少给我们建一座天蓝色的发电厂。"

"那到时候这些飞灰就停止了？"

塔尔大笑起来，并没有露出他那黄色的牙根。但是，"大笑"并不是对他那噘起的嘴唇和眼睛里露出的讽刺闪光的正确描述。他卖着关子，等待我露出不耐烦的样子。

"飞灰还会有。"塔尔说着，再次噘起嘴，并且很高兴，因为我吃了一惊。在他笑眯眯的沉默中有挑衅的味道。我应该接着问，他是不会主动说出来的。

"为什么呢？"

"因为老的还会接着用。"

"这是谁说的？"

塔尔的冷笑更明显了。他手握拳头，把大拇指竖起来，往上指，目光投向天花板，意思大概是：最上边。

从发电厂到旅馆的路现在空荡荡的。第二班已经开始了。只有几辆卡车和建筑工地运输车还在轰隆隆地驶过桥去，沿着工厂的围墙往前开，围墙将噪声粗暴地打回来，射到街道对面，使它在平坦的工地上方传出去很远，渐渐消失在沙土里和远方。围墙后面传来滋滋和隆隆的声音，一团团蒸汽升起来，传出沉闷的、有节奏的敲击声。

像一个巨人、一个可怕的大怪物，尽管被束缚着，但是每时每刻都想挣脱开来，逃出去，用灼热的呼吸把一切焚毁，把它绿色的毒眼睛看到的一切都焚毁。

我加快了脚步，离开这儿，离开这些臭气、这些污浊，离开这些灰渣池里弯着腰的人们，离开这些温和的英雄气概——他们带着这样的英雄气概向喷出灼人火焰的咽喉中倾倒着煤块，离开我的同情——我的同情像温水一样在身体里荡漾，上升到我的嗓子里，上升到我的眼睛里。没有霍里韦茨卡，发电厂早就瘫痪了，就像工程师说过的那样。

这就是塔尔昨天建议我参观发电厂时咧嘴干笑的原因。这就是他为什么要提到还没有一个记者在里面超过两三个小时。发电厂建造于1890年或1895年，差五年又有什么关系，当时它是新的，现在却破败不堪。二十年前一个锅炉工负责烧两座锅炉，现在他负责烧四座，而且现在大部分锅炉工都是女人。她们现在是一个社会主义集体。难道这就是进步吗，露易丝？这其中有我们更高的公平，更公平地分配财富、工作和空气的措施吗？谁敢决定不关停这个怪物，尽管新的发电厂马上就要建起来了？谁有权力让人还在上个世纪的条件下工作，就因为他需要化纤毛衣或者某种特别的灭蝇剂？我不敢做这样的决定，我不要这样的权力，我再也见不得柔顺剂。

每次看见它,我都会想起这些破败的墙壁,想起这些晦暗的车间——里面穿堂风呼呼地吹,女人们把旧铁皮竖起来挡风,想起来那些灰渣池、灼热的空气和那泥泞的褐煤块。为什么这一切我以前不知道呢?每个星期的报纸上都有关于 B 城的消息,关于一个新产品,关于文化宫里的一场活动,关于提前完成的任务,关于某某同事的勋章,但是没有关于发电厂的消息,没有关于灰渣池的一个字,而它们却是最可怕的。那些患上洗衣癖的家庭主妇们,当她们为了两件衬衣就打开洗衣机时应该了解一下,是谁为了她们这种值得夸赞的清洁意识付出了代价?难道那些爱攀比的小花园主不应该想想,是谁为了他们肥沃的玫瑰园牺牲了健康?也许他们甚至还想知道这些事情,知道了就会更小心地对待他们的同事。

火车两个小时以后开,我很高兴能够离开 B 城。我感觉好像挨了当头一棒,有点头晕,必须休息并且思考,尤其是思考。想起塔尔在告别时嘴角将出现的微笑,我就感到内心一阵羞愧。他将我放走,就像放走在我之前来过这儿的同事们一样,他们也像我一样既深有感触又满怀震惊地离开。塔尔以为他知道我将写些什么,所以他会微笑。

我坐在单人沙发上,冻僵的手指捏着一支香烟,没有脱下大衣。花儿都枯萎了,黄油也哈喇了。

我愿意一个人生活,好像这个宣言能让我暖和起来。我的上帝,我难以想象,当我回到家,走进的是一个暖气烧得暖洋洋的房子,看到的是一张摆好的餐桌,那会是什么样子。亲爱的,你终于回来了。我会让他把我搂在怀里。你不在家真是太可怕了。他给我倒了一杯法国干邑。你先休息一下,你看起来脸色好苍白。不一会儿,我就舒服得升仙了。两脚热乎乎，干邑下了肚，我对 B 城的想法也变了。没错，情况确实很糟糕，但是人们已经习惯了。一切不能一蹴而就。历史的必然嘛，等等。再给我倒一杯，我一会儿就会好过来的。

但是，我两脚冰凉。B 城渗进了我疲惫的、冻透了的骨头里。倒酒我也必须自己来。

我已经忘记了有人等我的时候是什么样子，回忆起那五年中具体的事情总是很吃力。谅解也会在过去的时光上笼罩一层美化的色彩。有时候我甚至会想，其实一切并不像我三年前感觉的那么糟糕。我那时发誓要一个人生活。我只知道，我不想再被人追问，你在想什么，你从哪儿来，要到哪儿去，你什么时候回来，你为什么高兴。我不喜欢当连体婴儿，只能用两个头思考，用四只脚跳舞，用两票表决，用一颗心去感受。但是真正解放的女人不会冷得发抖，不会号哭，甚至把"渴望"这个词都从她们的词汇表里删除了。而我会冻得发抖，我会号啕大哭，我有渴望。我在记事本里翻找，看看可以把我沮丧的情绪、哭肿的眼睛展示给谁看。如果有一个"我丈夫"，当然有毋庸置疑的好处：他必须，不管愿不愿意。最后我翻到了 G，格雷尔曼·克里斯蒂安。

我的母亲总是把他称作"可爱的男孩"，我的姨妈伊达总是说他是一个"忠诚的灵魂"，直到今天，伊达还满怀忧伤地说，我如果跟那个漂亮、可爱的克里斯蒂安结了婚，那么早就是一个幸福的女人了，我就会反问她："你怎么能希望那个可爱、漂亮的克里斯蒂安遭受这样的噩运呢？"这时候，伊达就会想起我将晚景凄凉，淡蓝色的眼睛满盈泪水。

我绝不会嫁给克里斯蒂安，这个决定是在我们中学毕业那一天做出的。我们正在庆祝这个重大的、期盼已久的日子。那时候我爱的是哈特穆特，学校里最棒的运动员，另外还是一支成功的爵士乐队的钢琴手。但是哈特穆特爱很多女人，包括那个脸色苍白、穿着白色雷丝上衣和黑色塔夫绸短裙的金发女郎。今晚，他就把那个女人得意扬扬地搂在怀里，而我坐在一个角落里号啕大哭。克里斯蒂安把我送回家时，天已经亮了。不知道从何处传来市郊铁路的声音，一辆送牛奶的汽车在马路对面停下来。我喜欢送牛奶的汽车，它们在我们还在睡梦中的时候就把那些折叠箱子运到商店的门前，它们散发出一股大城市的温馨，对我来说是一个浪漫清晨的代名词。这时候我已经停止了哭泣，只是还为我的失恋而心情沮丧，痛苦不堪。在离我家的房子不远的地方，一直沉默着的克里斯蒂安突然尴尬地摸了摸我的头，然后说道："别伤心了，我可是爱你的。"

克里斯蒂安作为哈特穆特的替身，这个想法简直让我的不幸更完美了，几乎让它上升到灾难的高度。我跑回家，三天不吃不喝，然后就去度假了。

我再也没有见过哈特穆特，但是从那时起我就已经决定了，我的姨妈伊达最为迫切的愿望永远不会实现。克里斯蒂安到哈雷去上大学。一年之后他开始写信了，后来他本人出现了。那天，他带来了一个姑娘，她留着深色的短发，肩膀宽宽的有些棱角，眼睛是灰色的，尽管身形苗条，但看起来很健壮。全世界的人都觉得她跟我看起来很像。后来他们两个结了婚，再后来又离了婚，毫无痛苦。她走了，克里斯蒂安没有去阻止她。从那以后，他就住在他的一居室里。那是一栋老房子，卫生间在室外。没有结婚就不分房，房管所的女人曾经说过。关于送奶车的那天早上，我们再也没有提起过。

克里斯蒂安的住处让我心情平静。乍看上去乱七八糟，塞得满满的书架直到房顶，角落里堆着杂志和卡片盒，墙上满满当当地挂着画，写字台是一整块巨大的木板，上边挂着一盏刺眼的灯。棕色的瓷砖壁炉旁放着一个老旧的绒面沙发，还有两把软椅。但是凑近了看，书籍整理得井井有条，那些角落也打扫得一尘不染。房间里的每一厘米都用上了，混乱之中其实有条理。

有些人能够让周围的人感到和谐和温暖。他们可以把内心的平衡与宁静传播到空间之中。我一直都很羡慕这样的人，但是自己尝试去营造居家舒适的气氛时却总是失败。不管在何种情况下，我总是会造成冷淡与不和谐、不完美的气氛，尽管我已经尽力去模仿别人来弥补自己的不足。

电暖炉的光照在我的脚上，那儿套着一双过大的毛毡拖鞋。我一边从罐头盒里往外舀牛肉汤喝，一边讲述着那悲伤的阿尔弗雷德·塔尔，讲述着白色的长筒袜，讲述发电厂的事情。

"你想写些什么呢？"克里斯蒂安问道。

"我不知道。"

"那就写两个版本吧！第一个写实际情况，第二个写能印出来的那种。"这个主意太疯狂了，我说，为了能够活命就让自己精神分裂，文明人的两面三刀与野蛮人的一样让人恶心，这是一种玩世不恭、放弃真理的行为，是知识分子式的病态。

克里斯蒂安挥了挥手。"别这么扯着嗓子大喊大叫了！"他的嘴角闪过了那抹臭名昭著的格雷尔曼式的嘲笑，温和又傲慢。"我的主意总比你的自我审查强。右手握着圆珠笔，左手握着红笔。"

他马上就会建议我在写作的时候忘掉报社，不要让主编那可能的反对意见来毁掉自己的思路。同时，他会警惕地观察着我，看看我竖起的敌意的尖刺是不是又放下了。只要我开始露出一点不肯定,他就会改变语气,收回他的建议,甚至指责我的无能。然后,我就掉进了陷阱,突然就会变成他的主意的附和者,而他会站到怀疑者的立场上。总之最后我会说:"好吧,我试试。"克里斯蒂安将难以掩饰他得意的神情。不,亲爱的,今天不。如果没有人知道真相,那你的真相还有什么用呢?如果只是粉饰太平,那还会剩下什么?我沉默着,恶狠狠地用手掰着一个回形针,直到它断裂。

克里斯蒂安打了个哈欠,对于自己的失败很生气。"你去睡觉吧!"他说,"你看起来就像一只鸡一样可怜。"

我也觉得自己像一只鸡,甚至是一只死鸡,浑身冰冷,被拔了毛,还没了头。

今天我不再是棺材里的白雪公主,而是冷冻箱里的死鸡。

克里斯蒂安在沙发上铺好床,他仔细地把床单抻平,直到上面一个褶子也没有。我蜷缩起来,用自己的肚子温暖着自己的手,两条腿并得紧紧的。被褥冰凉,如果冻得浑身发抖还睡在两张床上,那真是愚蠢。

"两张床太傻了!"我说。

克里斯蒂安抬头看了一眼,然后继续扯着沙发上那早已平平整整的床单。

"你有张床睡就该满意了。鸡可是睡在木棍上的。"

"但我是一只死鸡,没有翅膀可以用来暖和。"

"死鸡不会冷的。"

我转身朝着墙。他说的对,自从几百年前那一个送奶车的早上,我们对彼此来说就没有了性别,室外温度也无法改变这一点。

而后,一道暖流从我的右肩流到我的胳膊和脖子里,克里斯蒂安躺到了我的身边。我心里一阵惊慌，浑身僵硬。他不再是克里斯蒂安。这是一个男人，像其他男人一样陌生。他的手马上就会在我的皮肉上探寻、抚摸，看看它们是不是能达到一般标准。他会期待着高潮，如果没有高潮，他会给我贴上性冷淡或者快感缺失的标签。而我剩下的只有一块女人的身体，躺在被子下边，由于寒冷和紧张缩作了一团。

克里斯蒂安点燃一支香烟，放进我的嘴里。他把胳膊放到我的脑后，轻轻地笑着："你现在的样子，跟以前要去黑板上做数学题似的。"

很有可能。一听见叫我的名字，我的胃就有一种刺痛的感觉，我背在背后的手会因为紧张而发紫。布莱辛的声音里透出几分享受："怎么样，纳德勒小姐，还没有想明白吗？"我的脑袋里除了一种疼痛的压力以外什么都没有。坐下的时候，我撕扯着两个拇指指甲边上的皮，直到流血。但是，我现在不是站在黑板前。我只需要伸出一只手，触摸克里斯蒂安那温暖的皮肤。我甚至不需要做自己不想做的事。但是我仍然觉得，在被触摸之前就已经被强暴了。

虚掩的窗缝里传进来醉酒的人那单调的声音，街角上的酒馆关门了。"把你的裤腿提起来。"有人口齿不清地喊道，"我说了，你应该把你的裤腿提起来，好让我给你身上尿一泡。"

虽说事情并不是那么可笑，但我们两个大声笑起来。我把胳膊伸了出来。我在罗伯特·梅尔[①]的书中曾经读到，海地人把我们说的与某人睡觉称作"游戏"。"游戏"听起来更让人想起草地、小花、

[①] 罗伯特·梅尔（Robert Merle，1908—2004）：法国著名小说家，作品常以反战、社会批判为题材。二十世纪六十至七十年代，民主德国曾出版过梅尔多部小说的译本。

快乐和大笑，而不是空气污浊的卧室、悲悲戚戚的誓言或者睡前对旁边那人身体疲惫的一摸。来，克里斯蒂安，我们游戏吧！忘掉B城和布莱辛，也忘掉你，露易丝。不要思考生活，而是要感受生活，直到疼痛，直到筋疲力尽，把所有的思想都感受掉，只剩下腿、肚子、嘴和皮肤。

　　理发师正巧拉起了他的百叶窗。他作为理好发的范本站在门口，金色的小胡子下面露出鼓励的微笑。不，我不是顾客。我也微笑，但不会把我的头伸过去。空气里弥漫着一片半阴半晴的昏黄。疲惫的风摇晃着树上枯萎的树叶和悬铃木的果实。世界末日并没有到来，或者我把它睡过去了。如果有轨电车开走了，我就走着去。教堂和市政厅之间的漫步道上正有集市。臃肿的女人们两手通红，站在摊位里，不停地换着跺脚。教堂前停着一辆白色的马车，市政厅前有一辆装饰着鲜花的出租车——有人结婚。"上好的鱼，特别棒的鱼"的喊声传来，还有"我的女士，您长鸡眼了。我从这儿就能看出来。您过来吧！"各种气味混合成的云朵飘浮在广场上空。柑橘、佐料、咖喱香肠、鲜花，一样挨着一样，还有很多的人，推推搡搡。他们摸着布料，选着苹果。对面的国营蔬菜店几乎是空的——只有在集市上你可以闻得见，摸得着，可以挑选。然后，人们会到街角的药店去，给自己买一个星期的各种药片儿。在有集市的日子里药店里人总是特别多。我买了最后的三束秋紫菀，紫色、白色和黄色。

　　我门上的小纸条又被撕烂了。这些讨厌的孩子们。左边写着约瑟法，右边写着纳德勒，名字的两部分用一颗图钉钉在一起。这个图像诱使人去进行象征性解读，但是今天不讲这个事情。今天提上日程的是低俗的工作。星期一，我总算给水暖工打了电话。你有那么多朋友，伊达姨妈总是说，可家里东西总是坏的。确实如此，伊达。这一点我恐怕永远都学不会，我甚至得自己去提煤。里克特家的房门突然开了。"纳德勒小姐。"她说。这种称呼我真是听不得。三十岁了，一个五岁孩子的母亲，离过婚，还被叫作小姐。"纳德勒小姐，今天咱们的公寓居民集体要给楼前的花园栽一溜儿小篱笆。"你是不是能帮忙刷油漆？不行，我不行，我也不愿意。我不需要什么小篱笆，为什么这些人总是不停地栽篱笆？在这个小花园周围，在那个小院子周围，最好在每一棵小树的周围！"我是个单身妈妈。"我说。我感到自己有些不坚定。里克特太太的嘴唇缩在了一起，上唇和鼻子之间都是竖直的皱纹，这让她看起来像一只母山羊。"前天下午五点钟，有一个男人按您的门铃，但不是那个皮肤黝黑、留胡子的高个子。"说完，她就消失在房门后，我听见她把防盗链也挂上了。每天一到八点钟，她就会把楼门锁上，八点后我们就恕不接待了。我们将自己关在洞穴里，或者说我们将自己封闭起来——封闭在人类社会之外，再敲门也没有用。亲爱的朋友，你不用喊，你的喊声不会比汽车的声音更大。回家吧！一切都要有秩序。

当我的呼吸不再变成一团团蒸汽，我出发去幼儿园。

"妈妈。"我感到身体被猛烈地冲击了一下。结实的、温暖的、柔软的皮肤。我是不可替代的，是最亲爱的，是无时不在的，是一个人最大的快乐，这真是让人迷醉的感觉。但我知道，清醒的时刻马上就会到来。"你给我带礼物了吗？"我已经提前做好了准备，不想破坏欢乐的气氛——既不想破坏他的，也不想破坏我的。我把那辆红色的拖拉机献祭到我们母子亲情的供桌上，得到了一阵欢乐的叫声作为奖赏。"妈妈，你太可爱了！"

在街上,我问道:"我们一起去喝杯啤酒,好吗?"

他会意地看了我一眼,用最低沉的声音回答说:"好的,我要喝一大杯啤酒。"一个行人转过身来。儿子窃笑着:"那个人肯定以为我真的会喝啤酒。"

我们点了冰淇淋和咖啡。

"安德里亚斯打我。"

"那你就打他。"

"他比我高。"

"那又怎么了?也许他没你那么强壮。"

"不,但是他跑得不够快,所以我还是跑掉好。"

"你打他更好。"

"但是我害怕。"

"要让他害怕。告诉你,如果你特别气愤,你就可以喷出火来。"

儿子很兴奋,表演着如何喷火,却把冰淇淋喷到了桌子上。

晚上,躺在床上,他问:"我真的能喷火吗?"

"能啊!如果你大发雷霆的话,肯定能。"

"那你呢?"

我嘛,不行,很遗憾,我没有那种魔力,我只是说说罢了,可怜的孩子。

"能,我也能。"我说。

儿子睡觉时,房间里充满了那种让人恐惧、无法填满的寂静,不安散播开来,挑衅着。突然中断的生活。我放上一张唱片,波西米亚的巴洛克音乐,今天却找不到共鸣。我又试着听肖邦,但是那种让人恐惧的感觉挥之不去。某个地方正发生什么事情。生活,生活正跟我擦肩而过。我错过了多少人多少事。但是,如果我对这样的日子使用暴力，不再忍受它那规划好的、平常的节奏，不去寻找自己的生活，而去寻找另外一种陌生的生活，我早就知道那样做的结果如何。如果突然离开家，虽然早已筋疲力尽，但我还要去酒馆，因为猜想那里有我的朋友。当我一小时之后又回到家里时，生活并没有变得更加丰富，反而是更加贫穷，因为我并没有多一种经历，而是为乘出租车花掉了二十马克。

有一天我会建造一座自己的房子，一栋很大的出租楼。里边只能住那些彼此是朋友的人，而不是一个只知道栽篱笆，强扯到一起，谁都不愿对邻居多看两眼的公寓居民集体。这座楼里应该住七八户、十户人家，每家都有自己的住房。人们可以单独生活，但也不是必须如此。房门上会挂牌子，一面是红色的，另一面是绿色的。如果是绿色的，别人就可以按门铃。红色的则表示请勿打扰。圣诞节和过生日的时候，每一家都做一道菜。阁楼是孩子们的游戏室。没有人会在出差归来后回到一间冰冷的屋子里。如果一个人要写一本书，他可以停止工作，其他人会凑钱让他休假一年。如果每个人出五十马克，他就会有一份高得吓死人的奖学金。作为回报，他只需要有时候帮忙照看一下孩子。当书写完以后，他可以在前边写上他感谢我们所有人。如果没有人愿意出版这本书也没有关系，他可以念给大家听。

今天我真想把我的牌子翻到绿色那一面。

白色的冬日太阳透过未曾擦拭的窗玻璃，减弱了亮度，被囚禁在咖啡勺子里。我盯着那个被囚禁的太阳，把勺子晃来晃去，和它游戏着，然后拿出一张白纸夹在打字机上，看看太阳又看看纸，试着写关于B城的第一句话。我面前的圆桌上是关于粉尘污染的表格和分析、我的笔记、剪报，没有归类，横七竖八地叠放在一起。旁边是咖啡杯，它让我从早餐温和地过渡到工作。老天做证，我绝不要什么写字台，不要面前一个四四方方的、划定界限的地方，不要摆得整整齐齐的铅笔和文件夹。

一张空白的纸，充满了可能性、意愿、自我约束：这次要跟以前完全不同，要避免旧的错误，我心里也很清楚，会产生新的错误。但是目前还有机会，平平安安地走过悬崖的边缘，目前在视野中还没有出现阻碍。目前，B城还像一片由事实和经历组成的平静水面展现在我的眼前。

我蜷着双腿坐在那张又大又旧又硬的单人沙发上，望着窗前的枫树，让眼前的景物变得模糊，想象着我从B城火车站前往联合总厂的路上这个城市给我的第一次惊慌，想着阿尔弗雷德·塔尔，他曾说过："B城是欧洲最脏的城市。"这应该作为第一句，我就应该这么写。但即便是露易丝也会把这句删掉。欧洲最脏的城市偏偏出现在一个社会主义国家。如果我们不得不承受这悲伤的现实，那就最好不要再把它公之于众。也许可以变化一下：B城是一个肮脏的城市。废话，这么一句什么都不是，这每个人都知道。

如果不能说出整个真相，那起码来一个漂亮的句子，比如这样：在B城下车的，只有不得不在这儿下车的人——那些住在这儿、在这儿工作或者来这儿办事的人。这是我的第一句，我还算满意。

天空。当我让那天空压上头顶，把那灰黄色的毒雾吸进意识，数着垒得高高的烟囱，烟囱口里冒出的雾气聚在一起，像一个屋顶罩在城市上空，我当时的感觉是什么样的呢？我震惊或者惊恐，想到那么多毒素就心生恐惧。在B城，我烟都抽得少了。但"恐惧"不作考虑。我们写作不是为了吓唬人们，也不是为了让他们惊慌失措。"震惊"也太过分了。"深有感触",这可以。"外地来的人深有感触地望着这个城市上方的天空……"。

一个小时之后我写了两个句子,很吃力,太吃力了。我寻找一个词,那个合适的词,唯一合适的词。但是我刚一找到就要推翻它,把它换成一个较为温和的变种。不能太温和,而是最接近它的一种细微变化的形式,但是是可以出版的。不能出版的东西就不会再去考虑。如果允许自己按这个标准来衡量现实,那么不能出版和不能思考之间其实只有很短的一段路;这中间是说不清道不明的东西。我几乎已经戒掉了公开谈论其他可能性的习惯,不再把我觉得不能出版的思想公开说出来——说出来又有什么用呢?我事先就知道别人会怎么回答我,这些回答我都能脱口而出:你这样会给敌人提供证据。你什么都可以写,但是你要把它正确地归类。如果我把它正确地归类,那一切都有不可动摇的秩序,而一切都不能和现在的秩序不同。总是听到这样的话:"你是对的,姑娘,但是我们还不能……""还有更重要的……""你以为我们自己还没有意识到这些问题?"总是这些"我们"同志。为了对付我可怜的"我看见",他们拿出来他们不可动摇的"我们",这样我就变成了捣乱者,单枪匹马、特立独行的人,非要逆流而上的人,不可教诲,傲慢,自以为是。他们躲到他们的"我们"后面,隐身起来,不会受到攻击。但是可悲的是,一旦我套用了他们那趾高气扬的语法,把他们称为"你们"或者"他们",他们严厉的问题就会像冰雹一样砸过来:谁是"他们"?你到底具体指的是谁?为什么你说"你们",而不是"我们"?你到底要跟谁保持距离?

我这话只说一遍:谁要是总用复数来说话,就必须允许我用复数来称呼他:谁是"我们",谁就得做"你们"或者"他们"。如果他们想要以我不能允许的方式把他们的意见变成我的意见，如果他们未经我的允许就把我吸进他们的"我们"里去，我就会称自己为"我"，称他们为"他们"。

也许我跟他们之间只差着几年，这几年之中"不"的机制会在我这儿生根。对我来说，那些不能出版的、不能言说的、不能思考的都会变成不真实的，因为我跟其他人一样无法忍受不去写、不去说、不去考虑那些最让人感动的、最激动人心的事情，那时我也会说"我们"：如果一个新手又说"我"的话，我会教导他说"我们那时候还不能"——因为我还不能，而对他来说我就是"他们"。

我离他们并不是很远。我已经不能肯定，那些像施特鲁策和梅瑟克一样的人是不是对的。B城的人已经适应、习惯了当B城人，适应、习惯了身上落满灰尘。如果对他们说"你们被遗忘了，你们为了更重要的东西被牺牲掉了，而我无能为力"，这也许是既粗鲁又残忍的做法。

但什么是更重要的呢，露易丝？每个B城的婴儿都要为我们的富足生活付出代价。其实建一个小发电厂就够了，只需要一百六十兆瓦。

但是我写的是"深有感触"，而不是"震惊"，把真相掩藏在漂亮的句子后面。

当某某同事读这篇报道的时候（也许是因为跟他的城市有关，他才读的），他会鄙夷地把报纸放到一边，打开电视，对他的妻子说："那些报社的人都应该来这儿住一阵，然后他们就不会胡说八道了。写这篇文章的那个女的从发电厂出来的时候可是脸色煞白。"他还会说"但纸是有耐性的东西"，而他的妻子也会同意他的意见。

露易丝，我们这些胡编乱造的东西有什么用吗？你相信，某某同事会听我们的话，觉得他的城市根本不是那么无法忍受吗？你以为，我们不提那些没有建的发电厂和那些被推翻的规划，他就不会去思考它们？

还是有人相信，一百八十吨飞灰落到报纸上比落到自己的身上更沉重？

设想一下，露易丝，如果我掉进克里斯蒂安的陷阱，真的写两篇报道——一篇真实的，一篇能发表的，而你必须决定取舍，你肯定会生气，因为我又一次让你背黑锅。就像你以前曾为我写的那些句子而生气一样。我写那些句子就是为了让你不得不删掉它们。你总能把那些句子找出来，你总是很喜欢它们，你生气是因为我把你逼上了审查者的角色。但是如果我逼你从两篇报道中挑出较差的那篇，露易丝，我不知道你的怒气会冲着谁来。也许会冲着我，因为是我造成了这个局面；也许会冲着其他人，那些不允许我们在报纸上散播一个城市的污秽的人。你也可以让别人背黑锅，比如鲁迪·戈尔达默，那你就不必扮演删除者的角色了，也不必担心会出现丑闻，因为鲁迪·戈尔达默的胆小怕事完全可以让人放心。

我这么做不公平。我没有留给她一种有尊严的可能性，这不是她应得的。露易丝可不是怕事的人。想要预测露易丝的行为是毫无意义的。我多次很肯定地盼望着她会这么做或那么做，但到头来还是发现自己搞错了。我不是说她表现得比我估计的更宽容或更友善，根本不是这样，而是我进行过各种猜测，可她的反应总是和我猜测的不一样。现在这对我来说几乎成了一种游戏，我会想象出她所有可能的反应——首先是最糟糕的，然后再把它们都排除出去。因为就像我刚才说过的那样，露易丝是不可预测的——这不是说她是不可捉摸的。有一点我至今从未错过，那就是露易丝是诚实的。

我只知道这么多，再没有别的了。我也不知道，如果我真的接受了克里斯蒂安那愚蠢的建议的话，露易丝会怎么做。

我只写了两个句子，还是只有两个句子。那些由事实和经历组成的、镜子一样平静的水面中并没有生出什么东西。相反，只有一个悬崖挨着另一个悬崖。

房间里暗了下来。太阳消失在了一张厚薄均匀的灰白色云毯后，这块云毯笼罩在街道上空，就像一个巨大的、平坦的屋顶。预报有雪，今年第一场雪。在我的头脑中一些句子慢慢生成出来，毫无意义的句子，词汇不受控制地挤在一起："……我们尽力而为……我们在现有条件下别无选择……代我们向……致以最衷心的问候"混乱的、毫无关联的东西、套话，它们栖身在我后脑中的某处，现在都不邀而至。这毫无意义。我不能一句一句地往外挤——如果我根本不知道我要写什么的话。但是我应该想写什么呢？也许是这种被阉割的现实、这些妥协，如果我们敢于公开讨论这些事情，我们总是会为此感到骄傲，比如三班倒很辛苦，某地学校食堂的饭菜还不怎么好吃，或者某些领导身上偶尔会出现一些个人弱点。我的上帝，我们生活在什么时代？做出这些无足轻重的判断就足以让人获得"具有批判精神""具有英勇品格"的评价了吗？

我拿了一张新纸夹在打字机里，写道：B 城是欧洲最肮脏的城市。

只写这一句，再不多写了，今天不再写了。

第三章

十五年来，我第一次害怕敲克里斯蒂安的房门，简直傻透了。到底发生了什么事，我们有什么好惧怕的？我们彼此间比过去更接近了一点，无限地接近，也就是说没有什么可怕的。尽管如此，我还是有一种局促的感觉，现在跟以前不一样了。我害怕期望——他的期望和我的期望，害怕我们会变得容易受伤，不能再用以前熟悉的语气。另外，我自己也不肯定，我现在要找的是哪一个克里斯蒂安——是那个可靠的老朋友，还是这个有一双温暖有力的手的新克里斯蒂安。

也许我早就知道答案，但是不愿意承认，因为我有可能会失望。也许对于克里斯蒂安来说，约瑟法还是以前的约瑟法，一个没有性别的、终生的女友，只是有时需要他的鼓励，当她心情沮丧的时候，当她冻得发抖的时候，当她缺乏言辞表达的时候，当她想要感觉自己活着的时候。怀疑自己动机不纯总是很困难的，但是我禁不住要问自己：如果我们两人之间除了友好的回忆以及遗忘的可能性之外，什么也没有留下，这对我来说是不是太稀松平常，太难以忍受？

有时候我很吃惊,我对自己的了解是那么少,而自我欺骗却练得炉火纯青。谎言和真实以及对谎言的羞愧是多么难以分辨清楚。

某些时候,我满心绝望地想在自己身上发掘出一个诚实的动机。其实我早就看透了一切,早就在自己身上察觉到了虚荣和对悦己者的渴望,但是我不愿承认这一点,我寻找着一个可以接受的解释,逼迫自己去理解。但最终仍然得承认失败,望向自己的深渊,发现最可怕的事情:自己与别人没有什么不同。

克里斯蒂安的屋子里传出音乐声:"为什么我们不在路上……"楼下的一扇屋门打开了,传出酸菜的味道。"别又把衣服晾在施莱贝尔家的晾衣绳上,否则她又该激动了。"一个女人的声音喊道。有人趿拉着拖鞋上楼梯。

我敲了敲门。

没等克里斯蒂安开口说"你好",我就说我正巧来附近的一家布店。我问打扰吗,但是并没有等待他的回答,因为我在衣帽钩上没有看见别人的大衣。我抱怨着布店里那些无聊的货色,看见克里斯蒂安在微笑。"好啦好啦,别说话了。"他说着,亲了亲我的面颊,就像以前一样——也许跟以前不一样了。

他把香烟从桌子上推过来。

"茶还是咖啡?"

"烧酒。"

"你的报道写得怎么样了?"

"你成功了。我正在写第一个版本。"

克里斯蒂安身体向下滑,半躺在他的单人沙发里,跷起二郎腿。那对灰色的、圆圆的眼睛闪起亮光,但只有那么一瞬,并没有得意,只是高兴的样子。他看起来很疲倦。自从我们认识以来,克里斯蒂安就是更理智的那一个,总比我成熟几岁。我已经习惯了把我们友情的绝大部分责任都交到他的手里。偶尔我也会良心不安,因为我知道,克里斯蒂安无法拒绝,即便我对他的要求超出了他的能力。我把他看成这个世界赋予我的一种稳定、美好的东西,可以比作一个母亲或者哥哥。我们的友谊刚开始的阶段,这种呵护只是间接地从克里斯蒂安那儿产生。让我着迷的是格雷尔曼家里那种知识分子的文化氛围。我尊重克里斯蒂安的父亲维尔纳·格雷尔曼,这种感觉至今未变。我认识他的时候,他四十岁。在我的记忆中,那以后他几乎没有什么变化。那时候,一个四十岁的人对我来说,比今天一个五十五岁的人还要老,因为我还没有把自己也终将变老这个角度加进自己的思维。

那是五十年代末。两年之前维尔纳·格雷尔曼教授还在哲学系授课,他的课堂上总是挤得满满的,尽管大多数学生只能听懂一半。当马克思主义者格雷尔曼剖析萨特和克尔凯郭尔的时候,他就像一个成竹在胸的外科医生,手法漂亮而残忍,但又带着学者对于别人的思想成就那种必不可少的尊重。

后来,一个年轻同志据说由于长期阅读西方颓废文学而表现出了意识形态上的严重缺陷。当要大家表决是否开除他党籍的时候,格雷尔曼也许同样是出于对他人思想的尊重,没有举手赞同。维尔纳·格雷尔曼并没有因此被开除出党,但是被取消了培养年轻学者的资格。后来他从哲学教授又晋升成了卫青的父母官。卫青其实是奥得河下游河谷地区①一个泥泞的小村庄,他要把它变成一个模范村。

---

① 奥得河下游河谷地区(Oderbruch)地势低洼,布满了河汊和湿地,经常受到洪水威胁。

他的太太和三个儿子——克里斯蒂安是最大的——都留在柏林。鲁特·格雷尔曼中断了她的博士论文，靠抄抄写写来养家糊口，因为维尔纳·格雷尔曼作为村长挣的那五百马克不够支付两份家用。

我尝试着去回忆当时，在认识维尔纳·格雷尔曼的时候，是不是在他身上发现过悲苦的影子。我并不觉得有。在我看来，就连那个时期的照片中他那张敏感的、有一双灰眼睛的脸上也显出智慧的、小丑般的神采。

我周末常去格雷尔曼家。有一次，维尔纳·格雷尔曼给我们讲他怎样给卫青的乡村道路铺路。我们大家都围着大圆桌，坐在老旧的、高靠背的皮面椅子上。那是圣诞节前又湿又冷的一天。房间里唯一发出亮光的是那个犹太教灯台，放在门口右边那个小书架上。这个灯台是鲁特·格雷尔曼——结婚之前她叫鲁特·卡岑海默——唯一的嫁妆。维尔纳·格雷尔曼无法忍受圣诞树，所有跟信仰沾边的东西对他来说都值得深深怀疑。一旦听见他的谈话对象说出信仰这个词，他就会满怀疑虑地高挑起细细的眉毛来。但是维尔纳·格雷尔曼却十分珍爱这个灯台，几乎是以一种神秘的方式，其程度之深我至今仍然无法理解。

鲁特沏了三四壶茶。维尔纳·格雷尔曼给克里斯蒂安和我讲述着卫青修路的故事。开春的时候他看到，如果连下几天雨，卫青的街道就会变成烂泥塘，卫青人的靴子和自行车都会陷在里边很难拔出来。虽然机动车道上铺着大块的铺路石，但是人行道却只是踩实的土地，大雨后可能会积水好几天。维尔纳·格雷尔曼对步行和骑自行车有着狂热的爱好，但是他首先想的当然是大多数人的利益。于是他决定，卫青的人行道要铺上石头。这个决定将使卫青的公众生活发生深刻的变化，但是他却缺少资金。他告诉我们，在这个决定做出几天之后，他偶然穿过村子里的公墓——我肯定这次在公墓里的散步不是偶然，维尔纳·格雷尔曼像讨厌圣诞树一样讨厌公墓。有一次我们提到公墓的宁静安详，就受到他毫无虔敬之心的嘲笑和攻击。当我们为自己辩护的时候，他问弗里德里希·恩格斯的墓到底在哪儿。我们猜测在伦敦。维尔纳·格雷尔曼得意而狡猾地哈哈大笑。他噘起嘴，好像要从手掌上吹掉什么东西，然后说："就在这儿，在风里。"因此我很肯定，他并不是偶然穿过墓地，他知道自己要在那儿找什么，而且也找到了。他赌农村人有传统意识，还有些怠惰，并在卫青的公墓里那些值钱又古老的大理石墓碑上证实了这一点。维尔纳·格雷尔曼找来了村子里负责财务的人，这是一个狡猾的、经受过卫青所有大风大浪的人物，据他所说墓地使用期三十年作废。维尔纳·格雷尔曼的下一个措施就是在他的卫青人的吝啬上下赌注，因为他们从来都是一些穷人。他在县日报上发了一则启事："如果想要继续保留亲属的墓地，请于本月底前交纳三十年的租金，否则墓地将被夷为平地。墓碑运输的费用由亲属负责。如果亲属不履行义务，政府将不得不把墓碑运走。署名：村长。"如果村长不想要那些石头，那他就得自己找人把它们弄走，农民们肯定是这么想的。维尔纳·格雷尔曼又到公墓散了第二次步，这一次有石匠陪同，他是来评估那些石头的价值的。不信神的维尔纳·格雷尔曼带着卫青石匠估算的数目又到了专区的首府，请那里的石匠去公墓散步。他出价高了一倍。维尔纳·格雷尔曼又把这个数目告诉卫青的石匠。我现在想不起来他到底领了多少个石匠去了公墓，直到他觉得他们出的价足够了。反正后来卫青的人行道铺上了铺路石，这对我来说成了实用的、真正无神论者的纪念碑。在我的记忆里，在格雷尔曼家度过的这个圣诞节前的阴沉下午，比其他日子更加清晰。就在这一天，我察觉到自己羡慕克里斯蒂安的家庭。这种羡慕里边也混杂着感激，感激他们让我加入到他们中间，这种归属感不仅仅是我熟悉的那种天伦之乐。

维尔纳·格雷尔曼后来又可以从事科研工作了。他们一家迁到了哈雷。我从那之后只见过维尔纳和鲁特·格雷尔曼一次。但是与克里斯蒂安的友谊却和一种心智上的呵护永远联系在了一起。这是我在他父母家里第一次体会到的。

克里斯蒂安沉默着。他玩着一张纸，把它很精巧地折叠起来，然后又抻平，再慢慢揉成纸团。不，现在和以前不一样了，但也没有什么不同，只不过是一种让人压抑的不安代替了毫无顾忌的亲密。也许只需一句话就能够找回以前的语气，或者找到一种全新的语气。"你走神了？"克里斯蒂安望着我，脸色苍白又疲倦。他细细的眉毛下面那双灰色眼睛里没有一丝嘲弄的光彩。

我担心自己不管怎么回答都会是错的。我到底在这儿找什么、找谁呢？彼此间的接近突然变得不可想象。尽管我希望能留下来，留在这儿，这是我熟悉的地方，是我不需要一再重新解释自己的地方，但是我又产生了一种恐惧，害怕变成那种四脚动物。我想到了送奶车的早晨，想到听维尔纳·格雷尔曼讲述卫青故事的那些夜晚，那些年少时的回忆，克里斯蒂安，我的兄弟。

"没有，我不知道，今天不知道。"

我想回家了。

编辑部会议的座次总是被严格地遵守着，所以尽管我来晚了，但我在露易丝旁边的座位仍然空着。她的右边坐着君特·拉索夫，一个瘦削的、病恹恹的男人。尽管他刚过四十，却向偻着，老态龙钟，走路总是迈着小而笨拙的步伐，好像一只脚随时会被另一只绊倒。他偶尔也会表现出英国佬那种怪异的幽默。胖胖的艾丽·梅瑟克正在用充满母性的声音努力评价着《每周画报》的最新一期。君特·拉索夫把报纸推到露易丝面前，上面有两行他用红笔画了线。"你看见了吗？"他小声地问，勉强地压抑着声音里的愤怒。"法兰克福铁路工人怎么用盐破坏了霜冻的游戏"——报纸上的题目这样写着。君特简直无法忍受如此滥用语言的做法，会产生生理反应。西格弗里德·施特鲁策作为主编的唯一代表坐在领导席上，用铅笔使劲地敲着桌子。露易丝像一个说悄悄话被抓住的小学生一样满怀羞愧地垂下头发花白的头。"鲁迪去哪儿了？""鲁迪牙疼。他不来了。"露易丝小声说道，嘴巴使劲地抿住，就像她不得不憋住一阵大笑。

鲁迪·戈尔达默的娇气是众所周知的。大多数人都对此报以微笑，但基本上没有人真正厌恶这一点。当我听说鲁迪·戈尔达默的故事时，我难以想象这个面部线条柔和，眼神忧伤，嘴边都是悲戚神情的瘦小男人，居然能在集中营里度过十一年并且活下来。他被捕的时候十九岁，三十岁才回到家。他的心脏很虚弱，胃有了毛病，几乎没有一夜能睡得着觉。十七岁的时候，他爱过一个姑娘——那个姑娘是他在工人体育运动中认识的。他被捕两年后，姑娘嫁给了一个冲锋队员。战争结束后她离了婚，带着女儿来找鲁迪·戈尔达默。鲁迪好像突然清醒了，带着幼稚的惊讶寻找他在铁丝网后面逝去的青春，居然跟她结了婚。他们的婚姻出奇沉默。露易丝有时候会去拜访鲁迪·戈尔达默，说起他的太太时，露易丝总是带着一丝同情的鄙夷。

尽管命运多舛，鲁迪还是保留了对别人的一种细腻理解、一种近乎软弱的友善，好像他一生中所能承受的痛苦和恶意都到了极限，无法再增加。所有这些都是让人喜爱鲁迪的原因。但是作为《每周画报》的主编，这些特点却是灾难性的。面对其后果，鲁迪·戈尔达默总是用胃部痉挛或者牙疼来逃避。

开会的人开始窃窃私语。显然，大家都不同意艾丽·梅瑟克的满意结论。这些专栏这次显得特别为读者着想，符合《每周画报》的定位，很能体现我们的特点——这些老生常谈在每次会议上肯定都能够听到。我总是很惊讶，有人居然还能说出这些话而没有大笑或者至少微笑一下。

"过一会儿再讨论。"西格弗里德·施特鲁策又敲了敲铅笔。鲁迪·戈尔达默只要一犯牙疼或胃疼，西格弗里德·施特鲁策就会接替他的位置。他总会马上搬进主编的办公室，据说是为了有人接电话。这是一个虚伪的借口，因为鲁迪和西格弗里德·施特鲁策的电话是通过同一个秘书办公室接通的，而鲁迪用他的直拨电话只进行私人交谈。

"注意，现在轮到你了。"露易丝轻声说道。

"约瑟法·纳德勒的报道。"我一听见艾丽·梅瑟克那充满母性的声音就缩作一团，就像每次被点名一样。这是从学生时代就熟悉的一种感觉，那时我学会了害怕自己的名字。约瑟法·纳德勒，不要交头接耳！……约瑟法·纳德勒，别摇椅子！……约瑟法·纳德勒，你为什么迟到了？

"约瑟法·纳德勒在她关于柏林市中心的文章里很准确地描绘了首都的氛围。"艾丽·梅瑟克说道。她说得很慢，又拖着长腔，好像要字斟句酌，以此来凸显她发言的重要性。"我很喜欢这种让人心情为之一振的现实主义，"艾丽说道，"尽管——"哈哈，现在来了，否则我还会感到惊讶。"尽管——"她必须讲真话，"这种现实主义有时候有点过头。"露易丝斜着嘴角朝我微笑了一下,然后眼睛翻上去。

"我指的是地下通道那段以及类似的影射。我认为,这有些过分。"艾丽用低年级老师那种温和的严厉说道。

我写的那篇文章是关于亚历山大广场的。我用了大约十行表达了自己对那些冷风飕飕、昏暗的行人地下通道的愤怒,用的是毫无危险的温和语气。我自愿放弃了详尽描述我们在满是汽车铁甲的城市下的未来。尽管我一闭上眼睛,把关于城市和汽车的主题交给想象力时,我眼前浮现的场景确实值得讲一讲。地上是三层的街道,用精巧的静力学上上下下交织在一起。高层建筑的周围是盘旋而上的弯道,走廊中有停车位、汽车升降闸、汽车电梯。老房子的窗子里不是窗玻璃,而是空气净化器。新房子没有窗户。车道的边上是混凝土栏杆,上边有高高的石盆,里边种着可怜兮兮的小树。这些小树每个星期都要更换一次,因为它们只能活这么久。在八车道的道路上行驶的是甲壳虫状单人汽车,上面可以装一个孩子的挂斗,这是为了缓解灾难性的停车场拥挤问题而研发的新型号。根据统计,过去两年由于车位争执而导致的死亡案件数量激增。除了单座汽车以外,只有老式的四座汽车。它们只能用于官方用途或者作为出租车使用。儿童只允许乘坐有鲜艳红色警示的汽车,八岁以下的孩子严禁单独驾驶汽车。地下是步行者的地穴。墙壁是阳光一样的黄色,屋顶是天空一样的蓝色,地板是草地一样的绿色,到处散发着油漆的气味。标志着商店隧道、医生诊所、大型餐厅的指示牌随处可见。这些都建在过去的地铁站里。孩子们驾着玩具汽车,在长廊里跑来跑去。小孩子们有脚踏汽车,大一点的允许驾驶电池驱动的汽车。成年人走得很慢,相当慢,几乎是在爬行。有些人带着支撑架,另外一些人使用拐杖。许多人都弯腰驼背，肚子因缺乏肌肉下垂着。每一百米就有一架电梯通往某座停车楼。一面黄色的墙壁上有一个用红颜色匆匆写就的口号：我们要求有公共交通工具。

艾丽温和地向我微笑着。"约瑟法，扶梯当然更好。但是在这里，你觉得那真的是一种不人道的方案吗？"

扶梯，谁说扶梯啦？人们就像钻过虫洞一样从街道的一边爬到另一边，好防止他们在汽车那昂贵的衬带轮胎前面跳来跳去，而艾丽·梅瑟克只考虑怎么样才能更舒服地把自己送进爬行隧道里去。

露易丝小声地咕哝着："她那个大肥屁股，真应该爬爬楼梯。"

"不人道的方案"已经给露易丝带来了一次简短的、让人难以忘怀的通话。尽管"通话"并不是对这种做法的正确表述，因为是一个人在说，而另一个人在听。当电话铃响起时，我正好在露易丝的房间。

"专区领导。"露易丝从牙缝里挤出声音。她的脸上出现了一种紧张的、精神集中的神情，使那些大大小小的皱纹变得更加明显了。"是我。"她说。

我听不见对方讲话，显然那个同志说话的声音很小，但是时间很长。我观察着露易丝的脸，她脸上的紧张渐渐地被一种倔强的微笑赶走了。

"好的，同志……好的，我们会好好考虑一下。"

她慢慢地捻起手指，把听筒挂在电话上，转动那个有鸡腿状金属椅腿的黑色人造革软椅朝向我，脸上满是笑意地说道："昆策同志由于你的'不人道的地下通道'发火了。"

"它们又不是我造的。"

"你别激动。"露易丝说道，好像想让自己安静下来，"那句话被印出来了,这才是主要的。"

露易丝像一个商人一样精于计算。她很仔细地考量一件事可能带来什么结果,估计着胜算,预测着风险,确保着平衡——当然是事先。下周,她计划安排一次专区首府某位城市建筑设计师的采访,这场采访肯定会让激动的昆策同志平静下来,并看到我们已经对自己的错误有了深刻的认识。

露易丝从她的手提包里拿出了一个装有甘草糖的赛璐珞袋子。她拿出一块甘草糖,充满爱意地观察一番,然后才把它放进嘴里。她把袋子递给我,这是一个特别的友好表示,因为露易丝很吝啬她的甘草糖。

梅瑟克表示和解地解释道,尽管有所保留,但她仍然认为我的文章很成功。露易丝小声说道:"你看。"

这可能意味着"你看,这事儿了啦"或者"你看,也能通过,你只要胆子够大"或者"你看,这个胖女人其实没那么糟糕"……鬼知道露易丝的"你看"后边都藏着什么,但无论如何,她是满意的。

我对步行者的地狱发出的只是小小的一声叹息。露易丝,你设想一下,如果我跟你汇报了我跟锅炉工霍里韦茨卡见面的事情。但是我至今还没有向你提起这件事,只跟克里斯蒂安讲过。他大笑着问,我是不是肯定自己正确地理解了社会主义民主的原则。

来自B城的锅炉工霍里韦茨卡是一个个头矮小、宽肩膀的男人,一眼看上去显得四四方方的。矮壮宽厚的身材,大且带棱角的脑壳长在粗壮的脖颈上,就连手指短粗的手看起来也四四方方的。正因如此,他圆圆脸上的柔和线条才更让你感到惊讶。他长着一双友善的、幼稚的眼睛,看人的时候从来不眨;他的鼻子不高,鼻头圆圆的，嘴唇很厚，但嘴并不大。他四十多岁，但你完全可以想象出他孩子时的模样，那时他还跟父母一起住在苏台德地区。主管工程师领我参观发电厂时，我认识了锅炉工霍里韦茨卡。我们在参观的路上没有碰见他，但是工程师说我如果不认识霍里韦茨卡，就不会明白为什么这个发电厂还没有瘫痪。我把主管工程师的这句套话当成了一个不怎么可笑的笑话。但是他坚持打电话把霍里韦茨卡找来，叫到他的办公室。这让我感到很不好意思，工程师把他叫来，就好像我是个领导或者官员，就好像是霍里韦茨卡有事要找我说，而不是我想找他。五分钟后他来了，脸上和双手都被新挖出来的湿煤——这里烧的就是这种煤——弄得炭黑。他右手在深蓝色的工作服上揩了揩，然后才带着歉意的微笑把手伸过来。突然，露易丝，我看了看我的右手，羞愧地恨不得钻到地缝里。我偷偷地、就像不经意地往自己的右手上看了一眼，不是因为我讨厌那手上的脏东西，那是新鲜的、干净的煤粉，不是坐办公室的人汗津津的手上那种看不见的灰尘。不，我只是出于好奇看了一下，想看看与锅炉工霍里韦茨卡握手是否留下了什么痕迹。我试着去掩饰这个动作，在自己的衬衫袖子上抚弄了一下，说了句袖口太紧之类的废话，我感到自己的脸上出现了另外一种色彩。霍里韦茨卡把他那双黑黑的、皲裂的手放在办公桌上，而后又犹犹豫豫地把手拿开，紧紧抓住椅子边，那双手就看不见了。

"是这样，霍里韦茨卡同事。"工程师说，他并没有觉察到我们的尴尬，"这是来自柏林《每周画报》的同事。我们把您请到这儿来，是想请您给这位媒体同事讲一讲您在这个发电厂的工作。不要美化，是什么样就是什么样。"

"这个工作特别脏。"霍里韦茨卡说，用他明亮的棕色眼睛微笑地看着我。

我该问他些什么呢，露易丝？我看到的东西已经足够说明问题了：古老的设备，漏风的车间，吃力、肮脏的工作，灰渣池里弯腰干活的男人们——那里低矮得只有侏儒能直起腰，女人们拿着五米长的火钳站在炉子前面。我还能问锅炉工霍里韦茨卡什么？

"您喜欢住在B城吗？"

霍里韦茨卡僵硬、笨重地坐在他的椅子上，耸了耸肩，无助地微笑着。他看我的表情就好像一个彬彬有礼的中国人看到有人想跟他说土耳其语。我大概向他提了一个相当愚蠢的问题。

一个人怎么才能回答记者提出来的这种笨拙的问题呢？如果有人问我是否喜欢住在这个国家，我能回答什么？

"我们刚刚继承了我岳父母的那座小房子。"霍里韦茨卡说，好像这样他就回答了是否乐意住在B城的问题。

露易丝，我受够了那种老一套的、让人感到羞愧的工人与记者之间的游戏。一方知道另一方会问什么，另一方也知道一方会回答什么，而一方又知道，另一方也明白这一点。

这种一成不变的、毫无意义的马戏表演，双方都透过栅栏相互对望着，双方都以为对方被关在笼子里。

"您为什么不反抗？"我问道，"您可是统治阶级。"

霍里韦茨卡对我内心突发的对记者角色的反抗毫不知情，这个问题对他来说显得很突然。他吃惊地抬起头："反抗？反抗什么？"

"反抗旧的发电厂。为什么您不要求关停它？"

霍里韦茨卡棕色圆眼睛里的神情在不相信、觉得可笑和感兴趣间摇摆。"这事儿得总厂厂长来做，听说他甚至写过一封信。"他边说边扭头望向工程师，工程师站在他的斜后方，靠在一个柜子上，点头证实了这个消息。

"我在这儿可只是个小人物。"霍里韦茨卡接着说道,既无恶意也无怨气,只是下了一个结论,谦虚而又客观。联合总厂有上千名发电厂工人。你不必害怕,露易丝,我并不是想煽动他罢工。但是霍里韦茨卡的从容不迫向我发出挑衅,让我有点恼火。后来我才明白,这种表面上看去冷静的态度与从容不迫毫不相关。

"您认为,这种反抗应该是什么样子?"霍里韦茨卡微笑着问。

我说,他们应该要求一个解释,为什么还要在一个不安全的、喷吐污秽的发电厂工作,现在不是已经在建一个新的了吗?如果厂长不能回答这个问题,那他们就应该去问总厂厂长。如果他也不知道,那他们就应该把部长请来,请他来这儿,来B城。

霍里韦茨卡把椅子往办公桌边上挪了挪,用他黑黑的双手托着腮。"不知道这里面都牵扯什么事。"他若有所思地说,"如果他们不关停,大概是他们不能关停。他们不会故意让我们待在这脏地方的。"

"但是他们必须给你们解释一下,"我劝说他道,"您必须要求这一点。您应该明白,这不是什么禁止的事情,和罢工没有关系。相反,如果您不这么做,就会败坏整个民主。"

霍里韦茨卡忍不住笑起来。我向他保证这是认真的。部长几句话就能让他的总厂厂长去维持秩序和纪律,只用一个电话或一封信,一切就会风平浪静。如果总厂厂长想要保住自己的位置,他还能怎么做呢?"如果您想继续在发电厂干,您会怎么做呢?"我向霍里韦茨卡问道。我以为他会语带讽刺地回答这个问题,拿自己的愚蠢自嘲,嘲笑自己在这么一个破棚子里卖命。但他专注地看着我,几乎有些惊讶,然后小声说道:"我必须留在这儿,他们找不到人干这个工作。反正每四个岗位就有一个没人干。"

"您以为部长不知道这些吗？您以为，如果 B 城成千上万的发电厂工人想和他谈谈他们的未来的话，他胆敢不来吗？"

霍里韦茨卡没有回答。他尴尬地看着自己的双手，突然抬起头，好像是对他自己而不是对我说："没有发电厂，设备就不转，整个总厂的设备都不转。"而后，他笑了一下，摇了摇他的方脑袋，仍然半信半疑地说道："也许他真的会来，谁知道呢。"这个想法看起来让他觉得很好玩。也许他在想象中看到了所有发电厂工人坐在宽敞的文化活动室里，穿着蓝色的工作服，手和脸都脏兮兮的，看起来就像他们暂时离开工作岗位一两个小时的样子。部长坐着他的黑色大轿车来了，他不在主席台上就座，因为他们没有为他搭主席台。他像所有人一样坐在一张桌子边上，回答他们的问题。部长这次可以省了对世界政治局势的判断，对成就的赞扬也不用说了。他只要向他们解释国家计划中出了什么毛病，让他们没法关停这座陈旧的、不安全的发电厂。如果部长能说出一个站得住脚的理由，那他们还能商量。能源供应的事，他们懂行，他骗不了他们。

霍里韦茨卡两颊发红，眼睛闪闪发光，这让他看起来更加孩子气。"但是我们可不能随便哪个人坐下就给部长写信。"他说。我也不知道他应该怎么办，我出于对这个肮脏城市的满腔怒气向他提出了建议，可他应该怎么办才不被怀疑进行反革命活动呢？我只是坚信这么做是可能的。于是我说，给部长的邀请应该由工会来发。

"喔，原来如此。"霍里韦茨卡说道，变得清醒了。你真应该看看他的表情，看看他是怎样离开了没有主席台的文化活动室，又回到工程师办公室那硬邦邦的椅子上。"原来如此，"他又说了一遍，"那就什么也干不成了。我们的联络员什么也不敢干。"

这又是老调重弹。他们选举最笨的或最胆小的，因为只有这样的人才会让别人选他，然后当他成了一个愚蠢或胆小的联络员后，他们又骂那些工会官员个个是笨蛋、胆小鬼。

为什么他们选了他，我问。

"另外一个不想干了。"霍里韦茨卡说。他们以前的那个长着红头发，有雀斑。"他可是个真正的无政府主义者。"霍里韦茨卡说，"他真干成了点事儿，夜班有热饭菜，淋浴间和更衣室翻修了。但是他们总说他坏话，后来他受够了。"

霍里韦茨卡看了看表。得走了，他边说边慢慢站了起来，把椅子规规矩矩地推到办公桌边上，有些无所适从地站在屋子中间。"那、那我就走了。"现在他听够我的傻话了，我想。我觉得自己很可笑。我到底是怎么想的呢？我从装有空调、四季如春的大办公室来到这个地狱般的地方，还想教这里的人们如何生活。"否则的话，您会败坏整个民主！"再没有比这更傻的了。好像霍里韦茨卡或者红头发的无政府主义者会败坏民主似的。我像一个游方传教士一样四处布道，宣告复活的消息，真是太不好意思了。

霍里韦茨卡伸出他厚重的、四方形的手。"再见。"他说。突然，他好像下定了很大决心似的又补充道："我还要向您表示谢意。"我的心由于喜悦和触动疼痛般抽搐了一下。如果人每天都走同一条路，霍里韦茨卡说，有些东西就看不见了，我促使他思考一些问题。我当时真想大哭，或者拥抱他，亲吻他。他正确地理解了我的意思，没有怀疑我是个疯子或是一个自以为是、自高自大的人，一个脑筋烧坏了的、好为人师的家伙。

"谢谢。"我说，而后霍里韦茨卡快步离开了房间。

工程师靠在柜子上静静地微笑着。"您现在相信了吧？没有霍里韦茨卡这样的人,发电厂早瘫痪了。"这句话背后隐藏的嘲讽让我恼火。

你设想一下,露易丝,艾丽·梅瑟克和西格弗里德·施特鲁策如果知道了我和 B 城的锅炉工霍里韦茨卡的谈话内容。一条不太人性的地下通道比起上千个发电厂工人给部长写信算什么?还是就连你也觉得我做得太过分了?不,肯定不会。我会给你讲这个故事,会后马上就讲,只等施特鲁策把他关于工作纪律的最后几句话锤进我们困倦的、百无聊赖的脑子里。

第四章

　　我恨这一切：呲呲作响的烧水壶、乌烟瘴气的厨房、脏兮兮黏糊糊的盘子、杯子底上结成块的糖、油腻腻的洗碗水、残羹剩饭，被忘掉的香肠皮在手指之间溜来滑去。刚刚移开一座大山，一座新的又堆了起来。我简直是西西弗斯·纳德勒。他们现在都已经在月亮上攀来爬去了，并且因为还没有到达土星而感到万分遗憾，而我却站在一个冷飕飕、没有暖气的厨房里，套着两件毛衣，脚上穿着只有老爷爷才穿的毡拖鞋，指甲都泡软了，还要把变干的蛋黄从盘子上抠下来。你得按时刷碗，伊达总是这么说，至少每天一次，那你就会少干一半工作。这简直是胡扯，那样的话我就会每天恶心一次，这样只会每星期恶心两次。

　　电话铃响了，是米歇尔·蒂姆，《每周画报》的排版主管。他的声音听起来高兴得让人起疑，背后的噪音也是。

　　他们在"雷尼"，雷尼是出版大楼后面一条小街里的一家昏暗酒馆。在我们搬到新楼之后，就好像大家商量好似的，它很快就成了几乎所有部门都常去的固定酒馆。那儿有很棒的脆皮熏肠，椅子也是木头的,而不是塑料和钢管做成的。在那儿也不用害怕头儿突然出现,因为他来这么一个阴暗的小酒馆的可能性几乎不存在。

"你明天也能洗碗。"米歇尔说道,"快来吧!我们正庆祝呢。"

我被烟雾、啤酒味和不知突然从哪儿冒出来的大喊大叫包围着,既看不见,也听不清。在入口旁的高脚桌那儿,臭烘烘的烟雾里渐渐显出三个人形,看起来好像有人把他们的胳膊肘钉到了桌面上,这样才能让他们站住。他们用泪汪汪的眼睛看着我。

"你好,漂亮妞儿。"一个人喊道,把他的胳膊从桌面上拉起来,想来抓我,却把满满的杯子撞翻了。他伤心地看着啤酒从桌子上流到他的肚子上。他的肚子从棕色连帽衫下面突出来。

前厅左边的角落里伸出了三四条胳膊,我从浅蓝色的衬衫认出了米歇尔·蒂姆。他只穿粗亚麻的浅蓝色衬衫。有些人认为他只有一件衬衫,但是有一回我去他家时,看见浴室的晾衣绳上挂着七件浅蓝色的衬衫,第八件穿在他身上。读者来信部漂亮的乌尔里克·库维阿克坐在他的旁边。君特·拉索夫从旁边桌子那儿拉过来一把椅子,推到了汉斯·舒茨和夏娃·索莫尔之间。

夏娃·索莫尔正用她粗哑的声音对弗雷德·米勒说着什么,弗雷德则盯着他自己的啤酒杯,用一成不变的动作来回摇晃着剩下的那一点寡淡的酒根儿。弗雷德·米勒算是个酒鬼。有人说他还没从离婚这件事上缓过劲来,另一些人说他们在这之前就已经在他身上发现了这种倾向。清醒或微醉时他很冷淡,带着忧郁。汉斯·舒茨把他的杯子推给我。"喝吧,否则你受不了这些傻人傻话!"

我几乎听不明白米歇尔·蒂姆和君特·拉索夫在咬牙切齿地争执什么,但是情况看起来有些吓人。他们朝对方吼叫着,用拳头擂着桌子，杯子都跳了起来。他们不停打断对方的话，君特·拉索夫想用他尖厉的声音盖过米歇尔，故意把字咬得很清楚。

"事情就是这样。"米歇尔吼道，并气愤地看着君特·拉索夫。

汉斯·舒茨很得意地微笑着，观察着这两个人。"奇怪的是，"他说，"他们两个一直认为对方是对的。"

突然，夏娃·索莫尔满是烟气的声音传进我的耳朵里："大家说，我们现在去哪儿？"

这个晚上完全按规律进行。不定什么时候总会有人提出这个问题，然后一切就会变成一场醉生梦死。烧酒一杯接着一杯，他们搓搓胳膊上的鸡皮疙瘩，然后继续喝。他们有时候也害怕，说起自己的肝脏时会用蹩脚的笑话相互安慰。上帝保佑，它还没有肿起来。然后他们会极其严肃地探讨一个酒精成瘾者和大家聚会时才喝酒的人之间的界限。最终他们所有人都会放心地发现，他们无论如何都不能被称为真正的酒精成瘾者。但没有人敢肯定自己是不是会逐渐、不为人察觉地越过聚会时的醉鬼和成瘾的、孤独的、偷偷的酒鬼之间的界限。也许他们已经成瘾，不是医学意义上的，而是对那种轻飘飘的感觉成瘾，那是一种他们只能用人工方法达到的孩童状态。他们用三两烧酒浇去胸中块垒，才能忘掉将要来临的明天，忘掉因为耽误了期限而即将遭受的烦恼，忘掉那没有说出来的想法，忘掉又买不着大小合适的童鞋的事。他们会忘掉早上要在邮局排的长队，甚至会忘掉每天对那个刮着穿堂风、刷得雪白的大办公室的愤怒——那个办公室里总是叮叮当当、叽叽喳喳、哐里哐当。他们用四十度烧酒洗刷着灵魂，直到他们由于遗忘而变得温顺。

大家同意把酒场迁到汉斯·舒茨家。汉斯·舒茨的太太是外地一个剧院的演员，很少在家。汉斯声称他只能有这样的婚姻。如果他的太太受聘在柏林演出的话,那他们肯定要离婚了。

到汉斯·舒茨家要步行二十分钟。

"这样他们至少会清醒过来。"汉斯说道。汉斯有肝病,几乎不喝酒。他把大衣放到我的胳膊上。我不喜欢别人帮我穿大衣,大部分男人都会强迫我做体操动作,因为他们把袖子举到头那么高。

大街上静悄悄的,空气又湿又冷,预告说夜里要下雪。我们在狭窄的人行道上鱼贯而行,那些把右边轮子停到人行道上的汽车只给我们留下半米宽的一条小道。乌尔里克·库维阿克突然停下来,这让我踩到了她的脚后跟。她把头抬起来,充满渴望地望着天空,可天上一颗星星也看不见。"我爱这样的冬夜。"她说,"人们能看到,一切是多么易逝。"她叹息着,接着往前走。

汉斯·舒茨边走边擦他的眼镜,并借着路灯灯光看看是否擦干净了。他看也没看我一眼就问道:"你在写关于B城的哪个版本?"

"在写唯一的一个。"

"这是理智的做法。"

"我写的是不理智的版本。"

汉斯·舒茨沉默着。一辆驶过的汽车把他的脸照亮了几秒钟。他叼着烟斗沉思,脸在潮湿的空气中显得微红。他把那件不时髦的粗面皮夹克的领子高高竖起来,缩着脖子,看起来就像一只乌龟缩在它的壳里。"里面没有提到一个最高委员会的决定吗?"他问道。

"那又怎么样?"

"你可别太逞强。"

"我必须得试一试。也许一篇文章是能够让天平倾斜的那一根稻草。你想象一下,如果报纸上写着:在B城虽然有了一座新电站,但是老的却不停工,支气管炎比别的地方多五倍,树会一夜之间失去花朵,就好像可怕的巫师或者是一阵充满了二氧化硫的妖风把它们吹走了一样。一座不允许提起'安全'这个词的电站居然不被关停。这篇文章会有两百万人读到,这肯定会达到一些效果。"

"也许吧!"汉斯·舒茨说道,"但是他们不会读到的,因为这篇文章不会出现在报纸上。"

"不出也罢,但那不是我的决定。我要把我看到的写下来,否则露易丝压根就不应该把我派到B城去。我不能写一个城市,又把最重要的隐瞒起来。对B城来说,最重要的就是一座新电站,以及老电站造出来的污秽。"

舒茨对我的决绝没有什么反应。"你知道咱们这个地方。你在这儿待得够久了,你可以估计出会遇到什么麻烦。"

"我可以,但我不是必须这么做。"

"你真是一个不知悔改的乐观主义者。"舒茨说。他用胳膊搂住我的肩膀,问道:"你冷吗?"

"有一点。"

我们在火车站买了烧酒和香烟,乌尔里克非要吃咸味的花生。

汉斯带我们进去的房间很温暖,而且整洁得让人惊讶。当然里边几乎没有造成不整齐的可能性。在这个很大的房间里,有墙一样高的书架、一张大约两米长的椭圆形桌子、六把超级古老的、厚厚的皮椅子,还有几个圆凳放在周围,高度也与桌子合适,窗户上挂着深绿色的条绒窗帘,除此之外什么都没有。

乌尔里克拉过来一个小圆凳,紧挨着我的椅子坐下,用她那因为酒精而闪亮的眼睛久久盯着我。

"约瑟法,告诉我,你为什么不想再结婚?"

老天爷,又是这个老调调。

"因为我不想听见别人在我旁边嚼苹果的声音。"

乌尔里克微笑着,但显然不同意我用这种粗鲁的方式来谈论她最为神圣的东西。

"你从来没想过,你十年或二十年之后将怎样生活吗?"她忧心忡忡地问道。

"你怎么知道你自己在二十年后怎样生活呢?也许你的丈夫会跟你离婚或者在四十五岁的时候心肌梗塞死掉。"

乌尔里克惊恐地看着我:"你可真会开玩笑。"乌尔里克属于那种极端的已婚者。她和所有信徒一样,如果有人不皈依他们的信仰,他们就会觉得受到了人身攻击,就连有这种想法对他们来说都是不可忍受的。他们毫不顾及别人的信仰,对其发起攻击,用各种教条和信条来教育他,用最为阴暗的颜色给他描绘如果没有信仰会发生什么。有些人用地狱之火来威胁另外一些人,说他们是异教徒。乌尔里克则是用孤独的老年时光来威胁我,就像伊达姨妈,边说边从浅蓝的眼睛里涌出泪花。

乌尔里克可以说最不着边际的话,而所有男人都会原谅她,因为她那肩膀瘦削的、弱不禁风的形象会马上唤醒他们身上的保护意识——即使是保护小乌尔里克不受到她自己的愚蠢的威胁。她离婚以后,肯定不用自己从地窖里提煤。乌尔里克会用茫然无助的方式说起一个漏水的水龙头,而她的听众会相信,如果那些滴答不停的水珠继续落在乌尔里克那温柔的小脑瓜里,她肯定会进疯人院。他们会马上产生真正的同情,即使他们自己十年来还在刮着墙纸后的霉斑,而且每个星期二都要去房管所排队,但是像乌尔里克这样柔弱的生灵在她的生命中需要有人怜惜。

我肯定,窄肩膀的女人活得更轻松,尽管宽肩膀现在很流行,但是我却不能原谅自己的体型。

乌尔里克满心喜悦地微笑着:"你知道吗?如果你结了婚,男人们会对你更好,他们会在一个已婚女士面前表现出更多尊重。"

我的头脑里飘洒着温暖的雪花。如果再喝上一杯烧酒,这些温暖的雪花就会通过整个身体直落到脚趾上。她说的对,但是她应该停止说教,让我安静一会儿。我并不反对结婚。如果我再喝三杯烧酒,我马上就会跟汉斯·舒茨或者米歇尔或者君特·拉索夫订婚。无所谓跟谁是吗,乌尔里克,关键是结婚?如果我有乌尔里克那样瘦削的肩膀,我就会马上结婚。那样的话,我就会像没有结婚的乌尔里克一样崩溃,或者彻底颓废。没有结婚的那段时间,乌尔里克身上原有的特点通通不见了。她把自己打扮得像一个演小歌剧的女演员,把深色长发烫成卷发,穿着颜色刺目或者金银丝的衣服。我们观察着这个突如其来的、让人恐惧的变化,但是既无能为力又感到厌恶。连她的声音都变了,过去那种小女孩一样的声音被一种造作的快乐所掩盖,这种快乐时不时地还会爆发成高声欢呼。乌尔里克在为一个新的人格而奋斗。她努力尝试着解放自己,却只是把自己打扮得外表刺目,还常常故意招摇地去酒馆。她把女儿寄养在自己的母亲那儿。一有机会她就絮絮叨叨,讲她从未体验过的自由的快乐,现在她要认识和享受一下这种快乐了,说得多了就好像她真正地感受到这种快乐一样。但在绝大多数情况下,她在自由之境的飞翔都会以可怕的哭泣告终。我有两次遇到乌尔里克在雷尼酒馆突然把头垂到桌子上,然后放声痛哭。连她自己都不太清楚为什么哭,也许决定扮演的那个角色对她来说太过吃力,太过痛苦,她完全与天性对抗着生活。这种状况持续了一年,直到乌尔里克找到了一个新的男人,并在三个月后结了婚。这时,她看起来又跟过去一样了,显摆着她已婚的尊严，看起来很幸福。尽管她有一次告诉我，新丈夫并不是她的最爱，但乌尔里克并不是通过爱情，而是通过婚姻才幸福的。

在大家友好地交流提煤的不良后果时，我宽大的、有棱角的肩膀总是鼓励别人来友好地拍一拍。如果没有这样一副肩膀，我就可以像乌尔里克一样通过结婚来摆脱对自己的责任。你要负责，我会对我丈夫说。如果我十年之后不幸福或者职业考核不合格，我就会说，这是他的责任，他没能满足我的信任，他没有承担他的责任。而现在，我这个可怜的人要自己谋幸福，要接受自己的局限。我不能用轻轻的叹息和美化的回忆指出，如果我不是那么无私，做出了那么大的牺牲来支持我丈夫的学业和事业，我也将会有光明的前途。现在除了我之外没有人为我的无能负责。这一切只因为我有一副宽肩膀。

君特·拉索夫正比比划划地在讲一个主编的故事。6月17日[①]，当年编辑部的门前，一群大喊大叫的人正乱砸乱抢，而这位主编躲进了一个衣柜。君特一喝酒就会讲这个故事。君特·拉索夫那时候还是专区报纸的见习生，6月17日他只经历了一个小时的时间，然后一根扒钉就打中了他的后脑。

"没错，你们想象一下，他躲进了柜子里。但是，我请求你们，这件事千万不能外传。"

这个故事总是以发誓结束。当然了，我们一个字也不会说，我们保证道，也像往常一样。

[①] 1953年6月17日左右，民主德国爆发了一系列罢工和游行示威活动。这一事件对后来东西德的政策走向和社会发展都有深远影响。

弗雷德·米勒脸上一直带着恍恍惚惚的微笑倾听着。他突然弯下身，好像有点恶心，然后又伸直腰，攥紧拳头砸在桌子上。一个杯子倒了。他口齿不清地小声说道："我受够了这些臭屎、傻蛋、舔腚沟的跟屁虫，个个大腹便便，头脑空空，只会把人的脑仁吸干。"

他高喊了最后几句，就瘫作一团。他用手背把下嘴唇上的口水抹掉，然后目光呆滞地望着前方。所有人都心有触动，沉默着。夏娃·索莫尔和米歇尔也不跳舞了，汉斯·舒茨把杯子扶起来，倒进一杯烧酒，然后推到弗雷德·米勒面前。"喝一杯吧，安静一下。"他对弗雷德说道。弗雷德毫无反应，烂醉如泥地瘫在自己的椅子里，而后头扑通一声撞到桌面上，睡着了。

明天他会准时在七点四十五分走进电梯。他那布满血丝的眼睛露出呆滞的目光，跟踪着显示的楼层号。他不敢大口呼气，因为没有消化掉的烧酒的难闻气味会让同乘电梯的人向他投以责备、厌恶的眼神。他在十七层下了电梯，很高兴没有在走廊里碰上什么人，然后消失在17007号房间的门后。他把大衣挂进柜子。他还有点难受，突然感觉一阵虚弱，手脚都在颤抖。他从一个隐蔽的地方拿出半瓶伏特加，慌慌张张地喝了一杯，又倒满了一杯，把杯子放进他的办公桌里。然后他打开窗子，让寒冷的空气，还有街上的噪音涌进来。那噪音到了十七层后就变成了散乱的嗡嗡声，分辨不清具体的内容。办公桌上放着他要加工和审查的杂志和稿子，但是一旦把那些纸张拿在手里，不需读上几个句子，他就马上会感到恶心。他想尽办法来躲避这种恶心。再拖延五分钟。他上厕所，洗手，用烘干器把手烘干，停下来等着，直到烘手器停下来。早上的卫生间是一个安全的地方，能一个人待着。人们从家里来，已经在那儿解决了所有问题。早上的卫生间还很干净，他在镜子前梳着头，却避免看自己的脸，他知道自己在彻夜狂饮之后的模样如何。他往嘴里塞了一颗薄荷糖，然后慢慢地走回17007，走进那个两米乘以三米的斗室。

他把来信整理好，然后就没有什么拖延的理由了。他坐到办公桌边，吞咽着、努力压抑着已经升到嗓子眼儿里的恶心——每天早晨都如此。他拿出藏在办公桌里的杯子，一口气把烧酒喝下去。胃部和食管里因为紧张而抽搐的肌肉放松了，恶心感减轻了。再来一杯烧酒，他的身体就会平静下来，然后他就可以像读数学公式一样无所谓地让那些句子穿过已经麻木的头脑。

复杂的竞赛方法总是执行得越来越好，一位市长总是在倾听市民的声音，创新方法总会越来越新——他把这些文章里最严重的语法和句法错误清除，剩下那些语言上不流畅的地方是因为公式化的语言其本身规则所决定的，没有办法。他就这样一直工作到十七点，中间会因为开会、喝酒和交谈而被打断，几乎每天一成不变。

汉斯·舒茨把弗雷德·米勒领到一间偏房。君特·拉索夫那满怀愧疚的目光跟随着他们。"这么美好的夜晚，太遗憾了！"他说。

"你呢？"我说话的语气比我想的尖锐一些，"好像你跟他不一样似的。在堕落之后，你们所有人都还活着。你们放不下。你们总想让自己偷偷溜进无辜者的天堂，但是你们早就在通往地狱的路上了。难道你没有感到风声呼呼、烈焰腾腾？"

君特歇斯底里地大笑起来："只有我们的天使约瑟法坐在一朵雪白的云彩上，飘浮在我们深渊般的思想之上。得了吧，姑娘，再在这儿待上十年，你就不会再说这些漂亮话了。我没有恶意，约瑟法，我们知道我们想什么？是不是？"

我想回家洗那些脏杯子。在睡觉之前，我还想用红色和金色梦想我的未来。闭上眼睛,等着一切出现,等着最奇妙的事出现:黑白花纹的山羊倒立着,四蹄伸开,无声地飘过森林,飘过天空。有时候也会来一只写字台上装饰用的大理石大象,背上铺着白色钩花的小垫子,我穿着一身闪闪发光的马戏团服装坐在上面。或者,我再次穿过黄沙色的废墟城市——它肯定是在很远的南方,在西班牙或者意大利,甚至可能在非洲,因为那儿特别热,而天空是蓝色的,就像大海边的那种蓝。蓝色均匀地透过废墟空空的窗洞,好像人们在墙后边竖起了一幅蓝色的布景。街道都是黄色砂岩组成的、狭窄陡峭的台阶,因为这个城市依着一座小山而建。我总是一个人在那儿,但是并没有觉得不妥。我慢慢地顺着台阶走向小山的最高处,因为我想从那儿看看城市。每次都是如此,但每当我到了山顶上转过身,景色就会崩碎或者坍塌,我又从半山腰的台阶重新开始攀登。

出租司机飞快地行驶在顺豪瑟大街上。他说他只在夜里开车,因为很安静。一个夜里工作的人白天需要安静,他让他的妻子明白了这一点。还有那些老鼠,夜里对它们来说也更有好处。一周前,他买了一只鹦鹉,花了四千马克。

有四千马克的鹦鹉吗?

当然了,出租司机说。

他肯定在吹牛。为什么一个人要花四千马克买一只鹦鹉呢?

五块三,出租司机说道。

我给的钱正合适。我向他道歉,因为我没有给小费,但是我要是给他五毛钱的话就显得有点傻,因为他花四千块买了一只鹦鹉。

"算了吧,小姐。用您那五毛钱我肯定买不起那只鹦鹉。"出租司机说,并同情地笑了笑。

在我紧闭的眼睑后面,火焰般的光开始闪烁,有红色和淡蓝色。

我尝试着不去思考，一切就会像电影一样播放。

我看到一条宽敞的灰色街道，另一头有一道橘红色的路障拦着。街上空荡荡的，只有我自己走在街中间，朝那个路障走去。街道两旁的排水沟里有红色和蓝色的纸片，还有揉皱了的蜡纸花儿。我听不见自己的脚步声。突然，我感觉到那橘红色的带状物在慢慢向我移动。我继续走着，离它越来越近，那条带状物分解成了一辆一辆的、橘红色的庞大车辆。它们排成一排开着。这些车辆让人想起清扫街道的汽车，它们后面的街道是干净的，排水沟里头的纸片消失了。我继续走着。我很害怕，不想再往前走了，但我仍然走着，走得更快了，悄无声息。那些庞大的车辆悄无声息地靠近了。它们和我之间还有三十米，或者只有二十米。我想躲开，向旁边躲开。但我的脚却带着我朝那些大怪物的方向走去。我知道这就是我一直害怕的威胁。它以缓慢的速度靠近，而我无法躲避。风伴随着我，我们一起向前。现在，我知道我等的就是这一刻。还有十米，那些车里没有坐人，它们不会停下来，没有人看到我。我不再害怕，我必须继续走，必须……

我到的时候，露易丝不在她的房间。我用了整整两天时间写这篇稿子，从早到晚，一刻不停。尽管离交稿日还有一个星期，但是我想要给第二稿挤出时间来，万一我自己也开始怀疑对B城经历毫不掩饰地加以描写是否有意义。

当写完最后一句时，我才知道，关于B城我只能写成这种样子。我也许应该先写一半实话，然后才会有兴趣把完全真实的情况写下来。但是现在我把自己看到的全部真实写了下来，再也无力去寻找一个理智的、可信的非真实。我想要尽快让这篇文章变得完美。我已经下定了决心,不想给自己留下任何空间去小家子气地思前想后。

第二天早上八点,我坐车到编辑部去。但是当我到的时候露易丝不在,只有她的手提包放在椅子边上,写字台上摆着一个小小的棕色茶壶。我把稿子放在茶壶边上,写了一张字条:"过两小时再来,并准备好了应对一切可能。请你在阅读前也做好这个准备。约。"

我从大办公室拿来我的大衣,决定去散步。这会儿我绝不想坐在大办公室里望着君特·拉索夫的脊背,他的办公桌就在我前面。我对君特那瘦削的脊背十分熟悉。他伸胳膊拿电话时每块肌肉的运动,他把头埋进手里时那突出来的肩胛骨,弯腰向前衬衫下凸显出来的尖尖的脊椎,我都了如指掌。

除了星期六、星期天以及出差的日子,我每天都盯着君特·拉索夫的脊背,已经盯了三年。于是,我与这脊背形成了一种独立的关系。有些日子里,我会为它的病弱所打动,几乎充满了同情。另外一些日子里,我蔑视这瘦弱的、永远有些微驼的脊背。它只有很可怜的表达能力,几乎感觉不到有伸展和扩张的需要。这些日子里,那脊背在我身上会唤醒所有沉睡的攻击性,而我要克制自己,才能不把橡皮或铅笔扔到它上面。

我有时候也会对这脊背视而不见,对我来说它会变得无所谓,当然这种情况很少见。在这三种可能性之间还有很多变种,我跟君特·拉索夫的脊背的关系就在这些变种间来回变化。但我今天可是受不了它。

我告诉女秘书我要去煤炭和能源部的新闻办公室。我并没有指望她相信,就走出了大楼。

亚历山大广场东边的商店还关着门。广场上刮起了一股刺骨的风。这股风时停时起,袭击着行人,用尖利的牙齿咬着他们的面颊。

一个卖水煮香肠①的小摊周围站满了饥饿的人。可怜的人们，他们到底遭受了什么可怕的事情，不得不一大早冒着这样的严寒去吃水煮香肠。太阳还在犹豫着，不知道今天是应该上班，还是躺在它的云雾大床里，仅用一只半睁的眼睛向地球投来一束应急的光线。

我急匆匆地走着，就好像有一个具体目标的样子。我穿过市郊铁路桥下，走向市政厅购物廊方向。我把脖子上的围巾绕得更紧。我现在知道了自己为什么那么恨西北风。我没有什么特别意图，更多是出于习惯在鞋店的橱窗前停了下来，看到玻璃上映出自己的模样，朝着自己美美地、傻呵呵地笑。又是那种我确认是幸福的感觉，它现在兴高采烈地、盛大庄严地弥漫了我的整个身心。

当时我上大学二年级，为做一个关于莎士比亚的课堂报告已经把自己折磨了三天。我几天前刚过了十九岁生日，住在普伦斯劳尔贝格区的一栋破败出租楼的右偏楼里。厕所在楼道里，自来水在楼梯间，只有一个房间和厨房。对我来说，这都是能彰显我的解放的东西，我要把自己从父母、庇护者和被规划好的生活道路中解放出来。我并不觉得寒冷和拮据有什么讨厌，很欢迎它们能作为我独立自主的证明。我用工作这个词代替了学习这个词。学习，那是上学时候的事，而我现在已经成人了。

三天的折磨，为了莎士比亚，也为了塔德乌斯。我爱塔德乌斯，超过他之前的所有人，以及他之后的大部分。我三天不愿意见他，因为那时我刚开始自己的工作生涯，还相信认真的工作不允许爱情分心。现在我聪明多了，我或许只是无法忍受这种宣言折磨人的后果。

---

① 一种肉质很细的软香肠，在柏林及周边地区是一种很常见的小吃。

十九岁的时候，我大概还是能够忍受的。因为我记得很清楚，三天之后，我看到努力的结果被订成一叠放在黑漆的桌面上，就去电话亭给塔德乌斯打电话。

那是暮春一个晴朗的傍晚，温和的、带微尘的空气让我慢慢地温暖起来。我疲惫不堪，满怀自得，在漫步道上走着，像是屠龙勇士完成了他的功绩。光线正在渐渐暗下来，周围是我还不习惯的温暖，还有椴树散发的香味，这一切使我与周围的世界隔离开来，但是并没有将我跟塔德乌斯隔离开来。我走路时感觉不到自己的身体，时而飘浮在沙质泥土上，时而陷落其中，就好像陷入了棉花堆。我在温暖、浓稠的空气中融化了。这就是幸福，我想，幸福就是这样的。

自从那漫步道上的五分钟之后，我的幸福就获得了形状、气味和颜色，幸福就是暮春，是斜阳，是开花的椴树，是莎士比亚，是疲惫，是融化。

我的《B城》躺在露易丝办公桌上那个棕色的茶壶边。风把我的大衣吹起来，像一顶降落伞。我放松身体，顺风而动，好像游泳一样，把胳膊往前伸。我飘了起来。我在鞋店的橱窗里看到自己的脚离开了地面，一米，两米，一开始还慢慢地……风携着我，飞过街道，飞向海神喷泉。我在半空中绕着喷泉飞了一圈，再笔直向上，围着玛利亚教堂的尖顶短暂地转了一下，然后径直飞向菩提树下大街。从这个高度看，那些珍贵的高大建筑获得了人性的比例——只是行人都看不见了。注意，一个风洞！太晚了！我落了下来。关于死亡最可怕的想法是我在幸福的时刻死去。猛烈的撞击，屋顶！不，迎面一股气流轻柔地把我托起来，我逃离了危险。现在朝向太阳，就像代达罗斯①。啊！我已经知道了，不可以这样。兄弟们，朝向太阳，朝向自由；兄弟们，向光明飞升②。我们没有时间飞翔。我们要赶紧，什么都要赶紧，去香肠店，去储蓄所，去办公室，去幼儿园，去市郊铁路。不管去哪儿，我们都有可能迟到。钱卖完了，储蓄所开走了，老板关门了，孩子哭了。

我的头顶传来喧嚣声。明亮的阳光从一朵裂开的云间洒下来。一只手放到了我的肩膀上。我抬起头，看到一双深蓝色的眼睛，蓝得就像夜空，深得就像下方的地面。

"你好。"那个男孩说。

"你好。"

"我在散步。"

"我也在散步。"

男孩用力地挥了两下胳膊，飞到我前边一点。他飞得美极了。

"我在这儿从来没见过你。"他说。

"我真的在飞吗？我以为这是一场梦。"

那个男孩笑着，又飞着翻了个小小的跟斗。"你甚美丽，你甚美丽，你的眼好像鸽子眼③。你是约瑟法，我认出你了。"

这是我男友的声音。他来了，飞过云朵，飘浮在屋顶上方。

"我看到了，我看到了，而我不相信。我飞到冰冷的天空下，冬天的阳光温暖着我。"

---

① 在希腊神话中，代达罗斯和儿子伊卡洛斯自制羽翼，飞向太阳。太阳融化了蜡，伊卡洛斯坠海身死，代达罗斯幸免于难。
② 这是俄国革命歌曲里的词句。这首歌曲从魏玛共和国时期开始在工人运动中流行，后来还成为在德国社会民主党（SPD）和德国社会统一党（SED）大会上合唱的歌曲。
③ 在这段对话中，作者多次引用《圣经·雅歌》里的句子。译文参照和合本，根据小说原文略有改动。

我的男友回答着,他又朝我说道:"起来,我的佳偶,我的美人,起来与我同去。因为冬天已往,雨水止住。地上百花开放,春天已经来到,斑鸠的声音在我们的境内也听见了。

"来吧!我的良人,让我们在城市上空飞翔,直到天起凉风,日影飞去的时候。"

那个男孩拉住我的手。我们一起飞起来,落入了云彩的大山,又继续往前飞。我闭上眼睛,穿过黑暗,黑暗透过我的眼睑发出银光。起来,北风啊,兴起!南风啊,吹来,吹在我的园内!然后我们在一朵白云上边休息。

"你叫帕维尔。"

"如果你愿意,我就叫帕维尔。"

"再跟我说说那些美丽的诗句吧!"

"你自己知道那些诗句。"

"我想听你说。"

那个男孩说:"你这女子中极美丽的,你的良人往何处去了?你的良人转向何处去了?我好与你同去寻找他。"

"我寻找他,竟寻不见;我呼叫他,他却不回答。城中巡逻看守的人遇见我,打了我,伤了我;看守城墙的人夺去我的披肩。"

那个男孩吻了我的嘴。

"我得走了。"

"留下吧!"

"露易丝已经在等着了。"

"你还会来吗?"

"也许吧!"

"再来吧!你会在刮北风的时候遇到我。"他向我挥挥手。

我很快飞回了出版大楼,一眼也没有往地上瞧。我很想在十六层着陆,然后走到十七层,否则我会吓着露易丝,谁知道她的窗户是不是开着。我敲门,还没等露易丝说"请进",就把门打开了。她和往常一样坐在那把金属"鸡腿"的黑色人造革椅子里。她打量着我,生气地皱起眉头,并严厉地说道:"你看起来成什么样子了,快去梳梳头。"我很想给她讲一讲我的飞行以及与帕维尔的相遇。但是我知道露易丝不会相信我的。她会用食指点着脑门儿,然后不耐烦地撇撇嘴,带着明显的鄙视说:"你发疯啊!"我最好还是给她讲讲那可怕的狂风,人们觉得自己都快像一片纸似的被刮飞了。但我还是不想放弃。我大胆地迈出一步,希望能够得到露易丝从来不允许出现的出乎意料。"设想一下,你突然能绕着海神喷泉飞一圈,然后又绕着玛利亚教堂……"

"你还是留在地面上吧。"露易丝冷静地说道,抓起我的稿子。我的稿子不再放在茶壶边上,而是翻开了放在她的面前。九页,每页三十行,每行六十个字,并不是什么耸人听闻的东西,不是什么大发现,是每一个走进B城的人都可能有的想法,只不过我努力去描绘了那里真实的情况。尽管如此,它也让我有理由去飞翔。它举足轻重,能让我打扮整齐、梳好头发,坐在露易丝的面前,就像坐在民政局的女办事员面前。只不过我们的角色转换了,露易丝现在要说她愿意,或者不说。

我从户外带到室内的寒气已经被集中供暖的干燥空气吸收了。这种空气让我感到口渴,或者口渴是因为紧张——我一紧张就会口渴,黏膜干燥,粘在一起,说话时会让嘴唇和声音都感到撕扯。我至少把这场谈话在脑子里想过并表演过十次以上,直到我很肯定自己已经预防了所有突发情况,并且对事态每种可能的发展都做好了心理准备。现在，恐惧感却慢慢地爬上我的心头，这是对跟露易丝吵架的恐惧。人们总是渴望和睦，这真是过于煽情，真该遭到诅咒。人啊，你们要相互爱护。这种对呵护的追求是从童年时期就积累起来的，是无法消除的。只有爱和友谊能够这么彻底、这么毫无痛苦地腐蚀我们。我不想跟露易丝争吵。

露易丝把一块甘草糖放进嘴里，仔细地把裙子上的一些小渣子拂掉，然后终于把目光转向了我。她的脸上突然从哪儿出现了一种微笑，前一秒钟还没有。那不是一张由于尴尬或好心的友情而咧开的嘴，而是一个深深的、货真价实的微笑。这个微笑不仅是给我的，也是给我的B城报道的。

"这是一篇完全符合我心意的报道。"露易丝说。我还从来没听她用过如此矫情的表达。露易丝念了几段她特别喜欢的地方。我紧张地努力着不露出得意的微笑，好让自己不要看起来像圣诞树下的孩子。对不起，露易丝，我怀疑过你，我应该知道你不是胆小鬼，克里斯蒂安是对的。我们会自己删掉一半，因为我们以为其他人同样会删掉这些话，我们自己看见了鬼。我们的举止简直像戴了笼头的宫廷宠物狗，其实它们守护的只是自己脖子上的链条。

"要按我的意思立刻、马上，"露易丝说道，"但是我们最好先给鲁迪看看。我们肯定会惹麻烦的。那对我来说无所谓——如果真值得的话，这肯定是值得的。如果真能出版，哪怕让我把灰撒在头顶上表示忏悔都可以。但是你知道鲁迪，我们不能把这个强加于他。"

"不行吗？"

"不行。"

"那就什么也干不成。"我们的联络员什么也不敢，霍里韦茨卡曾经说过。当他听说邀请部长的信要由工会来写，那没有主席台的文化活动室的梦就很快被他忘掉了。

露易丝看着我，好像在等我一个肯定的回答，一个口头上的同意。我想毫不克制地、大声地喊一句"狗屎"，让声音穿过纸板墙，直传到主编室里。

"你听着，你到底希望得到什么？我不反对你写的这些东西，肯定不反对，但是我反对有人写了这些东西却不知道后果是什么——那他压根儿就不应该写。我们生活的时代多么可怕，我们打交道的人多么可怕，这种和尚念经一样的抱怨，我再也听不得啦！我的神经受不了了，你在为报纸工作。报纸就应该是这样，如果你受不了，那就去另找职业。"

我沉默着。露易丝用茶匙在她的杯子里搅来搅去，认真地观察着这个过程。她在"鸡腿"上朝我转过身来，绝望地微笑着。"事实就是如此。"她说，然后放下了勺子。

露易丝会对同事的感情爆发毫不掩饰地表现出愤怒，这些情况基本完全相似。露易丝禁止自己发怒，其他人也就不可以发作，最起码不能当着露易丝的面。

有一次，我正好看到她满脸怒气地来到大办公室找君特·拉索夫。君特的稿子是关于一个地下埋藏着褐煤的村子，村子现在要被拆掉。露易丝把他的稿子退回来，并且说，她与施特鲁策吵了一个小时，没有结果，这篇稿子废掉了。因为施特鲁策认为，村子里的居民放弃他们的房子和刺莓丛时要比文章里写得更加乐观。露易丝说她气得天旋地转，然后筋疲力尽地坐在了一张椅子上。

君特·拉索夫看着露易丝，好像期待着下一刻她就会收回这个通知，会高高兴兴地喊出一声"四月傻瓜"或者类似的傻话。然后，他才明白了到底是怎么回事，他跳了起来。他的直尺平时总是固定放在与桌边垂直的位置,现在他抓起直尺拍到办公桌上,像疯子一样喊道,他再也不愿跟这个报纸打交道了,他要辞职,等着瞧吧。我们大家都试着去安抚他。可是君特的声音又提高了几度。"我宁愿去工地或者烤面包!"他喊道。

"那就去吧!"露易丝尖锐地说,塌陷的双颊上带着受伤的微笑离开了大办公室。

君特·拉索夫没有辞职。露易丝也没有再提起过这件事,但是她有几个星期都对君特表现出明显的冷淡。

从那儿以后,碰到类似情况我都会照顾露易丝的情绪,即使这样的克制有违我的天性。我认为一个人有权利发怒。露易丝对君特·拉索夫的愤怒其实并不比君特·拉索夫对露易丝那毫无顾忌的发作好到哪里去。既不是君特也不是露易丝造成了这种局面,他们都是因为无法反抗施特鲁策才吵了这么代人受过的一架。尽管如此,露易丝还是受到了伤害,但并不完全是由于君特的态度,更多的是因为他把她带入了一个矛盾的境地。她是领导,她必须告诉君特改稿子的事,尽管这与她的意见相左。她希望君特能够理解,但君特反而逼她扮演了五分钟前西格弗里德·施特鲁策对她扮演的角色,这使她感到伤心。如果我几秒钟之前真的喊了"狗屎",她应该也会感到难过,尽管她知道这句话并不是针对她的。

但是,我不想跟露易丝吵架,也不想跟她进行代人受过的吵架。"你再去一趟 B 城,"她说,"把这些跟他们的党委书记谈谈,或者跟你的阿尔弗雷德·塔尔——不管他叫什么——谈谈,他可是理智的。如果他们同意发表,鲁迪就少了一半责任,你明白吗?那我们就好跟他谈了。"

露易丝把装甘草糖的袋子推到我的面前,我捏起了两个黑色猫头形状的，但我只向自己捏着糖的指尖诧异地瞥了一眼，什么也没说。"那好吧。"她说，指的也许是那两个猫头，也许是我的文章。

我僵直地坐在黑色的人造革椅子上。尽管我的肚子里除了两杯咖啡什么也没有，牛仔裤却勒着我的肚子，毛衣让我身体刺痒，靴子挤着我的腿脚。我觉得我的胳膊、手、腿、躯干都粗笨、沉重地和一个空洞、膨胀的东西连在一起——那就是我的头。

不，我不是这样的。从今天早上开始，我再次知道了我会飞。胳膊伸开，就像游泳一样，我就飞起来了。肯定是我一跨进这幢房子就发生了可怕的变化。这个混凝土做成的大方块，里面到处都是白色，让我头晕。白色的天花板，白色的墙壁、走廊、房间，通通都是白的，里面放着黑色人造革面的软椅，椅子腿是亮闪闪的鸡腿状。我能飞，飞得很高，直到历朝历代的华丽建筑都缩小到可以忍受的程度，直到你们看不见我。

"有时候我觉得自己的整个人生都被人欺骗了。"我说。

露易丝抬起头，眼中带着轻微的拒意："你可别夸张。"

"我没有夸张。我的自我被人欺骗了。我并不是想说自己虽然将死于探索宇宙的年代，但是还从来没有在巴黎蒙马特高地上散过步，从来没有闻过沙漠的味道或品尝过牡蛎。这些我都可以安慰自己，让自己接受。我们的祖先乘着邮政马车也没有去过很远的地方，但是他们仍然对自己的世界有所了解。最大的欺骗是他们把我的自我、我的个性骗走了。我的所有特点都不允许保留。在每一个形容我的定语前面，他们都加上一个'太'：'你太随心所欲了''太幼稚了''太诚实了''下判断太快了'……我不明白的地方，他们要求我给予理解；我不愿意领悟的地方，他们要求我去领悟；当我不耐烦地浑身颤抖时，他们要求我忍耐；当我必须决定时，他们不允许我决定。我应该把'自我'戒掉。为什么他们不能按我本来的样子用我呢？有时候我想，也许我在别的时代会更有用一些。那些时代里秩序、纪律和忠诚不被看作是最高的戒条。露易丝，如果一辆车不放下手刹就开出一百公里，车就坏了，何况一个人呢？你以为这个人会毫发无损吗？他也会坏的。他不会停下不动，他不会跌倒，但他会越来越虚弱，什么也干不成。他最重要的工作将是控制自己，否定他的特点、他的情感。他会在与自己的战斗中磨损自己，在得出自己的想法之前就裁剪它们，在说出自己的话之前就推翻它们，会怀疑自己的判断，为自己的特别之处羞愧，禁止自己的感情。如果他无法禁止，他就会掩饰。更严重的是他会渐渐地为自己个性的贫乏而难受，而发明出能为自己赢得赞美、认可的新特点。他会变得理智、稳稳当当、规规矩矩、忙忙碌碌。一开始，他那被虐待的性格还会在压迫中挣扎一下，但慢慢地，它会死去，只敢在梦中显现。但是白天，我们这个可怜的、被束缚的人会表现出千篇一律的性格，是一个友好平和、善解人意的人，直到他完全忘记自己本来的特点——或者他会因痛苦而呐喊，或者死去。

再这样过四十或五十年，露易丝，人们会觉得自己无聊至极。到那时候，最后一批捣蛋鬼都死绝了，没有人会再鼓励孩子们与这个世界游戏。孩子们会从生命的第一天起就认识到：这个生命是严肃的，像骨头般硬邦邦的严肃。吃喝、玩耍、学习中的各种规矩磨灭了他们的兴趣。他们学会理智，却从来没有不理智过，可怜的、像患了呆小症一样的生物会成长起来，他们中有创造力的那些会感到一种不确定的悲伤以及对活力的渴望。可悲的是，他们会在自己身上发现这些活力。于是他们成了被排挤、被嘲笑的局外人、疯子、神经病、死不悔改的人。'你太有活力了'将是对某人最严厉的责备。

我只是想，不管消除差别的体制多么完美，我们的天性都比它强大，如果被压得太狠就会突然反弹。"

露易丝一直安静地听我说着。她满是皱纹的脸上那惊愕的、孩子气的蓝色眼睛一刻也没有从我身上移开。

"你真是这么想的吗？就像你刚才说的那样？"

"我不知道，也许是，今天肯定是。"

露易丝仍然盯着我，仿佛要把我看穿。她一言不发，若有所思，手轻轻地托着腮，盯着我眼睛上方的某一点。

"我不知道你说的是对还是不对，有些肯定是对的。但是你明白，我肯定会有不同的看法。我经历过法西斯统治。你们的基本经历与我们不一样，这我知道。你们无法把社会主义的优点与过去相比，因为你们没有经历过那个过去。但是，如果你说有一种完美的消除差别的制度，我必须要告诉你，我见过比这个要糟糕得多的，和这个根本没法比。对我来说，我们现有的东西是我所经历过的最好的。不是我能想象的最好，压根不是，但是是我经历过的最好。也许你们非要把现在当作朝向更美好的东西的出发点来看待。没有过去的人，只能拿未来衡量现在。老年人的未来不多了，所以把现在当成目的，这不过是老年人的感伤罢了。尽管如此，约瑟法，我听你说你的人生都被欺骗了，心里还是很难受，因为你忘了在你之前的所有人都被更残忍地欺骗过。"

"你真的想让我们来证明我们比法西斯统治优越？当你们1945年开始的时候，你们肯定有完全不同的追求，是不是？当你这个具有反法西斯的、民主社会主义思想的人突然要为共产党人办报纸的时候，他们是不是张开双臂欢迎你？他们就按你本来的样子用你这个人。当时的情况我都知道，你们缺吃少喝，你们常常工作到深夜，你们星期天还得打石头。但是当你们讲起那个时代，为什么仍然两眼放光？为什么讲起 1955 年或 1965 年时又不那样了？因为不知从什么时候开始，从一次选举到下一次选举，从一次党代会到另一次党代会、竞赛、周年纪念、运动，时间一年年相似起来。但是头三年，你们每天都记得清清楚楚，记得遇到过的每一张面孔。为什么那时候会如此？为什么后来又不一样了呢？"

"听着，"露易丝说，"我们没有必要拿我们意见一致的东西争吵。"

她又找回了冷静的语调。她站起身来，慢慢地绕过办公桌，打开一扇窗子。她用手把寒冷的空气往脸上扇，大概是想显示我们的对话让她感到多么吃力，或者她在考虑现在应该对我说些什么。

"我根本不想让你忽视自己的感觉。你有这些感觉，这是你的权利。但是你带着这样的感觉怎么能当记者呢？也许任何一个别的职业都更能允许你有这些感觉。那你就应该毅然决然，应该利用你所拥有的抉择的自由，到一个工厂里去学一门技术，我觉得你可以做你的工程师。你足够聪明，也足够年轻，没有人强迫你每天往纸上写你怀疑的东西。"

打中了，露易丝，你正中靶心。我还能怎么回答她呢？

六年以来，我见识过很多钢厂、纺织厂、化工厂、机械联合制造厂，但是一直无法习惯工业生产的残酷。看到这些工作给身体造成的残疾时，我无法摆脱恐惧的心情——受损的脊柱、站坏的腿、震聋的耳朵、增生的骨头，还有那些千篇一律的信号给脑子造成的看不见的变形。用左手向左抓，用右手往下按，用左手向左抓，用右手往下按。每天八小时，感官为了自卫而变得麻木，对流逝的时间和错过的机遇不再敏感，只剩下那干枯树根般死去的渴望；对放弃了的孩提时代的梦想,只剩下一个自嘲的微笑:"哎,天啊,我那时想当舞蹈演员。唉,都是些小孩子脑子里想出来的东西。"然后她在一块皮子上冲出第三千个或第四千个小孔,那块皮子是用来做皮包的。想上厕所时,必须找临时代工来。如果她去看牙医,就要补半个小时工时。每个坐办公室的屁股都可以在上班时间移到理发椅上两个小时,并不需要补坐两小时。但是冲孔半个小时,每分钟二十到三十个铆钉,半个小时就是六百或九百个铆钉,那就值得这么做了。她四点钟起床,五点钟把孩子送到幼儿园,五点十五开始。用左手向左抓,用右手往下按,用左手向左抓,用右手往下按。冲孔机的声音就像一架钟表,嘀嗒嘀嗒嘀嗒嘀嗒,每天八小时。我做不到,露易丝,我干不了。对我来说这是一种缓慢的、非常缓慢的自杀。忘掉我是谁,每天八小时练习忘却。把渴望扔到妄想的粪堆上去。每个想法都被嘀嗒嘀嗒嘀嗒剁得粉碎。数着铆钉数,冲孔。忘记我会飞。

露易丝的电话响了。她没有摘下听筒。

"你为什么还留在这儿呢?"她再次问道。

电话还在响。

"如果狐狸逮兔子,为什么兔子还待在森林里面?它应该变成一只水生动物。这就是你提供给我的美好的抉择自由:'请了,同志,如果我们这儿对你不合适,你尽可以找更差的地方……'"

"这让你说对了!"露易丝伸出食指,像拿着把手枪一样瞄准我,"你不是应该变成青蛙的兔子,约瑟法,不管这听起来多么有趣。我的建议并不是一点都行不通,但是你不愿意早上四点起床,不愿意八小时都被拴在一架机器旁边,不想放弃你的一千马克。你想保持你的特权,哪怕只有一点——拥有一份你乐意干的工作。听着,马克思就已经知道，为什么他应该把希望寄托在无产阶级而不是知识分子身上，因为你要失去的不只是锁链。要忍受一点不自由还是可以的，至少比失去特权强些。"

露易丝不依不饶。我头疼起来，还有些晕。我不想跟露易丝吵架。一会儿就好了，约茜①。我苦恼时，妈妈总会一边抚摸着我的头一边这么说。情况特别严重的时候，她还会给我做果冻吃，我最喜欢绿色的。我想睡觉。闭上眼睛，面朝墙壁，睡觉，睡上十四个小时或更长时间。

我听见身后开门的声音。有人问露易丝有没有五分钟时间。

"等一会儿。"露易丝边说边亲切地越过我的头顶向那边微笑。

"你这么说不公平。"门重新被关上之后，我说，"你让我显得好像是里里外外最胆小、最堕落的人，只不过因为我不想让我的人生在流水线旁被冲孔冲过去。你觉得那些对自己的境况不再有感觉，也压根不再对其进行思考的人，他们难道比我更诚实吗？"

露易丝不耐烦地撇了撇嘴："你别胡思乱想，我当然不是这个意思。但是如果你做的是你自己反正想做的事情，那就别老是扮演绝望的英雄。你想要写作，那就请写吧。你想诚实地写作，谁又拦着你呢？"

作为证明，露易丝手掌摊平拍打了一下我的稿子。"你不想去流水线，没人强迫你。你想出人头地，你想成为一个具有批判精神的思想者，这也符合你的本性。没错，任何社会缺了批评者都不行。但是你得去斗争，不能再叫苦连天。大家常引用布莱希特的话：'我们已经爬过艰难的大山，现在要面对无尽的平原。'没人向我们保

---

① 约瑟法的昵称。

证'平原上的辛劳'不会出现。如果我不是深信我们的辛劳是值得的——即使比我们以为的时间要长，那我早就不在这儿了。听着，我可是学过一门正经手艺的，我会裁剪，但我坚定地信仰共产主义会胜利，这我必须向你说清楚，即使你把这当成一句套话。"

我想起维尔纳·格雷尔曼，他一听见信仰这个词就会皱起眉头。

"信仰？"我说，"什么是信仰？"

露易丝没有理睬这个问题。她站起身，边走边望向墙上一个没有镜框的镜子，整理了几缕头发。

"你是希望，就因为我们有了一点社会主义，其他人就应该幸福地扑到你的怀里，然后喊道：'快来看啊！我们亲爱的约瑟法来啦！她总是那么好好地批评我们，咒骂我们。'"

现在露易丝的演员倾向占了上风，最后一句话已经被她赋予了舞台上的腔调。她高高举起双臂，声音尖厉。她现在肯定愿意给我好好表演一番殉道者约瑟法如何想象受到被责骂的大众欢迎。

露易丝二十一岁的时候，曾经通过国家戏剧学校的入学考试，尽管这一切只不过是一个误会。应该有一篇报道来庆祝这个学校成立一周年，中央新闻局就委派它最年轻的记者来做这件事，那就是露易丝。对于一个记者来说，能够匿名出现，经历毫无作假的情况和气氛，甚至会作为事件的相关者进行报道，这种可能性并不多见。戏剧学校就给露易丝提供了这样一种可能性。露易丝报了名。她苗条、柔弱，长着金发，很漂亮，尽管那个时候她的鼻子就已经有点太尖。她总是穿一件浅色的双排扣战壕装，戴一顶黑色的棒球帽。单从外表来看，德国战后电影很乐意找到这么一个形象。她没有准备任何角色，必须用命题表演来证明她的天赋。

一个胖胖的但很灵活的、留着八字胡的男人向她解释道，她应该想象自己是一个年轻的姑娘，疯狂地爱上了一个年轻人，父母却不同意这个关系，因此姑娘离家出走了，但是那个年轻人不久就将她抛弃了。露易丝要表现这个年轻姑娘既寂寞又无家可归，与亲爱的父母断绝了关系，现在满怀悔意、满心羞愧地回到了父母家。她悄悄地溜进了熟悉的房子，这时碰到了父亲。露易丝应该表演这个决定她未来命运的时刻，考试委员会则带着温和的微笑看着她。

露易丝是在一次计划会议之后给我们讲的这个故事。当时我们全都被竞赛计划、主要工作、次要工作等搞得筋疲力尽、疲惫不堪地瘫在椅子里。露易丝讲着讲着突然跳了起来。"你们想想，他们坐在下面，朝我咧嘴笑着，就像看一个病人。"她展示了一个狞笑，龇牙咧嘴，眼睛周围都是不自然的小皱纹。"你们还要想象一下舞台，"露易丝指了指门前的空间，"我这么走进来。"她做了一个开门关门的动作，然后把食指放在嘴边，缩起肩膀，踮着脚尖往前走了几步。突然她愣住了，往四周看了看，然后把手拢起来放在耳边，用高高的音调喊道："太可怕了！这是什么声音？"然后继续往前走。

君特·拉索夫拍了一下自己的大腿，吃吃地笑了起来。露易丝不加理睬，继续表演。她把胳膊抬起来，护住眼睛，好像有什么晃了她的眼。"哦，上帝，我的父亲。"她尖叫道，然后把目光投向天空。"我该怎么办？"她再次疯狂地、毫无主张地东张西望，扑到想象中的父亲面前，抽泣着："父亲，原谅我！"然后又坐到桌边，享受着她的表演带来的成功。

露易丝说，她的表演给考试委员会留下了深刻的印象，友好的八字胡先生解释说她是一个喜剧天才。露易丝却受到了深深的伤害，她的表演完全是认真的。露易丝总是把情感用克制或者稍微带点讽刺的方式来表达，羞于直接表白，很可能都和这个经历有关。但是从那之后,她保持着她的喜剧能力。露易丝复述和她不喜欢的人的谈话时经常会表演一下,而她的谈话对象都会变成喜剧角色,在第一句话交锋时就完全失去了胜算。"你知道他是怎么说话的。"露易丝总会这样开场,然后戏谑地重现着每一个引人注目的重音、每一个皱鼻子的动作、每一个口齿不清的发音,直到她的听众只去欣赏露易丝的能力,不再注意那可笑的谈话对象的论证,并拍着手喊道:"没错,就是这样,他就是这么说话的。"

当露易丝决定把殉道者约瑟法放到景仰她的群众中加以表现时,我就必须放弃了。这时,她不会再听任何反对意见,我的角色被固定了。我只能拒绝当她的观众,以防自己变成一个滑稽的角色。露易丝肯定正在脑子里起草着第一书记给他的批评者约瑟法的感谢致辞呢。

"我得方便一下。"我说,然后走开了。

第五章

公园里光秃秃的，既没有一点绿意也没有雪，就连枯萎的叶子也只是零零星星地躺在变成了棕色的草地上，歪歪扭扭的树干伸入灰色的潮湿的空气里。秋天的公园看起来就像没有住人的、没有暖气的房间，既不自然又荒凉。

儿子横穿过草地，走向倾斜的岸边。那儿总有些鸭子在等待着来访者。他打开装着面包屑的塑料袋，尝试着像一个市场上叫卖的人一样击败周围的竞争者。我坐在靠边的一个树桩上，长椅在冬天都被移走了。我盯着那堵白色的墙，这堵墙把公园和宫殿分开。公园以前是宫殿的一部分，一个选帝侯给他的夫人盖了这座宫殿，因为他想让她尽量远离宫廷，不要烦他。

他应该偶尔也从那条小河上来拜访过她。那条灰绿色的泥泞小河流过公园，流过半个城区。他曾经乘着一叶小舟，从那条小河上漂来。这是当我还是孩子的时候，有一次一个很老的妇人讲给我听的。我大概朝着这条可怜的小河不相信地望了一眼。老妇人就说，过去在她年轻的时候这是一条特别美丽的大河，人们可以从市中心一直乘船到这儿来。然后国王来了，她说，她的眼睛因为年迈和春风而变得湿润起来。尽管那时我是一个头脑清醒的模范少先队员，但这个老太太的讲述还是给我留下了很深的印象。打那以后，我只要一看到这条狭窄、肮脏的小溪流，眼前就会浮现一艘有红色幔帐的小舟，国王穿着白色的制服，戴着黑色的三角帽站立其中。他的右臂前伸，比出一个很庄严大气的姿势，左脚则以统治者的方式优雅地朝前半步，脚尖稍稍往外撇。国王很肥胖，看起来就像西格弗里德·施特鲁策。

政府接收了宫殿，公园对所有人开放。在结冰路滑的日子里，参观者要自负其责。我不希望想起西格弗里德·施特鲁策。儿子在逗引着一只美丽的绿脖子公鸭，公鸭则围着一个戴着带沿帽的中年女人摇摇摆摆地打转。这个女人给它的大概是自己烤的蛋糕，显然比剩面包要好吃。

"她不想来我这儿。"儿子说。

"那只鸭子是公的。"

"不是，花花的都是女孩。"

"花花的都是男孩。"

施特鲁策提到"政治上的恶毒或者政治上的愚蠢"。

"是女孩，这我很清楚。"

还有小小的嘴上露出了卑鄙的微笑。

"你怎么知道的呢？"

"女孩总是比男孩漂亮。"

"为什么呢？"我必须说点什么了。

"因为她们都有可爱的辫子，穿着小花裙子。"

"那如果她们把辫子剪掉，裙子脱下来呢？"

他在思考。"那就不漂亮了。为什么鸭子里边的男孩更漂亮呢？"

"我不知道。这样鸭妈妈就会受到保护，没人会在它孵蛋的时候打扰它。"

"那你怎样保护自己呢？"

"没有人想吃你。"我安慰他道。

施特鲁策的脸上挂着那小家子气的、卑鄙的微笑，眼睛藏在眼镜片后边。眼镜片反射着日光灯的光线，让他的脸的上半部分有一种看不透的僵硬。那是一种薄薄的茶色镜片，也许它们就是为了把施特鲁策的情感变化隐藏在两束反射的光线后。他用铅笔敲着桌面，每一声之间都留下一个规律的、长长的停顿，在我身上引发了一种痛苦的紧张感。

"好吧，那我就用另外一种方式再问一遍。"他说。我盯着他已有半分钟之久，还不知道说什么好。"你在写的时候真的以为我们会把这些东西认认真真地印出来？"

我真应该干脆地用一个"是"来回答这个问题。这之前他问道，我是不是出于政治上的恶毒或者仅仅是出于政治上的愚蠢才写了这个东西。他说"这个东西"的时候，懒洋洋地用铅笔敲着我的稿子。我想点上一支香烟来赢得时间，好让自己想出一个合适的回答，但是我的手在颤抖，我又把香烟盒放到了桌子上。我的嘴巴又干又热，施特鲁策那张没有眼睛的脸盯着我。只有那卑鄙的微笑让那张小小的嘴巴有些不易察觉的蠕动。白色的墙壁晃得我眼花，我盯着地板。在我视野的上半部分，施特鲁策的脚有规律地晃动着，节奏就跟敲铅笔的节奏一样。我浑身发烫，耳朵里开始喧嚣起来。

施特鲁策往后靠去，双手放在椅子扶手上，敲击声停止了。"你的傲慢，对我们不会有帮助，对你也不会有帮助。如果你出于个人的厌恶不想跟我谈话,那我们就到支委会那儿去谈谈。"

我想不出来应该怎样回答他,我无言以对,无法将局势缓和下来。白色的墙壁在我的眼前模糊成了一个白色团块,一会儿向我涌来,一会儿又退回去。我耳朵里的喧嚣声更大了。

铅笔又敲了起来。穿着灰色翻皮鞋的脚每晃动一次就好像离我更近一点。沉默真是太愚蠢了。但是要说一些一般般的、无关正题的、甚至是开玩笑的话已经为时太晚了。现在必须说一句原则性的话,一句在支委会或主编面前可以被引用的话。他知道自己为什么用宣判有罪的方式开始谈话。他必须把我逼进防守姿态,必须向我发起挑衅,直到我失去控制,说出些傻话,这正是他等待的。我们经常笑话他,聪明睿智的露易丝总会让他哑口无言。如果是露易丝,绝不会落入我这种无奈的境地。她也许在施特鲁策提出第一个问题后就离开了房间,并且指出,施特鲁策同志当然必须针对她的问题向党组织申请解决,如果他提出那么可怕的指责,那就已经超出了个人私下谈话的范畴,而施特鲁策肯定要费力地安抚露易丝。

儿子挂在一个攀爬架的最上边一层,大喊起来。"抓紧,我来了。"

已经无法挽回了。我只能一言不发,避免错误。

"除了向支委会汇报你的态度之外,我看不出有别的可能性。希望你能向同志们有所解释。"他祝我周末愉快。当我走开的时候,他用铅笔敲出一段进行曲的节奏。

露易丝今天休家务劳动日[①]。我给鲁迪的秘书打电话,听说领导也在一个小时之前就出去了,而且不再回来了。

[①] 在德国主要为妇女处理家务而设立的每月一天的带薪休假日,1939年起开始实行,1994年正式取消。

"抱歉，您能站起来一下吗？我们想骑摇摇马。"一个小姑娘说道。我转移到一个旧轮胎上。施特鲁策在午饭之前给我打电话，说他想读一读关于B城的稿子，我应该马上把稿子给他拿到前边去。我借口说这篇文字应该先在内部听取一下大家的意见。他的态度却是不同寻常的激烈。他正是要这样做，声音里带着一种多义的弦外之音。肯定有人把这篇文章的形式和内容告诉了他，尽管除了露易丝、君特·拉索夫和抄写的女秘书外不会有人知道这篇文章。我把稿子拿到了鲁迪那儿，请求他先自己读一读然后再转给施特鲁策，并等待着。三个小时后，施特鲁策让人来叫我。

儿子站在摇摇马前，羡慕地盯着方木条做成的马背摇上摇下，姑娘们大呼小叫。"我也想骑摇摇马。"

"让我安静一会儿。我可想走了。"

"我还什么都没玩呢。"他惊恐地说道。

"我冷了，别哭了！"

"如果你这么冲我大喊大叫，我肯定要哭。"

"我也要哭。"

也许我根本就不该要孩子。我总是觉得自己禁止他去做本来适合他做的事情。不要让孩子感到压力，伊达说。我不想从早到晚演戏，像一个陌生人一样与他生活在一起。如果这样做的话，有一天他长大的时候就会发现，我像其他大部分妈妈一样是个说谎者。他会一直把我看成一个友善的中性体，而我却是一个女人，要与男人睡觉，会号啕大哭，会绝望或感到幸福。有些男人直到生命终点也不明白他们是怎么生出来的，因为他们不敢在想象中脱去母亲的衣服。如果他们敢这样做，他们发现的也只是老女人皱巴巴的身体。大部分男人一旦跟一个女人睡过了，就会看穿他们母亲的虚伪——自己的母亲是如何劈开双腿,如何用枕头压抑呻吟,好让孩子们不会听见。他们会明白母亲是如何撒下了弥天大谎。为了守护自己的秘密,成年人是多么油滑,他们伪装自己,天赋是如此之高。久远的、神秘的情景现在变得清楚明白了。受到惊吓的面孔,匆匆关上的屋门,父亲尴尬的微笑。他们受到了警示,得到了启蒙,今后还要学会完美地撒谎。他们开始更认真地观察成年人,尤其是母亲,因为她们最善于说谎,而且距离他们最近。他们贪婪地、满怀鄙视地记录着每一句不确实的话,自己再也不相信真实。我的儿子变得跟我生疏了,母亲们会如此抱怨。但是当她们在杂志里读到关于这一时期的规律性的文章后也就释然了。直到她们的儿子在数年之后长大成人,站在她们的面前,他们已经经受了自己撒谎的洗礼,原谅了自己的母亲,原谅了她们是女人。

我自己的事情从来没想过要避开他,与其如此倒不如当时就把他弄走,及时地让他离开我的身体。他出生的时候,我由于幸福而号啕大哭。有好几周的时间,我必须把孩子放在身边才能睡着,直到我确信他不会突然停止呼吸。

"我们回家吗?"发觉我正走上通往出口方向的大路时,他紧张地问道。

我自己也很害怕用自言自语来度过这一天剩下的时光。去拜访什么人,闯进别人的天伦之乐,一起喝咖啡,谈论孩子或者编辑部里的闲话;去我母亲那儿,看到那张警告的脸:你真是倾向于看到灰暗里最灰暗的东西,然后是关于昨天电视节目的冗长叙述。我想克里斯蒂安了。

自从我上次去他家后,我们就没有通过话。他先是提出那些愚蠢的建议,如果一个人轻信到真的照着他的建议做了,惹了麻烦,他却又不管了。但是也许他在等着我,希望我能来。去按门铃。我来了。什么也没有发生,我们还是从前的我们,我现在需要你。

"你是个傻瓜。"克里斯蒂安说。

"为什么是我?不是你说的嘛,要写两个版本。"

"那又怎么样?你写了两个吗?"

约瑟法沉默着。

"现在你想让我给你一个聪明的建议?"

"不。"约瑟法说道。

他还能建议什么呢?去跟露易丝谈一谈,到 B 城去,不要乱喊乱叫。这些她自己也知道。她把手伸到灶台的加热盘上烤着,观察着十分投入地切着洋葱的克里斯蒂安。先切成两半,然后顺着切,他说,这是从他的祖母那儿学来的,他的祖母曾经是一个主教的厨娘。好像只有给主教当厨娘的祖母才会切洋葱似的。

她向克里斯蒂安一字一句地重复了施特鲁策的威胁,同时也感觉到自己的惶恐是多么幼稚。施特鲁策是一个狡猾的胆小鬼,这所有人都知道。也许他真的能阻止这篇文章被印出来,但是更多的他就办不到了。不管是汉斯·舒茨还是君特·拉索夫,他们两个都在支委会里,不会允许施特鲁策搞出一个"纳德勒事件"。

"你哭什么啊?"

"我不知道怎么办。"约瑟法说。她停了一下,然后突然又说道:"因为我再也见不得那些肥胖的娘们,那些脑袋空空、脑满肠肥的家伙,还有整个庸俗的德国社会。"

她丝毫没有察觉,自己使用的竟然是弗雷德·米勒在汉斯·舒茨家醉醺醺地敞开心扉时使用的词汇。她剁着火腿,就好像刀下是可以让她发泄怒气的什么东西或什么人。

克里斯蒂安把他的女友约瑟法看作一个可爱的怪物,她在处理个人冲突时只有有限的学习能力。他已经多次见过她陷入最绝望的境地,每次她都像奇迹般又鲜活地跳了出来,但她从来也没有吃一堑长一智。十五年来,她总是盲目地陷入一个又一个灾难,这些灾难即使外表上显得毫无可比性,但它们的结构却是出奇相似——入党、结婚、离婚,所有都是按照一个模式。

在她大学的最后一年,约瑟法因为左倾被解除了自由青年团秘书长职务,起因是因为摩恩科普夫或摩恩豪普特。他是班上的两个党员之一,是一个可恶的阴谋家,约瑟法的天敌。那时候约瑟法经常会提起她怎么样让这个爱吹牛皮的人丢脸。她总是打断他,提一些刁钻的问题,或者证明他错误地使用了一个外来词。约瑟法把这当成一种阶级斗争,克里斯蒂安却从来不理解她为什么要挑起这样的小争斗,尽管她孩子气的热情很是让他感动。但摩恩科普夫或是摩恩豪普特有一天受够了,他声称约瑟法挑剔性的攻击不是针对他,而是针对党的,是在个人好恶的掩护下破坏党。约瑟法不知在多少次大会上一再保证,她只是不喜欢摩恩科普夫。但是,这毫无帮助,她被解了职。几天之后,她提出了入党申请。她以为这会使其他人感到羞耻,并让他们明白她受的冤枉。结果发生的事是每一个人都预见到的,只有约瑟法没有。她幼稚又顽固地认为,如果她以这种方式来证明自己与他的谣言正好相反,同志们就会与摩恩豪普特可恶的阴谋保持距离。后来的入党谈话按照约瑟法的描述其实更像是一次党内程序,结果是同志们决定不能接受青年团员约瑟法·纳德勒加入他们的队伍。摩恩豪普特的解释是,如果有一天他站在柏林墙边执勤的话,他想保证不会有阴谋者在背后向他开枪。

有好几天的时间，约瑟法因为愤怒和无能为力像发了疯一样。克里斯蒂安试着去安抚她，但是她一想到这件事就浑身发抖，而她时刻不停地想这件事。她把沙发椅当成城堡坐在里边，眼睛因为哭泣而红肿，不断地甩出各种恶毒的粗话，声称要杀掉摩恩科普夫或是摩恩豪普特，并且把每一个想安慰她的人都噎回去，然后她就消失了。两天之后她又回来了。"我去哈雷找你父亲了。"她跟他说。她看起来很平静，简直可以说很满意。第二天她去了大学党支部，给他们看了党章里维尔纳·格雷尔曼用红笔画出来的一段，并以此证明，他们对她的入党申请的处理方式是违反党章的。两个月后，她被接纳为预备党员，庄严地接受了几枝红色的康乃馨以及一本书。书中的献词写道：党支部同志们很高兴能够欢迎约瑟法·纳德勒加入他们的行列。

克里斯蒂安坐在餐桌旁，抽着烟，把正气哼哼地切火腿的约瑟法和他十年前认识的约瑟法相比较。

"你知道吗，所有的巫婆在年轻的时候都是又好心又漂亮？"他问道。

"你怎么知道的？"

"因为我认识一个。那个美丽的巫婆雅拉尼娅是天和夜的女儿。她爱一个巨人，巨人生活在山那边，但她不想跟他结婚，因为他的心没有他的力量那么大。她让他去看看广阔的世界，在那里他应该找到不认识的东西，只要找到了就可以回到她的身边。女巫等了一百年，她的鼻子越来越长，下巴越来越尖；她等了两百年，她的背驼了，声音变得沙哑；她等了三百年，她长了两颗伸到嘴唇外的獠牙。她恨所有不能等待的人。如果没有死的话，她现在还在等着呢。"

"那个巨人呢？"约瑟法问道。

"大概已经找到了他还不认识的东西。"

"我没有等。"

"但你会变得恶毒。"

她考虑着是要反驳，还是应该承认她的恐惧。几个星期之前她曾找到一张照片，那是她六七年前上大学时拍的。照片上的约瑟法长着一张宽宽的斯拉夫式的孩子脸，面颊和颌骨间那微微的凹陷还看不出来。尽管她照相的时候努力摆出一副认真的、庄重的毕业生模样，一点也不想笑，但是她的嘴角仍然微微地上翘。她把镜子里的自己和照片上的脸进行了比较：鼻子、眼睛、下巴仍然是一样的，就连发型都还是垂到肩膀的直发，平坦的额头上没有刘海，面部那些细线条在灯光下显出硬朗的阴影，但并不是这些阴影使脸部看起来发生了变化，使镜子里的她看起来又严肃又僵硬。她用指尖把嘴角和眼角轻轻往上提，让皮肤绷紧，但仍然不能纠正那种变化。细小的皱纹并不是原因，衰老是从内部开始的，皱纹只不过让它表露出来。眼睛里有些东西变化了，那是熄灭的期望，鼻子和嘴巴间有了一丝苦涩的神情。虽然深沟还没有形成，但已经能让人看出来它马上会在什么地方出现。还有嘴闭合的方式，照片上的嘴不是张开的，那是偶然，镜子里的嘴巴却是紧闭着的。这之间有七年或六年的时间。她想起了吉普斯大街。那是一个特别炎热的夏日，大街上空气闪着微光，到处是尘土和融化的柏油气味儿。从酒馆打开的门里涌出来酸啤酒气，让人既感到厌恶又被吸引。塔德乌斯拉着她从一个酒馆到另一个酒馆，穆拉克街、里宁街、大汉堡街，他们交替地喝着汽水和薄荷利口酒，"请再来一杯绿色的小酒。"在那些一模一样的灰色房子里，老太太们把身子探出窗口，胳膊肘撑在沙发垫子上。猫在花池里晒着太阳。为防止发霉,所有房门和地窖门都敞开着。半裸的孩子把床单铺在后院里,玩海边度假的游戏。塔德乌斯用胳膊搂着约瑟法,炎热让他们融合成了一只四脚动物。他们接吻的时候,一个老得没了牙的老太太恶声说,难道他们没有能一起上的床吗?

"有。"塔德乌斯说,"我们有床,可惜没带在身边。"

那时她禁不住嘲笑过那个老太太。

后来她自己又去过那儿,没有和塔德乌斯,而是其他人,但都是在夏天,在炎热的日子里,各种气味从汤锅、煎锅和空气污浊的地窖里,通过打开的房门和窗户涌出来,像彩带一样挂在街道上面。

上次去那儿是什么时候,她不记得了,也不记得是跟谁一起去的。她只记得去年没有桶装鲜汽水,而是饮料联合企业生产的苦柠檬汽水。里宁大街上那家在一楼的小酒馆关了门,因为那个女老板去世了。她天气好的时候总是坐在门前的一把小木头椅子上。

她把照片放在一本不会马上读到的书里,然后对自己说,她毕竟已经三十岁了,有职业,单身,带着一个孩子(她真的想到自己是单身妈妈吗?),变老是正常的。

约瑟法站起身,去洗因为火腿变得油腻的手,然后在挂在洗手盆上方的镜子里观察着自己。她梳了梳头,好让自己能更长时间地无拘无束地端详自己。

"胡说,"她说,"鼻子并没有比其他时候长。"

她坐到窗台上,看着克里斯蒂安把意面倒进沸水里。她太困,太累,无力去反击他。也许她真的在等着什么东西或什么人。她自己也无法说清内心的不安是由什么组成的。这种慢慢增强的紧张感如果超过了某个界限,就会变成大声喘息或粗话,但是从来不会完全消失。

有时她会接连几个星期不断怀疑自己做错了什么事情。她跟一个男人睡觉，却想着是不是应该跟另外一个人；她写一篇报道，却很肯定自己应该选另外一个题目；她拜访某人，但是半个小时之后却发现，自己最好还是待在家里；她哪本书也无法读完，因为害怕另一本会更重要……

这是一种不安的状态，这种状态还经常会以极端的方式结束，比如只持续几个星期的、成为唯一生活内容的虚假恋爱，或是在家里疯狂地打扫卫生和收拾东西，为了至少造成一种有秩序的幻象。但是"我必须做这件事而不是其他事情"的确定感没有出现，正好相反——"我错过了本来应该做的事情。"当夜里一个人躺在床上，又画掉生命中的一天时，这种恐惧感增强成了恐慌。

她寻找的本来的东西就是适合她生活道路的，是独一无二的，任何人都不合适，只适合她。她认识的人中只有少数几个能肯定地说，他们与自己的本真是一致的。外祖父帕维尔属于其中之一，还有外祖母约瑟法以及维尔纳·格雷尔曼。这些人的生活道路都建立在一个信条上，外祖父信奉他的犹太教（也许只是因为他别无选择），外祖母信奉她的丈夫，维尔纳·格雷尔曼则信奉科学。这些都是有行动的信奉，都有结果，对外祖父母来说结果是死亡。也许是反过来，不是生活道路建立在信条的基础上，而是信条是生活道路的必然所导致的，是对自己的一种信奉。人们把这种具体、唯一的人生的实实在在的内容当作生命的意义接受了。

露易丝的生活也是被一种信条决定的。尽管如此，她的生活道路的理想设计和它在现实中的实现也不一致。露易丝是共产主义者，她的理想信条是解放所有被压迫和被剥削的人。但是她的工作结果却是一周又一周地出版画报。这个画报她不喜欢,应该读的那些人也不喜欢。这个画报隐瞒了露易丝本来想要说出的东西,也不会让人读到灰渣池、被腐蚀的树木和被遗弃的城市。露易丝的意图要走过很长的道路才能变成一个行动。这条道路要经过无数小的认识错误、纪律约束、内在的和外部的检查站。到达这条道路的尽头时,一个行动产生了,但它不是她的设计的初衷,而是一个患呆小症的怪胎。

三十年前,露易丝的经历大不相同。那时她想要重建这个国家,星期天还要去敲石头,她要剥夺容克地主的财产,满怀激情地写关于土地改革的报道。那时候露易丝的行动和她的意图是血肉相连的。约瑟法却从未经历过这些事情。她只学过谁是她的祖先:从斯巴达克斯到圣鞠斯特,从马克思到反法西斯战士。世界历史中所有奋斗者都属于她的祖先,在那里有她意图的根基,但是她行动的强度和范围却是由施特鲁策来决定的,而他的判决是约瑟法的信条应该维持一个松塌塌、皱巴巴的皮囊形状。

她看着克里斯蒂安摆弄着锅铲,精心地煮着意面,搅着酱汁。她想要抚摸他,只是摸摸他的脖子或者胳膊、毛衣。毛衣肯定因他的皮肤而很温暖。

去年,她开始注意到自己身体的变化。这些变化不是由于体重的增减或怀孕而产生的。前臂的皮肤上出现了无数细小的皱褶。如果她用大拇指按压大腿内侧,就会出现一些让人恶心的脂肪小坑。这是衰老的迹象,是老年的临近,是死亡。她总是害怕蹉跎了这唯一一次的生命。十年前,她写过一篇关于生命的意义的作文,她还记得第一句话:人如果不能赋予他的生命一种意义,他就无法活下去。所有人都像信仰亲爱的上帝一样信仰着生命的意义,一个伟大的思想会浮现在他们眼前，并指导他们走正确的路。她的大腿内侧已经开始衰老，而她仍然不知道在自己的生命中必须去做什么。她已经生了一个孩子，在为一份画报写文章。十岁的时候，她就觉得如果没有出名，那这种生命就不值得称道。人生一度，名字却不出现在课本里，这种未来她觉得可以不考虑。

"我到底应该等什么呢？"她疲惫地问道，"等待，也许等待结婚。偏头疼让您痛苦吗？那就结婚吧！您患有肥胖症吗？那就结婚吧！您的孩子很难教育吗？那就结婚吧！您的鼻子太长了吗？那就结婚吧！已婚的那些人该怎么办？该给他们什么建议呢？"

"离婚。另外，我也没有说过结婚。"克里斯蒂安说。

"那就别再讲童话，那就直接说：'亲爱的约瑟法，你应该更经常跟男人上床，否则你的鼻子会更长。'那我就会回答你：'亲爱的克里斯蒂安，我上床已经足够频繁了，但我的鼻子也没有因此变短。如果我变成一个女巫，那也不是男人的责任——只要他们不是我的上司。'"

约瑟法坐在窗台上，她背对着在云层里艰难穿行的苍白太阳，克里斯蒂安只能看出她的轮廓。她静静地坐在那儿，身形懒散而不是紧张。她突然的变化让他感到迷惑。当然，她也可能马上跳起来，出于她自己都不太清楚的原因重新充满那种具有攻击性的快乐，就像她刚才突然破门而入一样。

"最糟糕的是，"她说，"他们给我们讲了太多革命的事，好像没有革命的生活毫无意义似的。然后他们又做得好像没有我们可革的命了，德国历史上的所有革命都已经发生过了，最后一次是他们的革命，我们只配把扬起的尘土扫到路边。你们的革命是守卫已经取得的成果，他们说，然后把我们变成了博物馆的守卫。你可以到历史中拯救自己,可以跳上雅各宾党人的街垒,扮演一下马拉或者罗伯斯皮埃,对,罗伯斯庇尔。你还可以让自己刮起革命的风暴,让自己飞起来。但是,我却要把革命上面那一百八十吨的飞灰洗净、擦干,然后用喷罐里的上光剂抛亮,并且把它们当成马力强劲的、通往未来的飞车在报纸上大加颂扬。完事以后,我去理发店把头发染成金色,因为我上瘾似的要改变自己。"

约瑟法总是有突如其来的想要行动的迫切愿望。这对克里斯蒂安来说很陌生,他自己总是做出更为长期的计划。慌张忙碌的行为、大规模的人群汇集都会让他感到不安,只要可能他就会躲开这些。他出生的这个国家和这个世纪,在他的眼中只是生命中的偶然,他把它看成是事实上的局限而接受,并没有将之当作思想上的阻碍。

"你按自己的意愿写了你的 B 城,那就先等一等吧。你的施特鲁策现在肯定心平气和地坐在咖啡桌边,根本就没在你身上浪费脑筋,而你却在拔头皮上的刺——其实那些刺根本就不存在。这也是一种疑病症。"

饭后,他们把儿子送到外祖母那儿,然后去找卡尔·布罗梅尔。他是克里斯蒂安的一个朋友,约瑟法见过三四次。"今天和你单独在一起,我会受不了的。"克里斯蒂安说道。

卡尔·布罗梅尔来自阿尔萨斯,是一个结结实实的男人,在他流线型的身体上安了一个宽宽的公猫般的头颅,脖子那儿没有明显的界线。他有一双细缝般的眼睛,一张短短的细缝般的嘴巴。他十五年前留在了柏林,因为他在一次法国记者考察民主德国的时候认识了个姑娘,他想跟那个姑娘在一起。那个姑娘当时二十出头,他已经三十多了,但是姑娘没能活到他的年纪,二十八岁的时候就死于肾病。她名叫布伦希尔德，大家都叫她布妮。她是那个很出名的爵士钢琴手哈特穆特的妹妹，约瑟法正是因为哈特穆特才在她的毕业聚会上痛哭。

除了在一个新建小区里有套城市住宅以外，布罗梅尔还有座乡间别墅，看起来很有农村的味道，但又有各种舒适的设施。布罗梅尔还在里边建了桑拿。他逢人便讲他住的村子里的居民如何频繁地使用这桑拿。而布罗梅尔在开春的时候就会得到一些用自家杀的猪灌的香肠，夏天会得到村子里种的各种水果和蔬菜，秋天他会得到最漂亮的美味牛肝菌，到了圣诞节会得到一只真正的、专为他个人饲养的鹅。布罗梅尔需要这栋房子是为了在里边工作。周末的时候，他经常进城来拜访朋友，去看戏，处理一些公务。工作日的时候，布罗梅尔则像一头牛一样勤奋工作。但是满怀乐趣，布罗梅尔说。他是一家法国报纸的通讯员，但布罗梅尔主要写书，关于其他国家的书。布罗梅尔先去那个地方，然后写下来他在那儿经历过、看到过的事情。这样的书很畅销。因为布罗梅尔是法国人，所以他已经写了关于法国、非洲和印度的书，关于法国的书甚至已经写了三本。

当他们到来时，布罗梅尔很高兴。这种天气很少有人来，他说。然后，他把泡茶的水坐到炉子上，在烤架上放上肉排。布罗梅尔总是备有肉排。他坐在桌子边，把眼睛眯成一条缝，然后问克里斯蒂安："你最近怎么样？"他的细嘴巴在说话的时候缩成一个圆圆的小洞。他居然这样也能发声，真是让人惊奇。这一次布罗梅尔抽的是烟斗。约瑟法记得她以前见过他抽香烟、雪茄、还戒过烟。布罗梅尔抽烟的样子很让人信服。不管他正巧属于哪种烟民，他都会让人坚信，这种方式是抽烟唯一的可能。

约瑟法的在场并没有引起布罗梅尔的关注，他既不喜也不忧，对她视而不见。约瑟法靠在椅子上，呆呆望着什么地方，闻到粗糙的木头的气味。这个屋子里的家具，桌子椅子都是用没有涂过清油的木头做成的。取暖炉发出轻轻的嗡嗡声——博朗牌取暖炉的声音总是很轻。她喝了一口布罗梅尔给她倒的茶，发现是伯爵茶，她最爱喝的正是伯爵茶。布罗梅尔夸赞克里斯蒂安最近在一本哲学杂志上发表的文章。约瑟法没读过那篇文章，她不再听他们说话。

她感觉有一股暖流缓缓地经过她的头皮。她的下巴想要向下松开，她用双手托住头，因为如果不这样就无法让她的脸保持形状。在布罗梅尔和她之间是晃动的蜡烛，透过烛光，布罗梅尔看起来像一个胖胖的山林之神，正在吹着那看不见的笛子。约瑟法透过跳跃的火焰观察着他。布罗梅尔正惬意地沐浴在他对克里斯蒂安表达的友情中。约瑟法想，他属于那种夸赞别人就好像授予别人勋章一样的人。

后来布罗梅尔说，他们应该去乡村道路上散散步。约瑟法更想待在温暖的屋子里，但她只是少数派。

村子里死一般寂静，连狗吠的声音都没有，除了三个人的脚步声，什么也听不见。他们沉默着在乡间道路上踱步，道路两侧的房子都蹲在黑暗之中。

约瑟法深深地吸了一口气，凛冽的寒气穿过她的鼻子和嗓子。天空在她看来变高了，星星更近了，而寒冷也变得更加宁静。布罗梅尔咳嗽着，咳嗽声像一声惊雷回响在乡村上空，然后又是一片寂静。我们是这个世界上的最后几个人，克里斯蒂安、我和布罗梅尔。其他人都死了，就像布妮一样去了。我们很快也会死去，然后地球上就会一片寂静。在天空和我们脚下的石头路之间，除了那些小小的动物、蜥蜴和甲虫外再没有任何活物。我们三个人中的最后一个将无人埋葬，但他腐烂的身体的臭味也不会再打扰任何人。

一个窗子里透出的灰白光线照在街面上。街上的铺路石就像一队地下大军的头盖骨。石头做成的头颅，我们走在死人的身上，不管我们在哪儿走路，我们都走在死人的身上。数以亿计的死人，他们在我们之前生活过。他们在我们的脚下躺着，有几米之厚。布罗梅尔现在肯定想起了布妮。她是八年前去世的，从那儿以后，布罗梅尔跟任何女人交往的时间都没有超过三个月。也许是没有女人能够忍受布罗梅尔三个月。有一次，约瑟法去他城里的公寓拜访他，墙上挂着五六幅大照片，书架上也都是布妮的照片。她的头颅细长，有一个肉乎乎的大鼻子，她眼睛的颜色让人觉得只能是灰色的。这双眼睛让她想起布妮的哥哥。哈特穆特十五年前就已经说过，他妹妹在三十岁之前就会死去。照片上的眼睛看起来就属于一个知道自己快要死的女人——或者是约瑟法这样觉得，因为布妮已经死了。

"我们回去吧。"布罗梅尔说。

石头路断掉了，街道变成了被车轧出来的沙石路，再往前十米就消失在黑暗中。他们原路返回。

报纸的右下方有一个中等大小的、圈着黑框的告示，用黑体字写着约瑟法·纳德勒，上面是小字"她过早地、出乎我们所有人意料地以悲惨的方式离开了人间"，下面写着"她是一个有天赋的、积极的记者"，然后还有一个句子，大概是满怀敬意的纪念之类的话。如果让她自己来写，她肯定会用"忠诚的"或"可靠的"来代替"有天赋的"。但是在葬礼致辞上，他们肯定会说"有天赋的"，而且会说"她有许多尚未完成的报道，现在她不得不放弃了""她具有批判性的理性……"约瑟法想象着那穿着黑色礼服的先生站在讲台上，飘浮在花圈和鲜花丛中。那个男人看起来就像西格弗里德·施特鲁策。她听到了"那些未完成的、富于批判理性的报道……"

为了这么一句话,她现在可不必去死。

在最开始的时候,他们还会用虚拟式,"她有可能成为一个出色的记者"。随着遗忘的开始,他们变得更大胆了,"她会成为一个出色的记者"。后来他们习惯了,我对未来的希望完全熄灭了,他们终于把我从活人的名单中画去了。"她曾是一个出色的记者",他们会这样说,而且不会有人觉得有什么不妥。他们需要一年或两年,甚至更少的时间,就会用暴力的方式把我变得完美。他们会让我比实际更漂亮、更聪明、更好,让我淹没在光环里。几十年后,他们得去查看出生记录才能知道有我这个人存在过。尽管如此,我们还是像蚂蚁一样忙忙碌碌,为衣食发愁,弄一点文学、一点经济还有一堆知识作为生命之路上的干粮。和肥头大耳的西格弗里德·施特鲁策搏斗,去追求最新的流行,好像这比活命还要重要。为什么我们不坐在星空下面,种菜,挤牛奶,剪羊毛,在黄昏的黑暗中织我们的牛仔裤用的布料?

布罗梅尔把他的格罗格酒杯抱在手里,好像在暖着手。他在椅子上的姿势与其说是坐在那儿,不如说是躺在里边。克里斯蒂安翻着一本西方画报。布罗梅尔用他细小的眼睛打量着约瑟法。"我们上次见面之后,您变了。"他说道。

"我也这么认为。"约瑟法说,"为什么呢?"

"您看起来好像感染了怀疑杆菌。"

布罗梅尔总以为自己可以看到别人的灵魂深处,约瑟法一直无法忍受这一点。另外,还有这种矫揉造作的表达方式。他肯定觉得自己应该继承父亲的衣钵——他父亲是一个心理分析师。

"克里斯蒂安预言我会变成一个巫婆,您对此怎么看?"

布罗梅尔大笑着,眼睛完全消失在眼皮的后边。"这取决于您想说什么。"

"我的内心生活今天已经被讨论过一次了,我没有兴趣再重复一遍。"

"您的内心生活有条瘸腿吗?"

约瑟法看了一眼克里斯蒂安,他正在读着那本杂志。"也许吧。"她说着拿起一支香烟,然后吃力地望着地板。布罗梅尔弯下腰,好奇且不加掩饰地观察着她。"我觉得您过去显得更加肯定。"

"我今天还什么都没说呢。"

"正是这一点让我感到惊奇。"布罗梅尔说,"您还记得我们关于执行刑罚和死刑的讨论吗?"

约瑟法的脸红了。"那已经是七年前的事了。"她说。

"六年。"布罗梅尔说,"正好六年。那是布妮去世两周年纪念日,我还记得您谈起其他人的生活就好像一个租船的人谈起划桨船一样。如果我没记错,您那时候甚至提到了列宁和所有的法国革命。"布罗梅尔为自己的好记性而得意。

"我们的谈话当时对于我来说很重要。"约瑟法说道。她不再盯着地板,而是转身望向布罗梅尔。布罗梅尔又靠回椅子里。"更重要的是一个姑娘,海蒂·安特。"

"很有意思。"布罗梅尔说。他很喜欢听故事。"那您讲一讲吧。"

"一位女同事到柏林的一家成衣厂搜集资料,认识了一个年轻女人。她受过两年劳动改造,后来结了婚,判决她不得更换工作岗位的限制也正好到期了。这段往事肯定很快就会被其他人忘掉。但是那个年轻女人却说她愿意让人来报道她和她的生活——您不妨想象一下,在一份画报上,还带着照片。我的女同事生病了,休假,我得到了这个题目。我去海蒂·安特家拜访她,她住在华沙大桥附近,是一座昏暗的老式房屋,里边的陈设就是今天的普通住家里都能看到的,有组合柜、转角沙发、地毯、化纤薄纱窗帘等。

海蒂·安特二十三岁,她个子很小,很纤细,眼睛下面就像孩子一样长着软软的眼袋。可她张开嘴,就一下子显得老了十岁,因为她的牙都坏掉了。从那儿之后我时常发现,蹲过监狱的人牙都很坏,或者相对他们的年龄来说牙齿太少。海蒂·安特很客观地给我讲了她的故事,在我看来没有一点羞耻感,也没有添加幻想。她是三个姐妹中最小的,父亲是钳工,妈妈是一个单位食堂的杂工。孩子们都受到很严厉的家教。两个年纪大的并没有反抗,海蒂比她们两个更聪明更活泼,但也屈服了。十七岁的时候,她有了男朋友,就悄悄地订了婚,但是每天晚上八点钟她必须回家。她从阳台上看着未婚夫骑着摩托车出去兜风,一开始是一个人,后来就跟姑娘们一块儿,婚约就解除了。半年后,她又恋爱了,还怀了孩子。父母把她赶了出去,她在街角的一个老妇人家里找到个房间住下。新的男朋友是个可恶的家伙,喝酒很多,干活很少。海蒂放弃了做学徒,因为她整夜喝酒做爱,早上总是疲惫不堪。男朋友总是有钱,但她不知道是从哪儿来的,她也不关心。她搬到男朋友的房子里住。一年之后,警察来到了家门口。海蒂因为有犯罪倾向被判了一到两年的劳动改造,也就是说,一年后才会决定她是否会被放出来。孩子被送到了父母那儿。海蒂被关进了一间有二十个女人的牢房里,里头有妓女,还有酗酒者、失败的共和国背叛者[①]。她头一年尝试着去努力工作。白天她能完成定额,夜班却不行。凌晨三点钟开始,她

[①] 民主德国称想通过非法途径逃离民主德国的人为"共和国背叛者"。

就要跟瞌睡搏斗了，有时候她也会睡着，毕竟她才十八岁。其他囚犯都躲着她，因为她表现良好。牢房里的大部分女人都是同性恋，但海蒂不想这么做。尽管是严厉禁止的，但女人们还是让人给自己刺青，海蒂也不跟风。一年之后，监狱领导通知她，她还是不能被放出来，因为没有完成指标。他们在考虑是不是让人领养她的孩子。父母不给她写信，海蒂不知道她的孩子在哪儿。不久之后有人通知她，孩子被人领养了。海蒂当天就让人给自己纹了身，她和一个女人发生了关系。据海蒂说，这个女人又聪明又好心。第二年，生活轻松多了，她跟大部分女人都交上了朋友。只有饭菜很差，有时候甚至是馊的。她没有被关过禁闭，但是其他人讲过，那是监狱里的监狱，她很害怕。海蒂比她的女友还要早放出来，她们约定出来之后还要一起生活。她们经常会说起监狱外边的生活，尽管如此海蒂还是宁愿和女友一起待在监狱里，她对狱外的生活充满恐惧。她在父母那儿找到了自己的女儿，她说，这是唯一给她勇气的事情。她在成衣厂找到了工作，又可以搬回老太太的那个房间。老太太有一个外甥，他早就喜欢海蒂。他只上过六年级，是一个拉煤的。他过去不敢跟海蒂说话，现在想帮助她。但是海蒂在等着她的女友。女友从监狱里出来时又有了新欢，海蒂就跟拉煤的结了婚。他们关系挺好，但她没法跟他睡觉，因为她渴望的是一个女人，她说女人更加温柔。她打算去看心理医生，好矫正她的性取向。夏天去游泳的时候，他们必须找一个隐蔽的地方，要不海蒂不管多热也要穿一件高领衫，因为全身都是刺青。她每星期都要去一个医生那儿，那个医生帮她把刺青磨掉。医生在处理的时候没有麻醉，而且处理会留下疤痕，看起来就像烧伤的伤疤一样。她说，她等了一年才被接收为病人，有的人必须等更长时间。尽管工厂里的人对她很和气，但海蒂还是想在限定她工作岗位的规定解除的那一天辞职。她希望有一年时间不工作。'现在我可以这样做了。'她说，'现在我结婚了。'我问她为什么在一切都过去之后还要去公开自己的故事，甚至希望能公开？'我想让所有人都知道，那是多么可怕。他们把一个人送进监狱之前也应该想一想，监狱不会让人变得更好，而且这段经历永远也不会过去。'"

布罗梅尔等待着，看约瑟法是不是还要补充什么。他把头靠在椅子靠背上，有几秒钟的时间专心致志地盯着房顶的一点，然后突然又放弃了这个姿势，说道："是的，这样的故事能让人明白一些东西。这已经印出来了吗？"

"我没有写。"约瑟法说，"有关部门没有一个同意出版。"

"这并不让人惊奇。"布罗梅尔说着，把他硕大的公猫脑袋在肩上缩得更深了，"但是为什么你不把这个故事写下来呢？"

"也许我应该这么做。"

"你确实应该这么做。"布罗梅尔说道，"别人可以决定哪些故事被印出来，但是写作本身却不需要任何决定。您应该把自己看成一个记录者，看成一个搜集事实的人，做这件事情的时候不应该考虑什么时候才有人读到它们，您不应该被这个想法所困扰。"

克里斯蒂安从他的杂志中抬起头来。"算了吧，卡尔，这毫无意义。凡是她写的东西，她都想被印出来。非此即彼，她决不折中。问问约瑟法什么是策略，她就会告诉你是用头撞墙，而不走旁边打开的门。"

"如果门上面写着'禁止通行'呢？"约瑟法说。

"那在一个合适的时刻偷偷地溜过门去，是不是更值得建议呢？"布罗梅尔问道。

"也许吧。"约瑟法说,"但是我不能过两种生活,一种合法的,一种非法的。我想与其他人一起生活,并且是按照我自己本来的样子。我不想放弃这个要求。我不想跟他们终止对话,逃亡到未来中。现在我是一匹害群之马,但我还属于马群。"

"也许您现在已经不属于其中了,只不过您不愿意这么想。"布罗梅尔的声音里带着自得的好意说道。他刚才已经把这种好意加在克里斯蒂安的身上。

"请您正确地理解我的意思。我不想阻止您去走您那条如我所闻值得尊重的、需要穿墙而过的笔直道路。但是根据我的经验,会被撞碎的是头,而不是墙。"

"那我们等着瞧吧。"约瑟法说,并朝着布罗梅尔那张好奇的公猫脸笑了笑。

"那祝您成功。"布罗梅尔边说边举起他的杯子。

约瑟法很高兴摆脱了他的追问。她觉得,他那双隐藏在细缝后的眼睛以及他想要爬进他人心灵的渴望都是那么让人恐惧。

他们在布罗梅尔家的原木桌边一直坐到深夜,尽管话题再也没有回到约瑟法身上,但是布罗梅尔时不时地悄悄打量她一下,好像要费力地克制自己,不让自己提问或者评论。他突然在谈话的间歇甩出一句话:"您应该警惕,不要过于自怜。"还没等约瑟法回答,他又接着谈起正在读的一本书。当他们想出发的时候,他说他们可以在他的客房过夜。

那是一个很小的房间,里边摆着一张大床。克里斯蒂安把房门关上,然后抱着双臂靠在门上,不怀好意地微笑着:"那现在怎么办呢?"

一整天,约瑟法都感到想要抚摸他的欲望,想要靠近他,用手、用身体去感知他。当她问布罗梅尔她应该属于谁的时候,她那一刻想的是克里斯蒂安。只要能在克里斯蒂安面前保持自我,她觉得那种分裂的生活也没那么可怕。她很感激布罗梅尔建议他们在客房里过夜,她把这当成一个预言。这个预言虽然不能代替他们的决定,却让这个决定毫无疑问地变简单了。现在他们必须整夜坐在床沿上打牌,或者她会把克里斯蒂安夹在两腿中间,一直到明天早上,直到他把白天留在她身上的恐惧通通释放出来。

克里斯蒂安还站在门边,他不再微笑了。"把衣服脱了吧。"他轻声说道。

他仍站在门边,好像看守着她。约瑟法躺到床上。克里斯蒂安把他的套头毛衣挂在椅背上,然后把约瑟法的衣服从地上捡起来。都这时候了他还这样,约瑟法想道。尽管房间里很冷,克里斯蒂安仍然把约瑟法身上的被子掀掉,然后用手慢慢地抚摸着她,从肩膀直到双脚,久久地观察着她。约瑟法很冷,她把克里斯蒂安像条被子似的拉到自己的身上。有一会儿,他们躺在那儿一动不动,然后约瑟法感觉到一股暖意从她的腹部到胸部再到脖子传开来。她听任自己随着身体里上上下下的波浪荡漾。闭上眼睛,一片黑暗。一只墨鱼把我搂在触须里边,和我一起在大洋里巡游,穿过一个又一个波浪。它紧紧抓住我,我就不会淹死;它压住我的嘴,这样我就不会喝水。抓紧,它说,然后和我一起穿过一个巨大的浪头。它的触须箍得我喘不过气来。快游,它说,然后把我松开了。我只挂在它的一条触须上,不会下沉。墨鱼的头长出了翅膀。现在我们飞吧!它轻声说道,然后飞到了空中。它不让我掉下来,飞得越来越高、越来越快。我们下落了,墨鱼喊道。我们急剧跌落,向地面冲去。现在我也长出了翅膀,枫叶做的巨大翅膀。我们紧贴着水面飞行,波浪拍打着我们的肚子。我的胳膊变成白色的、软软的管子,内侧有吸盘。我有很多胳膊。我也变成了一只墨鱼。

第六章

在西格弗里德·施特鲁策拉起的裤管和灰色的翻毛皮鞋之间露出了一段红色的袜筒，脚踝那儿还有一条蓝色装饰。包裹在红色沃普瑞拉化纤袜和灰色翻毛皮鞋中的脚摇晃着。露易丝坐在椅子的边缘，胳膊肘拄在桌沿上，往一张纸条上写着什么。约瑟法坐在露易丝和施特鲁策之间。施特鲁策说他希望她们过了一个美好的周末。她希望他也过了一个美好的周末，露易丝说。约瑟法沉默着。

露易丝大概已经知道了是什么事情，施特鲁策说。

不，露易丝说，她还不知道。

约瑟法往窗外望去，除了冬天蓝白色的天空，她什么也看不到。她得站起身来才能看到彩色的车河，那车河每天早上都以神秘的秩序驶过亚历山大广场。她尝试着不去听施特鲁策的话。你尽量不要管，露易丝说过。你的耳朵一叫，事情就会坏掉，说不定你又会满屋子扔回形针。

施特鲁策把双手放在椅子扶手上，两腿并拢，左脚稍稍向外撇。说话的时候，他那弯弯的红嘴唇只打开一点点，就好像他要尽量避免用力。约瑟法想到了带红色幔帐的小舟中的国王。施特鲁策有一个儿子，跟他长得很像，也是那么肉乎乎的，嘴巴又小又红，迷迷糊糊的，眼角向下耷拉。施特鲁策有一个妻子，约瑟法估计她大概有两百斤重。施特鲁策另外还拥有一套四居室的住房，有一辆汽车。约瑟法没听说过他是否有栋花园木屋，但是也可以猜测，这栋花园木屋是存在的。

"在这篇稿子内部审核之前，约瑟法根本就不应该把它交给你。"露易丝说。

施特鲁策举起双手，好像要招架的样子。"等一下，等一下。"他轻声说道，脸上的笑容好像受到了伤害。是鲁迪·戈尔达默让他接管这件事情的。

不要听，约瑟法想道，想想别的事情。她尝试着去想象施特鲁策怎样和他的胖太太，以及跟他长得一模一样、苍白臃肿的儿子一起过周末。他最晚九点钟起床，沐浴，穿上旧的但很干净的裤子以及一件好久不穿的毛衣。早餐有咖啡、一个鸡蛋和果酱。不，不是果酱，是火腿——施特鲁策太太跟卖肉的关系很好。施特鲁策早餐时给家人念着报纸。地方版面上那些可笑的措辞不当的错误让他很生气。然后他打开国内政治版，《每周画报》的国内政治版正是施特鲁策的管辖范围。他把杯子推到太太的面前，意思是杯子空了。太太给他倒上咖啡。

"瞧瞧，"施特鲁策说，"他还是去了。"他向和他一样不知内情的儿子和太太解释事情的原委。部长还是到作家大会上致辞了，尽管就像施特鲁策听说的那样，大家都认为那些喜欢吵吵嚷嚷的家伙们已经受到了足够的尊重。

"约瑟法对此有何看法？"施特鲁策问道。

约瑟法在这一点上和她的观点相同,露易丝肯定地说,并安抚地看了约瑟法一眼。约瑟法点点头。让他们去讨价还价吧。

约瑟法对自己想象的施特鲁策的星期天不满意。也许施特鲁策星期天和往常一样六点半就醒过来并且很高兴,因为他可以再睡一会儿,因为他今天不必去进行争夺《每周画报》的斗争。他往肥胖的太太身边凑了凑,太太还在睡觉。他把头拱到她那硕大的乳房中间,想了一会儿他将要度过的这美丽的一天。今天太太不吵不闹,儿子也长得和他完全一样。

早饭之后,儿子清洗着鱼缸,施特鲁策跟他的太太说,鲁迪·戈尔达默又生病了,《每周画报》的所有责任现在又放到他施特鲁策的肩上了。干这么多工作,只可有副手的工资。人们应该公平一些,鲁迪·戈尔达默应该拿副手的工资,而不是他施特鲁策。

施特鲁策太太用闪亮的棕色眼睛看着她的丈夫。"你就是太好心了。"她说,"换一个人早把戈尔达默绊趴下了。你太心软了。"

施特鲁策叹口气,站起身。只要能以这种方式避免最严重的政治错误,他觉得这种不公正还是有意义的,他说。看看那个纳德勒的文章,就知道捍卫党的路线是多么重要。如果他不管不问的话,那个纳德勒简直就要给阶级敌人煽风点火。施特鲁策用铅笔敲着椅子的扶手。"那么以你文章现在的样子,我不能负责。"他说,"鲁迪什么时候回来还不知道。"

放弃吧,露易丝,你也搞不定。也许他真的相信他的使命,承受着我们的压迫,就像我们受到他的压迫一样。

施特鲁策拱在他太太肥胖的胸前——在与偏离路线的人斗争之后,他可以在那里休养生息。施特鲁策跟他的太太睡觉吗?约瑟法拿起一根香烟,施特鲁策给她点上火,他的手指又粗又白。施特鲁策又粗又白的手指放在肥胖的施特鲁策太太身上。约瑟法看到，施特鲁策在他太太身上扭来扭去，磨磨蹭蹭地塞进去，直到完事，从太太身上滚下来。施特鲁策穿着睡衣裤，他的太太穿着一件磨毛的睡袍。施特鲁策只把睡袍撩到必要的高度。

"约瑟法，你同意吗？"露易丝问。露易丝主持这次谈判。她像个商人一样。约瑟法保证过不要坏事，露易丝向约瑟法点点头。

"是的。"约瑟法说。

她端详着正在做记录的施特鲁策。他把所有东西都记录下来，每次通话都有一个记录。

施特鲁策的星期天仍然没有生气，有些夹生，就像他那茶色眼镜后面的眼睛一样躲躲闪闪。约瑟法再次想象着施特鲁策和他的儿子、太太坐在组合柜、电视机和沙发之间，第三次为自己播放了施特鲁策家星期天的天伦之乐。西格弗里德国王读着中央新闻局的报纸，身上一股上好的剃须水的味道，抽着一支小雪茄。施特鲁策太太把早餐餐具收拾好。施特鲁策儿子站在房间的左侧，带着显然是故意表现出来的兴趣向他父亲询问中东最新的政治事件。施特鲁策放下手里的报纸，沉思着用食指和拇指揉了揉眼角。施特鲁策在家不戴眼镜，读书看报的时候也不戴。"来，坐下说。"施特鲁策对他儿子说，"对，现在看起来很麻烦。"他边说边递给儿子一支小雪茄，向他解释中东最新的政治事件。太太拿着一个托盘从厨房走出来，上面放着几个杯子。她边把杯子擦干净，边听着她丈夫的发言。她很幸福，因为她有一个聪明的丈夫，还有一个完全像丈夫的儿子。

"给我们拿杯啤酒。"施特鲁策对他太太说。太太拿来啤酒，继续擦杯子。施特鲁策和他的儿子就这样一直坐到中午。太太做饭。

施特鲁策的星期天一成不变。约瑟法在她的想象中所看到的东西与电视剧里经常看到的民主德国日常生活的场景相仿，千篇一律、无聊、可以置换、老一套。施特鲁策让约瑟法的想象力无用武之地，或者他只是一个俗套。

她对施特鲁策的了解很少，只有一次，他一不小心敞开了心扉。那次他有点喝醉了，讲起了他的学生时代。施特鲁策的老家是图林根的一个小村庄。十四岁的时候，他就进了一所寄宿中学。学校离他的村庄有一百多公里，在一年前还是纳粹分子的一所重刑犯监狱。施特鲁策到那儿的时候，新来的受训者仍然能感到他们应该屈服于这座房子里的传统。施特鲁策讲起，如果新生不听话，老生就会对他们施以惩罚。施特鲁策喝过自己的尿。他曾对一个姑娘感兴趣，而一个老大却认为那姑娘是他的人。夜里，他的生殖器被抹上了黑色的鞋油。要把那些东西洗掉可真是恶心，施特鲁策说。

约瑟法问他为什么没有逃走，逃回他的村庄，毕竟法西斯统治已经过去了。施特鲁策回答说，那时候他没觉得这有什么问题，他的正义感并没有受到伤害。后来他也成了老大中的一员，也会去给小的们的生殖器上抹黑油。

"那我记下来了。"施特鲁策说，"纳德勒内部通过的稿件星期四上交委员会。明白了。"

露易丝站起身来时，施特鲁策把他的椅子推到桌边。椅子摆得有点斜，朝着房间敞开着一个角度。就像他的左脚，约瑟法想。她在茶色镜片后寻找着十四岁施特鲁策的脸。瘦削，金发，小而弯曲的嘴。他不得不用这张嘴来喝自己的尿。这张嘴肯定没有忘记这件事，它肯定不愿意再干一次。还有其他事，抹黑或者被抹黑。施特鲁策还上过大学，上过党校。施特鲁策再也没有对老大觊觎的姑娘感兴趣过，他可以很准确地区分谁是老大谁是小的。在《每周画报》

里施特鲁策属于老大中的一员。

她们一前一后穿过走廊，沉默着。露易丝把她的房门打开，她们仍然一言不发。当露易丝在身后把门关上，约瑟法才深深吸了一口气。"可恶的胖水母。"露易丝大笑道，然后用头示意了一下白色的墙壁，"说话请小声点。"露易丝从手提包里拿出她的赛璐珞袋子，往嘴里塞了一颗小小的黑猫形状的甘草糖，然后又把袋子收起来，没有请约瑟法也吃一颗。"我们得搞清楚，鲁迪是不是看过了。如果他还没有看过，那我们还有机会。如果他已经看过了，那我们就知道为什么他今天不在了。"她抓起电话，"给我们弄杯咖啡。"她边说边拨鲁迪的号码。露易丝不想有观众的时候，大概是她的打算超过了她的能力。露易丝拨最后一个号码时等了一下，直到约瑟法离开房间。

可怜的鲁迪，现在她要逮住你了。约瑟法穿过白色的走廊。走廊很长，如果她走得慢，看起来就更长。约瑟法已经养成习惯，不管在走廊里遇到谁都打招呼。因为一个女秘书曾带着受伤的语气责备过她的傲慢。约瑟法没有跟那个女秘书打招呼，因为她明明记得一个小时前刚在走廊里碰到过她。那不是一个小时前，是一天以前，这位女同事说，越发肯定约瑟法的傲气。

走廊上每天都一样。白色的、没有尽头的单调，咖啡的气味，砰砰作响的门。没有东西可以区分一天与另一天。大办公室里那些空着的或有人的办公桌还可以给记忆提供些帮助：如果这天君特不在，那就是周四。另外，天气也能帮忙，那一天有雷阵雨。

约瑟法不相信鲁迪生病了。她很肯定，他星期五读了那篇文章。他对对抗的升级有老练的感觉。这感觉警告了他，因此鲁迪躲了起来。现在他安安静静地坐在他的老鼠洞里翻译着儿童读物。鲁迪英语说得像英国人一样好。在他的业余时间或生病的时候,鲁迪就会翻译英语的少儿读物,尽管他认为英国人的幽默是无法翻译的,更不可能翻译成德语。当鲁迪在工作中发现一个特别可笑的说法时,他就会像孩子似的兴高采烈,接连几天中一旦发现机会就使用它。他却没有把译作交给过哪家出版社,大部分书在他之前都有人翻译过了。通常都很差,鲁迪说。

鲁迪会给自己放上一张莫扎特的小提琴协奏曲的唱片。他的旁边放着一大壶茶,不要太浓。鲁迪有时要寻找一个词,这个词应该听起来跟要翻译的英语词一样可笑,这时他就会从窗户望出去,看他的花园。花园里有高大的松树和光秃秃的杨树。偶尔他的思想也会逼着他想起露易丝,想起施特鲁策,想起那一百八十吨的飞灰,他要躲避的正是这些。鲁迪要费很大的力气才能把这些想法甩掉。中午他给自己煮了一锅汤,奶油芦笋汤或奶油蘑菇汤,来养他病弱的胃。如果鲁迪·戈尔达默没有生病,他就会在每天中午一点钟让人开车把他送到伽倪墨得斯饭店,在那儿喝他的汤。鲁迪说,在全柏林没有别的地方比伽倪墨得斯的汤更棒的了。如果他自己没有时间去,他会让司机把汤取回来。鲁迪这奇特的习惯是《每周画报》的工作人员经常偷偷批判的话题。他们会指责鲁迪腐败、滥用职权,有些人嘲笑他。约瑟法则理解鲁迪喝汤的怪癖。鲁迪曾经吃过狗肉——其实他很喜欢狗。他把狗抓住,剥下它们的皮,把它们煮熟或烤熟,用狗肉来养活即将饿死的同志。有几次,他自己也吃了狗肉。讲这个故事的时候,他会大笑着安慰我们和他自己,那些不过是纳粹狗,是集中营里官太太们的狗。但鲁迪再也不喜欢吃肉了,他喜欢伽倪墨得斯那白白的、柔滑的汤。

食堂里人满为患。食堂里人总是很多。大楼里有五个食堂,它们总是人满为患。每个食堂都在走廊中间，每个食堂里有九张桌子、三十六把椅子和一个餐台。朝走廊的那一面墙壁是玻璃的。领导和忙忙碌碌的编辑们在走廊里急匆匆地走过来走过去，他们用眼角余光一瞥就能认出经常来的食客。从玻璃墙边匆匆走过的时候，他们还能看出那些食客在食堂里逗留的原因：到底是必不可少的进餐，还是懒散地喝咖啡，或者是有人违反规定在食堂里喝酒。喝可乐的人很可疑，可乐里可能是法国干邑。喝苦柠檬的也很可疑，苦柠檬里可能是伏特加。水煮肠不会让人陷入窘境，但水煮肠的味道淡而无味。有时候有真肠衣的水煮肠，那柜台前的队就会更长，有些人甚至一下子吃掉两根。女人们则为了家里的晚饭装上四根或五根的凉香肠。

约瑟法拿了两个厚厚的陶杯，放在自动机下装满，在露易丝的咖啡里倒上奶油，拿了两块糖。通往楼梯的路要穿过三道由玻璃和铝组成的沉重的门。这些门用一只手几乎推不开，更不可能用胳膊肘和脚来打开。约瑟法等着，直到有人帮她打开门。为了不把咖啡洒出来，也为了再给露易丝一些时间，她慢慢地走着。她慢慢地下了一层，来到《每周画报》的走廊。从老远处她就听到露易丝的房间里传出喊叫声。只能听到露易丝的声音，又尖厉又强硬。我受够了这种演戏，约瑟法听到。可怜的鲁迪，她想。她站在走廊里，每一只手拿着一个杯子。乌尔里克·库维阿克像蝴蝶一样飞过来。"他们把你赶出来了吗？"她问道，然后继续飞往主编办公室。

约瑟法考虑了一下，她是应该顺着走廊的左半边往前走，还是右半边，右边是大办公室。"如果你觉得责任太重，那就赶紧让位。"露易丝喊道。约瑟法往左边走，也许汉斯·舒茨在。她用脚敲着门，没有人回答。她把门打开，房间是空的，有变冷的烟草气味，桌子上堆着一堆英文和法文的杂志。这里很安静，窗子朝向建筑物的背面。出版大楼所在的街道正好是崭新宏伟的中心和老旧污浊的街区之间的界线,雷尼酒馆就在那片街区里。约瑟法在炎热的夏日里曾经跟塔德马斯一起在那儿走过狭窄、温馨的街道——后来是跟其他的人。

约瑟法翻着杂志,喝着咖啡,享受着独自一人、不被观察的乐趣。在这幢大楼里要躲避其他人的目光,简直是不可能的,除非你至少是露易丝或汉斯·舒茨这样的部门领导。对那些想安安静静地哭一场或者就想单独待五分钟的人来说,唯一的避风港就是厕所。其实在那儿也得等待合适的时机,因为五个单间里常常有一两个里边有人。即使很幸运,可以不受干扰地整理那哭过或气歪的脸,把弄坏的妆擦掉,但是人也无法在那个贴着绿色瓷砖的屋子里待超过五分钟或十分钟的时间,然后这个避难场所又会变成茅房。情况就是如此。

约瑟法把毛衣拉起来,挠着肚子。电话铃响了,她没有拿起听筒。露易丝和鲁迪·戈尔达默之间的争吵让她不安。她身上弥漫着一种负罪感,她是不安的制造者,鲁迪不想负责的事情是她的事情。她常常问自己,鲁迪到底害怕什么?作为纳粹政权的受害者,他两年前就可以退休,从早到晚翻译英语儿童读物,煮奶油汤,听莫扎特。也许他害怕自己沉默的婚姻,也许害怕施特鲁策,怕他会当上画报的领导,或者害怕他退休前会引发各种争论。鲁迪害怕做决定,如果有必要做出有严重影响的决定,他总是会陷入恐慌。作为集中营的囚犯头,鲁迪曾经决定过生死。他的手里拿过死亡运输车的名单,他曾负责过运输的内容。他可以用罪犯或众所周知无法活下去的虚弱老人的名字来代替不可或缺的同志的名字——鲁迪受党的委托调换这些名字。夜里他会梦到那些被他放在名单上的人,有些人他至今仍会梦到。他总是无法摆脱自己曾写上过错误名字的想法,就好像存在正确的名字似的。现在露易丝对他大喊大叫,因为他逃避在施特鲁策和约瑟法之间做出选择。

约瑟法拨了露易丝的号码,电话仍然占线。约瑟法回忆起她与鲁迪·戈尔达默六年前的第一次会面。她还差一个中古高地德语的考试就能拿到日耳曼学学士证书了,她真是受够了大学的生活——必读书目、出勤表,主要是那些考试。她总是浑身颤抖,双手发紫地坐在那儿,两个拇指上的指甲都充了血。每一个坐在她对面的人都可以向她提出他们刚想出来的问题,按照她在他们身上引起的好感或是反感,给她的答案打上一到五之间的某个分数。她觉得大学生活是一种没有尊严的精神存在形式,每一个思想还没来得及长出小小的鸡翅膀,飞到其他思想那儿,一起制造新一代的思想,就要遭受被陌生人打分的威胁。这些思想或窒息或假死,被安放在大学生头脑的太平间里等着起死回生。只有奥伊勒被排除在她的诅咒之外。奥伊勒上的是当代文学的专题讨论课。战后,奥伊勒当过新教师[①],后来又当过出租车司机。有人嘀咕说他曾与一个女生关系暧昧。后来他上了大学,并留在研究所当助教。奥伊勒有种善于谆谆教诲的品质。他的思维很有逻辑,并且很有耐心,能够欣赏其他人的思想成果。从其他人的思想活动中能获益哪怕一点点,也能让他感到很幸福。奥伊勒不是一个风头十足的教师。风头十足的教师都是通过讽刺闪闪发光,他们会讲睿智的趣闻轶事,他们的学生直到年老体衰还能够想起这些故事。与奥伊勒相配的颜色是灰色,他也很喜

[①] 新教师是二战后 1945 至 1949 年间盟军紧急培训的一批教师,以替代受纳粹思想影响的教师。

欢灰色。据说他写过一篇很优秀的博士论文，但没有提交，因为他总是觉得这篇论文不够完美，需要修改。奥伊勒唯一的野心在于每个学年都培养出两到三个学生，他把这些学生看作自己的门徒。尽管奥伊勒在上课的时候很公正地分配他的注意力，但每学年都会偏向几个学生。一旦他们请他帮助，他就会建议他们跟自己一起度过业余时间和周末。他的选择看起来很随意，只有很少情况是考分最高的学生。奥伊勒会精心、不辞辛苦、像插枝育苗一样地培植他们五年。

约瑟法和奥伊勒的友谊是在第一学年快结束的时候开始的。约瑟法从报纸上看到了新的文化路线，就闯入教师休息室要求退学。房间里空空的，约瑟法想把门关上时才发现了奥伊勒。奥伊勒一身灰衣，毫不显眼地坐在沙发上，正打开一包点心，里边有三块夹馅的蜜蜂刺蛋糕。约瑟法犹豫着是不是应该把自己的决定告诉奥伊勒。他不是党员，不被邀请参与学院的重要政治决定。为什么她偏偏要把她的反抗情绪发泄到奥伊勒头上呢？

"您要找谁？"奥伊勒问道。

"我只是想告诉大家，我要退学。"约瑟法说。即使奥伊勒没有多大本事，他也能知道她对查禁电影和书籍的态度，以及对污蔑作家、导演的言论的看法。

奥伊勒请她关上门，给她一把椅子和一块点心。

"为什么呢？"他问道。

"我以后想到一家出版社工作。"约瑟法说，"当编辑。也许我自己也能写点儿什么。我想编辑书、出版书，而不是阻止书籍的出版。我不想我的职业在一夜之间变成它的反面，那我还是宁愿当面包师或者医生，不管怎样，只要跟艺术没有关系就好。"

约瑟法还记得奥伊勒那天柔声细语地给她做的那个长报告的最后几句。

"您该在假期里读一读经典著作。"奥伊勒说,"尤其是恩格斯的。您要想着,他们生活在多么黑暗的时代,还要注意他们是用怎样豁达的心情来思考那个时代的。"

假期里,她跟塔德乌斯去了波罗的海海边。他们借了一顶帐篷,还有一个酒精炉。这是他们第一次一起度假。他们知道之后彼此会很长时间无法见面。塔德乌斯要去莫斯科两年,学习物理。"这是一种奖励,年轻的朋友。"那就没有时间来读经典著作了。

新学年的第一天,她在教室外的走廊上碰到了奥伊勒。他很高兴又见到她,即使她看起来并不怎么快乐,他带着一抹讽刺的语气说道。从那儿之后,奥伊勒就觉得自己要为约瑟法负责,好像她会不会成为面包师或医生都取决于他。

也许真是如此。如果没有奥伊勒不断给她灌输与教材无关的精神独立的思想,她也许无法忍受接下来的四年。他给她必读书目之外的书读,指导她的学年论文,尽管她选的题目很荒唐,没有人愿意当她的导师。只有当摩恩科普夫向约瑟法宣战的时候,奥伊勒有些无助。"您为什么一定要入党呢?"他问。

"如果您入了党,您现在就可以帮我了,也许是因为这个。"约瑟法说道。

"恐怕这是一种幻想。"奥伊勒悲伤地说,"但是您去尝试一下吧。"

五年学习之后,与奥伊勒的分离仍然使她很伤心。她很高兴能遇到奥伊勒,但是他属于一个她总算能够与之告别的时代,她并不想回想这段时间。她怀疑所有对轻松愉快的大学时代的描述,以及那感伤的预言："有一天你会希望重温那段时光。"

《每周画报》的编辑部那时在柏林老报业区里一栋窄窄的灰黑色房子里。约瑟法在菩提树下大街的特浓咖啡屋里喝了一杯咖啡，穿过腓特烈大街向柏林墙方向慢慢走着，因为她还有半个小时的时间。她设想着那个叫鲁迪·戈尔达默的人长什么样子。半个小时后，当她伸手跟真正的鲁迪·戈尔达默握手时，她大为惊奇，因为他与她想象中的人物如此相像。鲁迪个子很矮，面部轮廓很柔和，嘴巴周围是那种忧伤颓唐的神色，眼睛里却充满了孩子气的友好。

"你就是那个约瑟法。你是党员吧？那好，那我们就以你相称，否则太麻烦了。你要喝一杯法国干邑吗？"他自己什么也不喝，"我的胃，你懂的。"

"你有天赋吗？"他问道。

"我有。"约瑟法说。

鲁迪嘿嘿笑了笑。"那就好。"他说，"我很高兴你自己这么说。如果你不相信自己的天赋，那别人也不会相信。"

鲁迪坐下来，把他的手叠放在腹前，把右腿的脚踝放在左腿的膝盖上，然后用不加掩饰的好感长时间地观察着约瑟法。

"你很年轻。"他说，"这很好。这儿的老年人实在太多了，我也太老了。"他像一个孩子般嘿嘿笑着，就好像偷偷地说了些不该说的话，很高兴家长没有听见。

"你还很漂亮。"鲁迪说，"这太好了，这样你跟男同事打交道就容易些。你不要听信别人的话，最傻的人说话也最多。当然，你自己知道这一点，我看过你的评语。"鲁迪继续嘿嘿笑着："他们可真是没对你说什么好话，这没关系，我喜欢爱较劲的同事。"

第一次见面的时候,约瑟法就设想鲁迪·戈尔达默应该坐在维也纳一间宽敞的咖啡馆里,喝着摩卡咖啡,吃着攒奶油,读着报纸、诗歌,听熟人讲故事,偶尔还会插上一句"这我很喜欢,弗朗茨尔"或者"这对你来说太美啦,约瑟夫"。她也喜欢鲁迪,这是因为他喜欢她。他那孩子气的坦诚让她感动。但是今天她却不明白,为什么那时候她没有问自己以鲁迪的这种幼稚怎么能统治一份刊物。这份刊物与其他刊物的头条的区别仅在于它的风格更好些。

露易丝朝着有胃病或是患牙疼的鲁迪大喊大叫也不会有什么用。也许鲁迪会哭,约瑟法常常怀疑鲁迪在家会偷偷哭泣。老年人哭起来一定很难看。

约瑟法再次拨通了露易丝的电话,现在不占线了。

露易丝把她房间的窗户敞开着。"你这么长时间到哪儿去了?"她生气地问道。幸好她把咖啡忘了,约瑟法已经把两杯咖啡都喝光了。

"他已经看过了。"露易丝说道。

"那他怎么说?"

"他说他没看过。"

露易丝生气的时候,脖子上就会出现红斑。她的脖子现在红得看起来就像得了猩红热。"我说了我可以把稿子寄给他,但那可怜的人那么难受,他甚至连稿子都看不了啦,他的胃溃疡都长到眼睛上了。"

约瑟法很疲倦。她感觉不舒服,想躺在床上,希望能有人给她泡一杯菊花茶,做绿色的果冻。她什么都不想管,不想管 B 城,不想管孩子。约瑟法很理解鲁迪,只有像施特鲁策那样的人才能全身而退并且不得病。

"你看起来就像站在火刑堆上的圣约翰娜。"露易丝说,"给我们拿杯咖啡。"

食堂里人满为患。食堂里人总是很多。大楼里有五个食堂,它们总是人满为患。

恰巧今天 B 城出了太阳。这是个违背真实情况的证据,在 B 城不应该有太阳,只会有暗淡的黄光偶尔吃力地穿过雾气,就像穿过磨砂玻璃。但是今天出太阳了,那个小小的白色圆球在天上清晰可见。一场强劲的东北风把雾霾吹出了城市。通常风都是从相反的方向吹过来,而城市正好是在火电厂的下风向。

阿尔弗雷德·塔尔弯着腰坐在那儿,比平时还要不起眼。他坐在办公桌前,读着约瑟法的文章,他读得很慢。约瑟法看到,阿尔弗雷德·塔尔那忧伤的眼睛偶尔在纸上寻找、摸索着什么,直到他找到想再读一次的句子或段落。太阳在办公桌的玻璃板上反着光。约瑟法喝着橘子汁。她本来想要一杯水,但是女秘书从总厂厂长的冰箱里为她取来了橘子汁。塔尔的脸上什么也看不出来,无法判断他到底是同意还是拒绝。隔壁房间里,女秘书不再听总厂厂长的话,她把听写机关上了。阿尔弗雷德·塔尔翻了一页。

"霍里韦茨卡死了。"他说。

约瑟法感觉自己的嘴角弯出了一个焦虑的笑容。每次听说某个认识的人的死讯时,她都忍不住这么笑。"抱歉,你说什么?"她问。阿尔弗雷德·塔尔点点头。"一场事故。"他说。"这座狗屎电站。"约瑟法说道。"不是在电站里,"塔尔说,"在这儿的街上,他被撞死了。您来这儿一个星期后出的事,前天是葬礼。是他自己的责任。他骑着自行车想往左拐,却没有招手,直接骑到了公共汽车前面,当时就死了。"

长着四四方方的脑袋和四四方方的手的霍里韦茨卡死了。当约瑟法给露易丝讲霍里韦茨卡的故事时，他正躺在停尸架上或装在一个盒子里以防腐烂，直到轮到他被抬往坟墓，直到所有的手续都办完，发言者还有音乐准备好。他死了，躺在一个盒子里，毫无生机，手干干净净的，而且这是他自己的责任。他生活的城市里，得支气管炎的人要比其他地方多五倍。在这个城市里，樱花会一夜之间在枝头枯萎，因为一股有毒的风吹过它们。他曾经在一座电厂工作，这座电厂里不允许提到"安全"这个词。他因为自己的责任葬身在了一辆公共汽车下。

塔尔怎么会知道是霍里韦茨卡的责任呢？他怎么知道霍里韦茨卡要向左转，没有打手势呢？也许霍里韦茨卡只是失去了平衡，因为那一百八十吨的飞灰正好有几粒飞进他的眼睛里，也许他没有力气用一只手来控制自行车，因为他要用五米长的钢钳去捅炉渣，让它们通过锅炉篦子落下来，并要重复二十次。对霍里韦茨卡来说，有很多机会可以死于他的城市，不一定非得是那辆公共汽车。公共汽车只是一个偶然，也可能是一个松动的阀门，或者是一氧化碳，或者是那老旧、陡峭的铁楼梯。塔尔很高兴那是一辆公共汽车。不是在电厂里，是在大街上，是霍里韦茨卡自己的责任。

霍里韦茨卡骑自行车回家，十七年来每到那个路口都会像台电动信号机一样抬起他的左臂，只有在这天霍里韦茨卡的大脑没有发布这个命令，或者胳膊拒绝了他的命令。为什么正巧是在这天呢？为什么是在约瑟法到了B城一周之后呢？

如果霍里韦茨卡在回家的路上脑子里想的是给部长写信，不知道他应该怎样称呼部长，那应该是谁的责任呢？"尊敬的部长同志……"霍里韦茨卡不是党员,那就得写"尊敬的部长先生……"但这样听起来太文雅。"尊敬的部长同事……"霍里韦茨卡不是很肯定,部长会不会觉得称他为同事太唐突、太过分了。霍里韦茨卡很惊讶,为什么一个在工农政权下生活的工人不知道可以、应该或必须怎样称呼他的部长。然后是那个拐弯,他差点忘记了拐弯,向左转,没有招手。谁的责任?霍里韦茨卡?部长?还是约瑟法?但是为什么霍里韦茨卡会因为一个可笑的对部长的称呼就葬身车下呢?更可能的是,霍里韦茨卡这时早已忘记了那封信,就连约瑟法也绝不相信他真的写了那封信。她很害怕再次见到霍里韦茨卡,害怕再见到他那尴尬的微笑。她仍能回忆起他们两个彼此心领神会的十分钟,对霍里韦茨卡来说,这十分钟已经在煤灰和水汽中变得模糊了,而她却把那次隐隐感觉到的心意相通唤回到意识中,固定在纸上,剥夺了它的不确定感,直到它变成一种明确的默契。他们将不会再提起那封信,霍里韦茨卡不会提起,因为这时他已经考虑过了,知道自己为什么不会写那封信。约瑟法也不会提起,因为她知道,自己对霍里韦茨卡来说只是一条切线,在接触到他的圆之后又会离他而去。作为切线是她的职业中最可恶的一点:她能划过所有东西的边缘,但是刚一接触又会离开切点,这是她的存在所决定的。

离开,总是离开所有东西。霍里韦茨卡死在一辆公共汽车下面。她来拜访一两次,把灰尘从眼睛里揉出来,然后又飞快地划过另外一个圆圈。一个卫生检查员在巡视之后有权利去杀灭蟑螂,医生委员会可以额外分派几个疗养名额,安全检查员可以规定长发的必须戴上头巾,火灾检查员会让人把紧急出口的垃圾清理掉,而她则是民主检查员,她能够决定什么,清除什么,开什么样的药方呢?给部长写一封信。

塔尔整理着稿纸，没有抬头。他的嘴角颤抖着，勉强压抑着一丝微笑。

"挺好。"他说。

"那怎么办呢？"约瑟法问道。

"没什么。如果人们这么跟您讲的，那您就必须得这么写。"塔尔小声说道，仍然微笑着。

"但是关于安全……"

"确实如此，不是么？"塔尔说。

当然是真的。只是跟新闻办事员打交道的所有经验，放在这个小个子阿尔弗雷德·塔尔身上却不灵了。新闻办事员通常都高声大嗓，觉得自己只有服从他们总厂厂长的义务。他们会提到自己也曾经在专区媒体上当过记者，以争取理解，会顺便打听一下这个或那个有名的同事。这位同事曾经跟他这个新闻办事员一起上过大学，或全凭他这个新闻办事员帮忙才甩掉了某件臭事——约瑟法肯定在报纸上读到过那件事。"您很惊讶，"阿尔弗雷德·塔尔说，"但是您看到了，肮脏的灰烬会落到总厂厂长身上，也会落到霍里韦茨卡身上，连我也有份儿。烟囱里冒出来的东西肆无忌惮，根本不问花儿落到了谁家。"阿尔弗雷德·塔尔大笑，用手挡住嘴，好让约瑟法看不到他那棕色的牙根。"我们的总厂厂长被部长禁止与媒体接触。"他说，"每一次采访都必须得到批准，而大部分会遭到拒绝。现在能找着一个人把发电厂这件棘手的事情公之于众，他会很高兴。最近他发过一次脾气，像发了疯一样，因为电视台来了一堆人，到这儿却只拍了新的游泳池，没有拍别的。"塔尔突然沉默了。他严肃又伤心地观察着自己被尼古丁熏黄的手指，把一根火柴掰开，然后用细木棍清理着他的指甲。

"这就像是中了邪。"他说,"我们生活在这儿就像生活在被诅咒的森林里,没有人敢进来。如果有人误闯进来,他会把眼睛闭上,仿佛他不睁眼就能逃避那邪恶的魔法。我们这儿的一个化学家为他的小女儿写了篇童话。童话里,这座发电厂是一条七头毒龙,每个烟囱都是一个头。毒龙把城市置于魔法下,所有的人都忘记了怎样去笑。城市里一片阴暗,因为太阳只会光临有笑声的地方。那是一个很伤心的故事,直到屠龙勇士到来。他把毒龙的头砍了下来,把城市从魔咒下解救了出来。我们把这篇童话发表在企业报上,后来却在专区领导那儿惹了大麻烦。"卡尔又掩着嘴笑,"您只管写您想的东西。只要您不泄露生产机密,我们就不会有事儿,不会比现在更糟。"

太阳照耀着。总厂厂长被禁止接触媒体。鲁迪·戈尔达默又患上了胃疼。西格弗里德·施特鲁策要阻止这篇稿子。霍里韦茨卡死了。部长不会知道在B城曾经生活过一个锅炉工霍里韦茨卡,想邀请他来一个没有主席台的文化活动室,想向他问询B城的未来。

霍里韦茨卡也许写了那封信。约瑟法决定相信他已经写了。他已经遇到过那么多麻烦,还会有什么麻烦呢?自己的责任,死在一辆公共汽车下。约瑟法喝着总厂厂长的橘子汁。那个化学家写了篇童话。塔尔为他的烂牙而不好意思,但他却不去看牙医。约瑟法扮演着好心的撒玛利亚人[①],她的目光穿透塔尔那绝望的微笑。我在这儿是多余的,约瑟法想,我什么也改变不了。

塔尔建议去吃饭,饭对抑郁的胃来说总是最好的东西。

食堂看起来很简陋,墙上深绿色的油漆已经剥落,漆布桌布也已经褪色了,到处弥漫着剩饭的浊味。男男女女都穿着蓝色和灰色

[①] 见《圣经·路加福音》,泛指无私救助别人的人。

的大褂或连体服，在窗口前排了二十米长的队。他们的脸看上去好像敷了白色或灰色的粉——这要看他们加工的粉末是什么颜色的。约瑟法前面站着一个红头发的男人，脸上有很多伤疤，疤痕的凹陷里积了一些灰黑色尘末。"石墨。"塔尔说，"这会带着一辈子，会进入到皮肤里。"红头发的人转过身微笑了一下，耸了耸肩，然后又转身朝前。两份煎肉饼加巴伐利亚酸菜。塔尔去拿汽水。他们在紧挨着厕所门边的地方找到了一张桌子和两把椅子。塔尔用灵巧的动作把土豆和酸菜都分成一个个小小的菱形，然后再把它们堆到叉子上。他的牙根在吃饭的时候又细又快地嚼着。约瑟法吃得很少。

"我最大的女儿秋天要在这儿开始工作了。"塔尔说，"是有大学文凭的工程师。中间的是个儿子，已经在厂里了。他在聚乙烯厂当学徒。那对双胞胎两年后也要来。所有四个都留在 B 城。"

约瑟法有种印象，塔尔好像对此感到很高兴。

"只跟老婆在一起我可受不了。"他说。

约瑟法不认识塔尔的妻子。塔尔讲了妻子早上朝那对双胞胎大喊大叫，因为他们把牛奶洒了。"她很爱吵架。"他说，并看着约瑟法，就好像她应该证实一下塔尔的妻子很爱吵架。"她的声音特别尖厉，我倒是无所谓，但她不应该对孩子们嚷嚷。上星期天，我带那对双胞胎去骑自行车。那天真好，她不会骑自行车。"

约瑟法不属于那种听到陌生人讲他们的婚姻故事就会尴尬的人。她很好奇，很想知道别人是怎样忍受这种四腿动物的生活。当她听说某个人四条腿走路还在摇摇摆摆，她会感到轻松。伊达姨妈那满是泪水的浅蓝色眼睛，还有关于寂寞的老年生活的威胁，在听阿尔弗雷德·塔尔讲偷偷度过的快乐星期天时都变得苍白无力了。

"你们为什么不离婚呢？"她问道。

"两年之后。"阿尔弗雷德·塔尔回答。"两年之后。"他坚定地重复,"等双胞胎上完学。"

他仔仔细细地用刀子把盘子上剩下的菜刮到一起,那忧伤的猫头鹰眼睛在厚厚的眼镜片后面闪烁着梦一般的光芒。突然,他发出了一声奇特的、非同寻常、对他来说声音很大的笑声。笑的时候,他的坏牙也毫无遮掩地暴露了。"不是银婚庆祝,而是离婚。"他说。然后他又缩作一团,把剩下的最后一点土豆认真地塞进嘴里。他真的应该去看牙了,约瑟法想。

他们的周围有人排队,有人吃饭,有人把用过的餐具收走。他们找座位的时候,右手一个盘子,左手一个苹果。然后右手是刀,左手是叉,几个左撇子除外,没什么引人注意的。当他们离开的时候,右手是肮脏的盘子,左手是刀叉,那灰蓝色的大褂,那被灰尘遮盖的脸,那令人压抑的单调。

在一群正在大笑的灰脸人中,那个红头发的人突然凸显出来。大工厂总让约瑟法想起原住民保留地。当然没有人用暴力把这些人赶到里边,或强迫他们停留在指定的地方。但是他们偶然的出身、他们七年级时的平均成绩、他们没有被识别的天赋难道不是那些强制性的约束吗?难道不是这些把他们驱赶到这堵墙后面,驱赶到有毒的气体和轰轰作响的巨魔般的机器中吗?如果不是他们,也肯定会有其他人来。农药、柔顺剂、化肥。难道人们不能不用柔顺剂吗?

塔尔递给她一支香烟。就连禁烟运动也没有能够影响B城。没有一个地方能看到食堂内禁止吸烟的指示牌。如果有这么多看得见、吸得进的毒气,只去消除那一点尼古丁的话,那真是很荒诞。红头发从那一群灰脸人中间站起来,把他的盘子送到残食台上,然后在一个铁皮桶里洗他的刀叉。他慢慢来到他们的桌子边,从邻桌抓起一把空椅子,但并没有坐下,而是一个膝盖撑在椅子上。"您是从报纸来的,是吗?"他问约瑟法。

"对。"

"那您就应该了解了解电解车间。这儿只是有一些灰尘落到皮肤上,不会有什么害处,连疼也不疼。但是那儿的人关节却会坏掉。"红头发指着腕骨上的一个增生,有西红柿那么大。

"这叫氟中毒,是从到处飞舞着的氟来的。您可以写写这件事。他们甚至不想把这个认定为职业病。我妹夫刚过四十九岁就死了,干了二十年的电解车间。您应该去那儿看看。"

红头发说话声音不大,但是攻击性的声调使周围几张桌子上的谈话声安静了下来。满脸灰尘的男人和女人都静观着这个场景,一些人低下眉眼继续吃着,就好像他们什么也没有听到。

"您坐下来吧。"约瑟法朝红头发说道。

"谢谢。"红头发回答说,却依然站着。

塔尔拉红头发的胳膊。"别说傻话了,赫尔曼,快坐下啊。这又不是她的问题。"

红头发摆了摆手,却坐下了,虽然只是坐在椅子沿儿上。尽管红头发的攻击性行为让约瑟法有些害怕,但他的出场却让她感到轻松。霍里韦茨卡用顺从的冷静等待着对电厂的决定,塔尔梦想着没有爱吵架的妻子的生活,这些态度都让她感到压抑,都在散播着一种让人麻痹的绝望感。

"是不是到游泳池去游泳啦?"红头发鄙夷地问道。

约瑟法把她的稿子从书包里拿出来,递给红头发。他故意用明显无所谓的姿势抓起来那叠纸,过了一会儿笑着摇了摇头:"瞧瞧,她居然敢去发电厂,我也在那儿待过,已经有一段时间了。"

发电厂、红头发、雀斑、霍里韦茨卡的无政府主义者,约瑟法想道。"您是不是当过发电厂的联络员?"她问道。

红头发疑惑地抬起脸,他抽烟的样子就像贝尔蒙多①在沉思。"您是怎么知道的?"

塔尔站起身。"我去取三杯咖啡。"他说,然后询问般看着红头发的赫尔曼,赫尔曼没有反对。

"是从工会领导那儿吧?"

"从霍里韦茨卡那儿。"约瑟法回答道。她很想知道霍里韦茨卡这个名字会引起红头发什么样的反应。

红头发的鼻子哼了记短暂、悲伤的声音。"真是个好人,有点太善良、太软弱,但是从不当跟屁虫。姑娘,我们那时真是一对好搭档,他是师傅,我是联络员。我们真给大家干了点事儿,我们一起去工会领导那儿的时候,领导准得翻白眼,因为他知道必须得做点什么。哎!一切都过去了。"

赫尔曼叹了一口气,把几根烟丝从桌上拂下去。他们沉默着。红头发盯着约瑟法的眼睛里突然出现了怀疑。"您是不是一个月之前也来过这儿?"他问道。

"那时候霍里韦茨卡还活着。"约瑟法说道。

红头发想必等的就是这个答案,他满意地点点头。"那就是您给霍里韦茨卡出的给部长写信的主意?"

红头发这种轻蔑的粗鲁态度让约瑟法反感。他丑陋、被灰色的疤痕弄得一无是处的脸让她恶心。刚才在排队打饭的时候,她还对

---

① 让-保罗·贝尔蒙多(Jean-Paul Belmondo, 1933—):法国电影演员,2016年9月荣获第73届威尼斯电影节终身成就奖,代表作有《法国女郎与爱情》等。

这张脸感到同情。她向塔尔张望着,他在买咖啡的队里排到了第三位。

霍里韦茨卡还是没有忘掉这件事。"他想写那封信吗?"约瑟法问。

"您为此感到骄傲是吧?他像个小傻瓜一样到处乱跑,好像第一次给他的新娘写信。'喂,'我告诉他说,'你这是犯傻啊。部长你只能在报纸上看看,安全部门的那些家伙会盯上你的。'几年前,我们收集过签名,因为有人要削减我们的年终奖。我们有半年的时间一次接一次出事故,因为这个设备早该报废了却没有新的。计划没有完成,有人就要我们把那部分钱交出来。八十个人都签名了,百分之百。后来我们拿到了奖金,但您不要问后来厂里来了多少探头探脑的人。现在又要给部长写信……姑娘,要不你就是比警察允许的还要幼稚,或者……嗨,算了吧!"

塔尔把一个浅绿色的塑料托盘放到桌子,盘子上有三杯咖啡。"这么漂亮的姑娘,赫尔曼,而你只知道吵架。"他说。

赫尔曼微笑了一下。"反正她也不想跟我干别的。还是说您偏爱红头发的?"

赫尔曼笑的时候露出了酒窝,约瑟法觉得他看起来并不是那么恐怖,她努力朝红头发微笑了一下。"不。"她说。

"你瞧。"红头发对塔尔说。塔尔正把一块方糖浸在咖啡里,直到它吸满了咖啡。"不喜欢。一个红头发的医生或演员也许能讨她欢心,但是一个红头发的工人太可怕了。您跟过工人吗?"他讽刺地问道。

约瑟法向周围看了一下,看看除了她和塔尔以外是不是还有人听见了红头发的问题。

"你太过分了,赫尔曼。"塔尔轻声说道。

红头发粗鲁地笑了笑。"只是问一问嘛。他也不一定非得是红头发的。不过明白了,女士就是女士,在女士面前不应该这么说话。"他把咖啡碟当作烟灰缸,在里边掐灭香烟,然后又点上一支。约瑟法这时不再因为他提的问题而尴尬。"您尽管问。我还没有跟过工人。只有一个曾经是工人,但是后来他进修提高了。"她挑衅地看着红头发,"您跟过一个受过高等教育的吗?"

"我的天,她开始反击了。"赫尔曼说道,享受地用手掌拍拍膝盖。"我不是这个意思,真的不是。"他递给约瑟法一根香烟,"来,这是停战号角。"

塔尔放心地微笑了一下。

"现在给我看看这些破纸条。"红头发边说边抓起还放在他面前的稿子。

约瑟法琢磨着红头发的问题。是的,她还没有跟地质学家、雕塑家、生物学家或数学家睡过觉,但是红头发并没有问她是一个钳工、车工还是装配工。也不是事实本身让她感到不安,在她接触的男人当中没有工人,可能会是一个偶然,但又不是。她在过去六年中去过很多工厂,见过不少肩膀宽厚、肌肉发达的男人,看到他们如何用一种身体上的自信指挥着巨大的工件运过车间,他们的小臂上布满了粗粗的血管。有时候她也设想过:躺在这样的身体下边会是什么感觉;当这样一个人抚摸她的时候,他会跟她说些什么话;他到底是什么样子,是温柔还是粗鲁,是充满想象还是毫无趣味。她从来没有想过去尝试一下,她害怕离开习惯的交流圈,面对一个陌生的价值体系,去听家长似的或者小市民式的道德说教,又不敢去争论,不敢像跟克里斯蒂安一样去争论。也许这就是躲躲藏藏、遮遮掩掩的阶层的傲慢,或者说是阶级的藩篱。

到底有没有一个不在床上统治的统治阶级呢？

约瑟法匆匆地回顾了一下从奴隶社会到资本主义的历史时期：女奴、情妇、那些要在诸侯的床上度过她们新婚之夜的少女、那些把她们值得尊敬的头衔陪嫁给大腹便便的资本家的贵族女子、那些被主人的儿子弄大了肚子的女仆。结论明显得令人惊讶。这是一个社会学家的题目——"关于政治与经济权力情况的分析——以不同阶级间的性关系为例"。分析的结果对约瑟法来说毫无疑问，统治床的是演员、流行歌手、医生和手工业者。这种职业组合却不能放进任何阶级定义里，好像是证明了在社会主义条件下性生活不再受到阶级地位的影响——因为除了工人和农民以外，再没有其他阶级了。工人阶级和农民阶级还有与他们结盟的阶层，演员、流行歌手、医生和手工业者都属于其中。如果结果果真如此，那就是说，工农联合的统治阶级在性交往中是被与他们结盟的阶层所统治的。这是不可能的，约瑟法的思路肯定在哪儿有一个错误。

红头发把稿子从桌子上推过来，"好，"他说，"我前面说的话都收回。这会印出来，是吗？"他不相信地问道。

"嗯，如果上帝愿意的话。"约瑟法说。

"谁是你的上帝？是主编还是更高的？"

"只有上帝知道。"约瑟法说。她很高兴能让红头发回心转意。

红头发大笑道："那就祝你好运，我得干活去了。努力工作，努力工作。"他敲敲桌子作为告别。

下班后他是不是还想一起喝杯啤酒，阿尔弗雷德·塔尔问道。

"也许吧。"红头发说。他走了两步，又转回身来。"另外告诉你，我老婆是老师。"他说。

第七章

　　约瑟法周围的人都在喋喋不休,她自己也不停说着,尽管她事后会很气恼,因为她把已经说过十遍的东西又说了一遍。一旦能逃离这些聒噪,她的内心就会生出许多梦境,堆叠在一起。一年前,她还需要闭上眼睛,用无意识的探照灯投向那片黑暗,才能让那些形象浮现出来。它们都是陌生的脸孔,在她闭上的眼睑后面毫无羞耻地展现着自己。现在,只要她能够关上耳朵,屏蔽这些噪音,能在眼前挂上一幅轻纱,表演就可以开始了。这幅轻纱别人看不到,对观察她的人来说它是透明的,却可以帮她遮挡住其他人的目光。不一会儿,魔鬼和被排挤的人出现了,它们胡闹着,面目可憎而严肃。约瑟法很吃惊,她的内心居然有这么可怕的东西。它们肯定是存在的,在她的身体里面,它们由现实的东西混合而成,这些东西像一股辛辣的浓缩液体在她的体内积存下来,需要的空间比她的脑袋更大,这就是她的感觉。约瑟法只需要盯着反光的桌面或者灰色的云彩,不一会儿,她的眼前就会扯起一道帷幕。在帷幕的后面,她可以对她的角色们随意地呼来唤去。它们话不多,毫无顾虑地表现着它们自己。它们每次总是不同的人,就好像它们显出身形,表演完它们的场景,然后死亡就会来临一样。它们与约瑟法认识的所有人都毫无相似之处。它们只展示脸的局部,一会儿是嘴巴和鼻子,一会儿只有下巴。

早上,约瑟法的睡意很早就被快速开过的汽车声和哐咚哐咚的有轨电车声扯得粉碎,还有儿子的手指——它们轻轻地拨开她的眼皮,看看她是否还在睡觉。但她常常不想醒来,哪怕身上的睡意只剩下一丁点。她想知道她的精灵们为她表演的故事的结局,它们有时也既恶毒又卑鄙地让她一起演。它们把她纳入自己的世界,却从来没有善待过她。它们从来不让她扮演魔鬼,也不让她扮演弱者,它们给她指定了被排挤者的角色。如果她不想演,那就只能当观众。即使作为被排挤者,她也不想提前醒来,而是等待着发生什么,看自己是否能够抵御那些阴险的角色。即使被这些角色折磨和嘲讽,她也不恨它们。她只需把眼睛睁开,就能摆脱它们。她可以把它们关进箱子,直到感到对它们的渴望,允许它们再来演戏。

约瑟法把被子拉到肩膀,因为冷风从窗缝里钻进来,而她的床就放在窗子下面。约瑟法朝窗外匆匆看了一眼:一片淡蓝色的天空,仍然光秃秃的树枝用不规则的图案装饰着这片天空,这些树枝是房前那棵椴树的。她把这幅图像带到眼睑后。在那黑暗的背景下,天空变成了一条河。那条河是施普雷河①。施普雷河和多瑙河一样宽,人们可以通过一段巨大的台阶走到三座桥上,其中一座笔直,另外两座分别向左、向右斜弯着跨过河去。每段台阶都通到河对岸的一

---

① 主要流经德国东部的一条河流,因穿过柏林市中心而著名。现代的柏林就是由施普雷河畔的小渔村发展而来的。

幢房子里，就好像钻进了一条隧道。那些房子彼此相距三百米，都是剧院。约瑟法走过那座笔直的桥，当她来到观众席的时候，灯光已经暗了下来。她的朋友们小声喊着她的名字。他们为她占了一个座位。戏已经开演，舞台上站着两个女人，周身紫色，就连从上方投射的灯光、壁纸、窗帘、床上放着的丝绸被子都是紫色的。两个女人都垂垂老矣，其中一个更老一些。老的那个又高又瘦，年轻些的梳着辫子，辫子垂在松垮的胸前。她们的皮肤、头发、牙齿都是紫色的。两个女人一动不动，在小声说着什么，可是她一句也听不懂，只听见一片呲呲声。观众们不耐烦起来。慢慢地，这两个女人仿佛从僵直状态苏醒了过来，开始活动起来。年轻的那个把紫色的丝带编进辫子里，微笑着，她的牙很长。年老的那个僵直地站着，面带嘲讽地看着年轻的那个。她说了些什么，年轻的哭了起来。年老的笑了，她的牙更长。年老女人的眼睛陷在火山口般沟壑纵横的眼窝里，像发烧似的闪闪发光。年轻的那个还在哭。年老女人拿起一根棍子，打在年轻女人的头上。年轻女人停止了哭泣，把她的假发扶正——她的假发被打歪了。年老女人大笑着，笑的时候捂着肚子，然后从幕布后的柜子里取出一瓶烧酒，倒满了两杯，给年轻的一杯。那烧酒也是紫色的，她们一饮而尽。年轻的坐在年老女人的怀里，抚摸着她那皱巴巴的面颊，然后用哭哭啼啼的孩子腔说道："我还是不会写字，妈妈。"年老女人整理着年轻女人辫子上的丝带。

"你还有时间。"她说，"你还不到八十岁。"

"我多么想读书啊，"年轻女人说，"多无聊啊。"

"你有你的图画书。"

"我不想老待在这间屋子里，妈妈，到处都是紫色。"

年轻些的女人的声音现在变得像老太太似的喑哑。她跪在年老女人的面前，把又丑又皱、长满老年斑的双手握在一起。"求求你，求求你，妈妈。"

年老女人脸上的火山口里喷出火光。她抓起一个紫色的玻璃碗，在年轻女人的头上砸得粉碎。"你为什么说谎？"她吼道。

年轻些的女人扑到地上，她那年迈的骨头咔啪作响。她紧紧地抱住年老女人的脚。"我没有说谎！"她悲凄地抱怨着，"我真的没有说谎。"

年老女人坐下来，抚摸着仍躺在地上的年轻女人的手。"那你为什么说房间是紫色的？"

"它看起来是紫色的，妈妈。"

年老女人从地上捡起一块紫色的碎玻璃，用它划破了年轻女人的手。"看看这儿。"她说，指着从年轻女人手上的松皮中流下的那条细细的红线般的鲜血，"这是紫色。"

年轻女人舔着手上的血。

"罚你把这句话说十遍。"年老女人说。

年轻女人飞快、单调地把那句话说了十遍。她手脚并用爬到床边，躺到紫色的床前地毯上，大声地往床上的丝被里擤着鼻涕。

"这才叫乖。"年老女人说，从桌子下面拿出一张报纸读了起来，报纸也是紫色的。她没有察觉年轻女人正四肢着地慢慢地向她爬来。当靠近她时，年轻女人突然像狼一样跳了起来，把年老女人的上衣撕得粉碎。年老女人没有乳房，年轻女人高兴地尖声大叫，她的细腿围着年老女人跳着，手指着那瘦骨嶙峋的上身。

年老的女人像一只动物一样呲着她的长牙。她把桌布从桌子上拽下来，然后披到自己的肩上。一扇一直隐形的门中走出一个穿着修女服的女人，她的衣服是白色的。"他来了。"她说。

年轻女人停止了喊叫,把她额头的假发往上捋了捋,把裙子提到疙疙瘩瘩的膝盖那么高,然后站到门边。年老女人站到她的前面。

他来了。他穿着一身燕尾服,戴着一顶大礼帽——两者都是黑色的。他走过女人们身边,直到房间的中间。门边的两个老女人又像开始时那样僵直不动了,就连黑衣男人也僵住了。他们牙缝间呲呲地说着什么,约瑟法听不明白。

她身后有人在哭,她转过身却一个人也没看见。剧场里除了她以外没有别人。剧场是紫色的。

约瑟法醒了,因为她的儿子在哭,他饿了。她慢慢起了床,因为如果猛地坐起来,她的脑袋里就会充满一种疼痛的空虚感,让她在几秒钟内看不见任何东西。她安慰着儿子,给他拿来牛奶和面包,然后又开始了一天。这一天,外面的天气温和,阳光灿烂,约瑟法站在窗边,头还昏昏沉沉地望着楼下的街道,就好像望着她从来没见过的不现实的东西。小小的、直立行走的生物在飞速移动的铁皮盒子间灵活地钻来钻去,到达街道的对面,然后消失在同一栋房子的入口处。过了一会儿,他们又拿着袋子和瓶子离开这个入口。

闹钟指向九点。约瑟法想着为什么闹钟没有像每天早上一样七点钟就闹响。她慢慢地才明白过来今天是什么日子——她居然可以在九点钟还穿着睡衣平静地站在窗前,而不是早把儿子送到幼儿园,坐在了《每周画报》大办公室里自己的座位上。这个醒悟在她的胃里引起了一阵伤痛的感觉,并持续增强,让她一阵恶心。她刷了牙,匆匆洗了脸,穿上随手抓过来的衣服,没有整理床铺就把孩子送到了幼儿园。在路上,她买了香烟,保险起见还买了瓶红酒,以防自己既无法再次入睡,也不能忍受等待露易丝的电话。

她想了想是不是应该烧暖气,因为夜里温度已经降到了零度,而且顶层房间会很快变冷。但是这样她就得先到地窖里取煤。反正已经打算在床上度过这一天，因此，她放弃了再增加几度温暖的奢侈。她把冲咖啡的水坐上，然后又脱下衣服，把杯子、糖罐、葡萄酒和酒杯放在床边小凳上，把扔得乱七八糟的衣服塞进柜子里，等着水壶的哨音响起。现在是九点四十，再过三个小时二十分钟会议就开始了。大概他们还要等十分钟，然后才找人给她打电话，问她到底在哪儿。只有露易丝知道她不会来，而她不会说出来。当其他人开始不安，露易丝就会自告奋勇给约瑟法打电话，去搞清楚她是生病了还是正在来编辑部的路上。然后，她会回到大会议室，面对聚集在那里来判定纳德勒同志不负责任的行为的那些人们，通知所有在场的人昨天她们已经约好的事情：纳德勒同志觉得参加这次会议毫无意义，她请大家开始咨询吧，不需要等她到场。

这些跟她还有什么关系。他们坐在马蹄形的会议桌边上，脸上带着与这严重的事件相配的庄严表情，就好像要把一个对他们来说很重要的人物送进坟墓。他们已经准备好了悼词，对着镜子练习了他们苦悲的表情，已经约好了事后要去哪个酒馆为逝者的灵魂干杯。但是尸体没有出现，葬礼不得不在没有尸体的情况下进行。

约瑟法倒了一杯咖啡又躺回床上。她做了在她这种情况下最违禁、最厚脸皮的事情，这让她心中感觉一丝隐秘的满足。她在过去六个星期里不得不一遍遍给其他人以及自己解释到底发生了什么事，才使得他们把她驱逐出了他们的集体，为什么她是尸体而其他人要哀悼。她给他们讲了霍里韦茨卡的事，讲了他生活的城市——那个上帝都见怜的破地方，还有那每天都落下来的一百八十吨飞灰。现在她累了，但他们对这些解释怎么也听不够，想要不断听下去，就好像约瑟法要为他们自己没有写那些句子而补偿他们一样：不，我不改这篇稿子,是的,我已经给最高委员会写了一封信,我是对的,我是对的,我是对的。

约瑟法站起身来,从书架上取了一本书,尽管她知道自己几乎不会看进去。她在椭圆形的镜子前梳着头,为自己的脸感到惊讶——这张脸和六周之前相比没有什么变化,也许稍微瘦了一点。这就是那个遭受了这一切的女人,她长着宽宽的颧骨和颌骨,灰色的眼睛,眼角据说有点上吊——约瑟法自己却从来看不出来,一张中等大小的嘴——她总是怀疑这张嘴的嘴唇太薄,一个稍稍弯曲的鼻子,鼻尖扁平,头发直直的,垂到肩上。汽车驶过,发动机的噪音从敞开的窗户闯进来,直撞到她的前额后方。她有点冷,关上窗子,又回到床上,并对自己说,她在这儿因为她想在这儿,一切都跟她不再有关系。事后看来,她很惊讶,他们居然迁就了她那么长时间,安抚她,教育她。她一个又一个月地交上她的报道,她知道那些报道都没有撒谎,但也不是真的。谁知道,如果露易丝不派她去 B 城,如果她没有碰到霍里韦茨卡和那个红头发的无政府主义者,还有那些灰白脸庞的其他人,这一切还会持续多久。

一开始,她觉得这些事情就像一场事故突然降临到她头上。突如其来,没有预警,一些她曾以为是可靠的东西一下子结束了。自从童年的那些可靠东西渐渐地失去了它们的价值后,她不再觉得在她的生命中有多少东西是可靠的;塔德乌斯、婚姻更算不上了,代之而来的是孩子,孩子和职业。有时候她会想到自己已经三十岁了,每天都坐有轨电车转地铁,再坐地铁到市中心,穿过亚历山大广场下面那冷风飕飕的地下通道,通过出版大楼那沉重的玻璃门——那玻璃门她要用上全身的重量才能推开,挤进人满为患的电梯到十七层,日复一日,三十年之久直到退休,或者直到死亡——如果她在这之前死去。2000年的一个星期一早晨可能会跟今年任何一个星期一模一样，这种想象总是让人恐惧。走廊还是白色的，还是像蜂窝一样的小小房间，大办公室，绿色植物间露出来的是其他面孔，再也没有露易丝，没有鲁迪·戈尔达默，幸好也没有西格弗里德·施特鲁策。同时，她又因为自己属于这幢能够抗震的巨型建筑物而感到安慰，时不时能看到自己的名字用黑体印在一份发行量数以百万计的杂志上。这是一个叫约瑟法·纳德勒的女人存在的证明，她三十岁，离异，是一个孩子的母亲。这一切都过去了，最晚在六七个小时之后，电话铃就会响起，露易丝会向她汇报开会的情况。会议的结果，约瑟法了然于心。

她申请了休假，假期的最后几天她才开始慢慢认识到整个事件的逻辑。她觉得几个星期以来自己面对这些事件束手无策，像中了邪一样拿头往上撞，却不明白这些事件是按照物理进程的规律发展的。事后她才觉得，凡是加入这出戏的，没有人能够做出与他们所作所为不一样的举动，每一步都已经被规定好了，因此也是可以预见的。这一点她现在明白了，施特鲁策很快就会对这件事发表他最后的独白。所有人都像被解剖的鱼摆在她面前，露易丝、施特鲁策、鲁迪·戈尔达默、乌尔里克、汉斯·舒茨，还有她自己。所有人都躺在那儿，被精心切开，分成头、刺、鱼排和鱼皮，都堆在那马蹄形的、用浅色木头做成的会议桌上。

从B城回来的那天晚上，她从火车站搭了一辆出租去克里斯蒂安那儿。她让出租车在门口等五分钟。这样万一碰不到克里斯蒂安，也不必自己走路回去。尽管她五点半就在阿尔弗雷德·塔尔和红头发的陪伴下准时来到了B城火车站的二号站台上，但八点钟才上了火车。因为五点半火车进站的时候，红头发问，他们是不是应该再喝一杯啤酒？他说，天还早着呢。她已经知道会是这样。塔尔对红头发的建议很高兴。今天双胞胎去跳迪斯科，如果回去，他就得单独与妻子度过这个夜晚。他们在候车室喝着啤酒和烧酒。候车室里满是人、烟味，还有噪音。他们不再提起霍里韦茨卡和发电站。他们讲着自己孩子的故事，就最爱吃的菜肴交换着意见。红头发最爱加糖和桂皮粉的牛奶米饭，塔尔喜欢酸焖牛肉带土豆丸子，只有约瑟法犹豫不决。红头发说他一生中一定要去一次爱尔兰，因为他听说爱尔兰人都是红头发，而且都是无政府主义者。在爱尔兰他肯定能够找出红头发和一个人的性格之间到底有什么关联。如果假设能有唯一一次签证，阿尔弗雷德·塔尔就要去希腊。文化，他说，他在死之前一定要看一看卫城。红胡子在站台上又唱了一首歌，一首他叔叔教给他的海员之歌——他叔叔年轻的时候曾经出过海。

自从拜访了布罗梅尔之后，克里斯蒂安和约瑟法只在他必须去研究所和她要去编辑部的时候才分开。早晨他会好像不经意地问她晚上是不是在家，晚上他就会过来，并留下过夜。他们彼此的态度既随意又亲切，就像十五年来习惯的那样。只有在晚上，当他们躺在约瑟法那张宽大的床上时，他们才会变成无语的精灵，变成飞翔的墨鱼，带着枫叶翅膀，并且暴露出他们一直向对方隐藏着的秘密。他们怀着毫无节制的渴望，渴望自己能够融化成一种感觉。这种感觉麻醉了其他所有的感觉，只剩下身体，忘掉自己是谁，无需言语，不需要想起在他们的身下并不是大海。他们共同的生活被严格地区分成白天和黑夜，区分成友谊和迷醉。克里斯蒂安看来要补偿他们自从那个送奶车的早上就错过了的东西，约瑟法对他的温柔中掺杂的这种贪婪感到特别惊讶。她想不起来还有哪个男人曾让她感觉如此自在。早晨，她很难把一起度过的夜晚的无意识状态与一起吃早饭、读报纸的克里斯蒂安联系起来。他会边翻着报纸，边柔和地讥讽一下约瑟法那困倦的眼睛。

她从 B 城回来后与克里斯蒂安共度的那个夜晚，是约瑟法能够仔细回忆起的唯一一晚。她至今仍然知道那是哪一天。在那一夜的时间里，她这个生物的生命与《每周画报》、权力和意识形态没有关系，与出生的时代对人的随意摆布也没有关系。这一切都不是生命。它们是生命的镜像，而不是生命本身。生命就是呼吸、做爱、吃饭、造孩子和生孩子、为衣食着想，别的什么都没有。这样的渴望她以前也曾感觉到过，但是总有些东西阻止她，阻止她逃进她的本质，阻止她把二十世纪抛到脑前或脑后，阻止她只是存在。她总是被"这种生活是不可能的"想法拉回来，或者怀疑这是一种没有尊严的存在形式。真正的生活应该是终其一生去改变人们眼前的处境。这个夜晚突然在她的出生和死亡之间画上了一条直线，把自然的和荒诞的分开。约瑟法发现几乎所有和她的职业有关的东西都在荒诞的一边，都显得违背自然、矫揉造作，让她和其他人忙忙碌碌，只是为了让他们脱离自然的生活。一种对性爱之绝望的渴望向她袭来，她想去感觉疼痛、赋予疼痛。她爱克里斯蒂安，因为他跟随她来到那动物性的深渊的边缘，和她一起跌落其中，好像那深渊里隐藏着他们的救赎。

她尝试着找回那一夜的思路，把自己"缩减"成一个活生生的、有感觉的生物。但是"缩减"这个词就已经让她的尝试失败了。为什么她没有想到"提升"，把自己提升成一个活生生的、有感觉的生物呢？约瑟法闭着眼睛躺在床上，手里拿着书。那本书她还一眼都没有看，只是打开来拿在左手上。她用另外一只手在自己的身上寻找着克里斯蒂安在那一夜里找到的道路，幻想着抚摸她的是克里斯蒂安。她吃了一惊,坐起来给自己点上一支香烟。她再也找不到属于这种生命想象的图像。她看到一个扎着一根长辫子的小姑娘,一头母牛躺在绿色的草地上。但是当她现在想象这个画面的时候,它看起来就像一张明信片,既平淡又俗气。那天夜里,这幅图像却是立体的。约瑟法那时观察它的角度虽然让小姑娘和牛看上去很小,但是都能认得很清楚。她知道,去寻找那几个小时哪怕只是几分钟的清晰是毫无意义的。第二天,坐着电梯来到十七层的白色走廊里时,她就已经失去了它。西格弗里德·施特鲁策站在走廊里,穿着一件新的玫红色衬衣,是在高级时装店里有相配的深红色领带的那种。除了"早上好"之外,他什么都没说。但这足以让他显示他在约瑟法的生命中的地位。他身上有一股让人恶心的剃须水的味道,也许那是一种好的剃须水,但只要是施特鲁策的味道,对约瑟法来说都是一样的。约瑟法还记得她那天早上打开报纸的时候,鼻子里还留着施特鲁策的剃须水的味道。她对男人突然产生了一种无与伦比的怒气。这不是针对某一个男人,甚至不是针对施特鲁策——即使他变成女人,约瑟法也不会更喜欢他,那样的女人有的是。"问候我们的妇女和姑娘"——第一版上粗大的红字鲜艳夺目。施特鲁策原来是因为这个才微笑。一年中有一天是属于妇女的,施特鲁策的举止总是让人无懈可击。在这个占了三分之一版面的图片上,能看到九个男人站成一排,微笑地看着一个女人。这个女人浑圆的臀部裹着一条过紧的黑色短裙。其中一个男人跟女人握手,显然他在这之前给她颁发了一枚勋章,因为在女人的白色衬衣上,左胸前有一个闪闪发光的标志。女人的膝盖微弯,好像刚刚行过一个屈膝礼。女人看起来很幸福,那些像水滴一样完全相似的男人看起来也对自己很满意。

想到那些在这一天可以把一枚勋章别到左胸上的人，约瑟法希望自己能有一次跻身她们之列，这样就可以跟他们说些致谢的话。这些话她已经揣摩了很久，她可以给他们做一场关于当女人的幸福的报告。

约瑟法滚到左侧，好让从窗户透进来的光线不会打扰她的梦境。她钻进被窝，不想听到街上的噪音以及里克特太太每天十一点钟准时在房间里拖动吸尘器的轰鸣声。她闭上眼睛。约瑟法穿着一件白色长袍，肩部有密密的皱褶，腰部用一根麻绳系在一起。她离开自己在第一排的座位，只有要受到表彰的人才坐在第一排。她走上一段小台阶登上了舞台，目光慢慢地扫过大厅里的人的头顶。她向前走到发言人的讲台那儿。站到讲台后边的时候，她把讲台推到旁边。她的头发很短，约瑟法满意地观察着短发的约瑟法。她开始讲话了，对着济济一堂、应该受到表彰的妇女，还有所有在场的、决定谁要受到表彰的男人。

"女人们和男人们。"约瑟法用一种柔软的声音说道，约瑟法以前从没在自己身上发现过这种声音。"女人们和男人们，"她提高声音重复了一遍，"我们找到了彼此；我们女人，是为了让我们得到尊重，而你们男人，是为了尊重我们女人。女人们，感谢的时刻到来了，我们应该感谢男人赋予我们的尊重，因为在我们之中总还有几个不知道去感激男人在我们身上所完成的巨大改变。我曾听一个女人抱怨她挣的钱比家里的男人少，但是男人们很强壮，他们可以搬家具，可以开货车。女人们，大家都应该按劳取酬啊。女人是柔弱的，是她丈夫的小宝贝，就像是用她在无尘室里焊接的柔软纤细的电线做成的。力量是男人的东西，女人从哪儿得到的权利可以去谈论力量的价格？

还有另外一种女人,孩子才刚刚发点烧,她就不再想着工作了,只想着孩子。尽管工会的男人已经布置了一间病人房,孩子可以在那里安安静静地发烧,女人还可以开她的起重机,否则起重机就得停下。尽管如此,她还会说起什么母爱,甚至对生病孩子的渴望。这个女人说,如果孩子看不到妈妈,康复的时间就会更长。尽管听起来让人难以置信,但正是同一个女人在大声抱怨,她的护理工作得不到任何报酬。虽然已经摆脱了动物性本能的束缚,但是这样的女人对自己的性别的进步视而不见,就像她所说的那样,她仍然坚持着自己的天性。人们找她谈话的时候,她会说自己对社会主义的想象不是这样的。她以为在社会主义中,谁想做母亲就可以做母亲。女人们,这种幼稚是反动的。难道这个女人真的认为,数百万人为之献身的奋斗只有一个简单的目标,就是让女人可以整天去亲吻她们的孩子,而不是去证明她们像男人一样的有用吗?

女人们,现在还有第三个话题,我承认这个题目有些棘手。最近一段时间,男人们经常提起我们身体的自由,提到女人们发现了性。我看到你们在微笑,我也微笑,因为我也看到了他们在报纸上让他们那些开明的兄弟们把那个东西的横切面和纵切面都画上,用一个箭头标着那个小小的部位。他们在我们身上满怀激情去寻找那个部位,却没有问我们——其实我们在三岁或四岁的时候就都知道了。但是他们在我们身上所付出的努力令人感动。当他们等待着我们去证实他们读到的东西时,脸上会露出孩子般贪婪的微笑;当我们由于他们着急慌忙而变得僵硬,他们脸上会露出不快,就像刚刚学到的一样把我们归入性冷淡和高潮障碍一类,这些都不应该仅仅获得一个微笑。妇女们,离这儿只有几个小时飞行距离的地方,那里人们还在把女人的那东西切掉,不让她们有兴趣去寻找外遇。我们的男人不这么做。正相反,他们允许我们有快乐,也允许自己快乐。我们应该感谢他们的关怀,而不是傲慢地对他们哂笑。因为,如果他们明天在最高委员会决定,他们也要把我们的切掉,那就轮到我们了。委员会中的那唯一一个女人根本无法救我们。出于这个原因,你们也要理智,要承认他们的努力。男人们往往缺乏对小事情的意识,他们人高马大的身体结构怎么会让他们有这种意识呢?但是,我们应该认识到他们功绩的伟大,并且不应该在时代的转折面前闭上眼睛,因为在我们身上伟大的阴蒂时代就要开始了,这要感谢我们的男人。

另外还有一些让我担心的东西。人们经常在女人中听到一个问题,这个问题听上去好像有道理,但是如果不吝惜你们的睿智,女人们,你们自己就会察觉,这个问题是不公正的意识加在你们头上的。你们问,为什么你们要永远年轻,永远美丽,为什么要为每一根白发而感到羞愧,而男人则把花白的鬓角当作男性尊严的表现。你们要求对待脂肪和皱纹要有同样的标准,但不管这个要求听起来多么公平,它却是不公平的,我这就证明给你们看。对我们来说,美丽最重要,对男人来说则是力量。力量随着年龄流失,就像我们结实的肌肉和光滑的皮肤一样。男人心怀恐惧地观察着每一次失败,这种失败会在喝酒后或当他生病的时候出现。年轻时已经有些想象让他恐惧,他害怕自己有一天会年老力衰,会两腿之间没有反应地观察女人,而不是禽她们。这种恐惧是女人们不了解的。如果要为这种不平等创造扯平的机会,那女人的性趣也会受到限制,因为当她们老的时候,虽然还能够但是不允许了,因为她们的美貌像男人的力量一样消失了,这难道就更公平吗?就连恐惧也是公平分配的,因为我们除了肚子上和大腿上那枯萎的皮肉、眼睛下的皱纹以外,还有什么可惧怕的呢？女人们，我们甚至还有优势，因为我们可以染发、束胸。等这些都不管用的时候，外科医生还能来帮忙。他们会把我们的皮肤缝紧，就像修改太肥的衣服一样。再没有比这更公平的了，请停止咒骂吧！因为你们这样大喊大叫，只会造成糟糕的结果。男人们一旦对女人们的批评留下深刻的印象，他们就会努力去锻炼，练出平坦的腹部和无毛的胸口，他们会光临化妆品店，染他们的胡子，穿上花衬衫，就好像他们是娘们一样。更糟糕的是：他们中那些软弱的、本来就少有男子气概的人，现在几乎把女人看成了男人。他们首先关注她们的绩效，然后才是她们的大腿。这可不是你们想要的，女人们。你们不想在一个束缚上又加另一个束缚。如果你们继续朝着两性平等的方向前进，那有一天他们就会把我们选进政府，我们就无法脱身了，就必须按照男人的规则来行事。我问你们，女人们，你们想要这么办吗？

短发的约瑟法停了下来。大厅里的女人们鼓起掌来，开始只有几个，然后越来越多，在前几排形成了一种催眠的节奏，这种节奏也渐渐传播到其他人身上。

"你们为什么鼓掌？"约瑟法问，"你们为什么为一个问题鼓掌？"

女人们继续鼓掌。而后，整齐的节奏分散成了数百个单独的掌声，掌声越来越小，越来越稀，直到安静下来。

"你们刚才为什么鼓掌？"约瑟法问道。女人们又鼓起掌来，这一次只持续了很短时间。

"为什么你们什么都不懂呢？"约瑟法大喊着，用拳头捶着讲台。

女人们鼓起掌来。

电话铃响了。露易丝既没有报名,也没有问好,而是说:"听着,约瑟法。"她又把所有事情仔细考虑了一遍,并跟她的丈夫交换了意见。他们两个都认为,约瑟法出席会议会更好些。结果虽然不会有所改变——这她也知道,但约瑟法为什么要挑衅大家呢?她根本不需要多说话,原则上到场就足够了,这样就不会使本来就够糟糕的事情更糟糕。当然,如果约瑟法不去,她也会遵守诺言,转告大家她们昨天约定好的话。"但是你应该再多想一步。"露易丝说,"毕竟你还得在哪儿找个工作。到目前为止,所有事情都还能走上正轨。但是如果你今天还要轻慢他们的话……"

"露易丝,"约瑟法打断了她,"你说过,我应该去工厂,去进修。你以为,他们选择流水线女工时会特别挑剔吗?我跟这一切都不再有关系了,我不去。"

露易丝沉默了一下,然后问话的语气里不再有刚才发出警告时的那种母性的过分关切。"你真的要去工厂吗?"

"是啊。"约瑟法说。

"这一点我们以后再谈。"露易丝说,"我会后给你打电话。"

约瑟法坐在床边,往半空的杯子里倒了些葡萄酒,喝了一口。她放上一张希腊音乐的唱片,那是过生日时克里斯蒂安送给她的。她从书架上的饼干盒里抓了一把,拿出块饼干塞进嘴里。饼干已经哈喇了,她又把它扔回盒子里,重新坐到床上,躺下,把自己用被子裹起来。是的,她说了"是的,我要去一家工厂。"在过去几个星期里,她常常考虑这种可能性,但是又一再地把这个想法推开,因为她很肯定,还会有什么事情发生让她免于这么做。她不知道自己在期待什么、期待谁,反正是一个偶然,会让她的处境变得清晰。一开始,她希望施特鲁策会摔断一条腿,或者会盲肠发炎。约瑟法想，在六个星期前也许还有一种解决方案，如果施特鲁策在表彰妇女的时候多喝了两杯，然后在白色走廊那打蜡的地板上滑倒，摔断了脚踝，那他就不能去拜访最高委员会主管的同志，也不会把她关于B城的那篇文章交给主管同志来决断，也就不能在主管同志依照他的意思决定后，再给主管同志讲，纳德勒同志如何不愿意认识自己的错误，其他同志在这件事情上对他的支持是如何少。但施特鲁策喝得并没有超出他的承受极限。三天后，他通知约瑟法，她被请去与主管同志谈话，明天早上十点钟。

约瑟法从建筑物侧面的一个小门走了进去，站在一个照明很好的空间里；软椅、桌子、烟灰缸，左边是木头墙壁，上面开了一个窗口——来访登记处。约瑟法站到窗口前，根据窗口建造的式样，守门人与来访者交流或来访者与守门人交流，都只能通过毛玻璃的下缘与木质窗栅墙之间的一个开口以及玻璃中间一个能透过声音的网栅来进行。

您要去哪里？请出示证件。那个官员说道，并望着玻璃和木头之间的缝隙。约瑟法应该通过这个缝隙把她的证件递过去。如果那个官员弯腰向前，去检查约瑟法的证件，约瑟法就可以辨别出他的侧影。但是一旦他直起身转向约瑟法的话，他眼睛和嘴巴之间的部分就会被那个网栅遮住。他拨了一个电话号码。主管同志的一个女性来访者，他通知说。登记、检查，放行或者拒绝放行，这些本来是约瑟法职业中常见的事情，通常她会镇定地观察着这些过程的进行，但这种镇定在脸上带网栅的官员面前却没有出现。约瑟法把主管同志可能会提出的所有指责都想了一遍，把为自己辩解甚至必要时用以进攻的所有理由都整理了一下。她和克里斯蒂安一起预演了与主管同志谈话的多个版本。有两次，扮演主管同志的克里斯蒂安都坚决地表示，他不得不终止谈话并把约瑟法赶出房间。因为如果按照一个不宽容的主管同志的意见，约瑟法的说法简直是敌视国家的。第三次对话被克里斯蒂安打断了，因为就连他也觉得约瑟法那种傲慢的幼稚太可笑。"你说起话来就像一个刚拿到证书的少先队员。"他说。第四种预演得到了克里斯蒂安的表扬，约瑟法却不明白为什么。他们的演习使她感到的不是平静，而是更加不安。

主管的同志已经做出了决定，把他的反对意见通过施特鲁策传达过来，既明白无误又不可动摇。就连露易丝都放弃了。现在没办法了，她说。她还说，很遗憾。约瑟法不知道自己和主管同志之间现在还有什么要谈的。

官员从玻璃下边的细缝里推出来一张纸，并说主管同志在等她，拐弯就是入口。约瑟法凭着这张通行证可以通过建筑的正门。正门在建筑宽大的一侧上，离地大约有六七米高，需要通过一段大约二十米宽的台阶才能到达。正门大厅装饰着地毯和画像，天花板很高，一个战士仔细地对比了一下约瑟法和她的证件，然后又把证件与通行证仔细核对了一遍。他认真、严肃地翻阅了每一页，然后把证件和通行证交还给约瑟法，把右手举到他的大檐帽上，什么也没说。在前厅右手边靠后的角落里，约瑟法发现了那架敞开式电梯。约瑟法不会乘坐这种电梯。虽说她经常被迫这么做，但她不是上去得太早就是下来得太早。如果她努力去等正确的时间点，那她又会错过这个时间点，必须要等下一个轿厢或再往回坐一层。这就会让她再次面临同样的困难。

轿厢慢慢地从竖井里钻出来。约瑟法等待着，还不能上，只有等到轿厢的平台和她脚下的地板到达同一个平面的时候才应该跳。马上，现在，她把脚往前伸，踩上去，踏空了，赶紧扶住。在两分钟、最迟三分钟之内,她就会找到主管同志的房间,她将知道他的模样。施特鲁策总是一有机会就提起他的名字。约瑟法穿过二楼的楼板,一个男人用无所谓的眼光跟随着她上升。约瑟法穿着一条短裙,她向后退到笼子般的轿厢的后壁。"你这次去的时候千万不要穿牛仔裤。"露易丝说过。露易丝不认识主管同志,他是去年才接替前任的,那是一个萨克森来的、粗线条的男人,总穿着太短的裤子。除了鲁迪·戈尔达默和施特鲁策之外,《每周画报》还没有一个同事见过他。

她在哪儿读到过这句话:"最重要的是,在作战前最先产生恐惧感。等其他人害怕的时候,自己早就不再害怕了。"但是为什么约瑟法要害怕呢?她应该害怕什么呢?半个小时之后她会乘着敞开式电梯再次滑向地面,离开这座建筑,然后,在离得足够远之后,在大门口的警卫看不见的时候,她会乘上今天从东北方向吹来的春风,画出无数曲线,翻出无数跟头,朝亚历山大广场飞翔,那栋抗震的出版大楼就在广场边上。一个被电灯照亮的"4"慢慢推移到约瑟法眼睛的高度。约瑟法紧贴着轿厢外沿站着。她抬起右脚,好把它在正确的时刻放到牢牢的地面上。还有二十厘米,十厘米,走——下电梯要简单些。

电梯的前厅有三条走廊通往建筑内部。约瑟法不肯定她应该选三条路中的哪一条。她把通行证上标明的房间号与三个走廊第一个门上的数字相比较,但三个数字和她必须要找到的那个距离都同样远。这里也看不到一个能问路的人。她看到有扇门上三分之一是玻璃,像来访登记处的窗户那样的毛玻璃,窗子里漏出灯光。约瑟法敲了敲门,一片寂静。她又敲了一次,这次声音小一些,因为第一次尝试的声音还在她耳朵里震响,让她觉得有些不合适。她小心地按下门把手,不想让任何人吃惊——如果房间里有人的话,另外也因为她有种感觉,觉得自己所做的是不被允许的事情。门的抵抗力并没有消失,门是锁着的。约瑟法没有说得出来的理由,就走上了中间的那条路。往前走了几米之后,她听见另一个方向传来急匆匆的脚步声,脚步声正接近前厅。约瑟法又走回去,想问问脚步声的主人哪条是正确的路。电梯前站着一个穿炭黑色西装的男人。他的手指修长有力,衣着很有运动感,约瑟法认为他是一个家里有家用健身器、晒肤灯并使用它们的人。这个男人应该有五十岁或更年轻一些。他西装的左边翻领上别着一个椭圆形的徽章,上面是两只握在一起的手。对约瑟法来说,从她的孩提时代起,这就是好人的标志。如果她迷了路或者想知道时间,就应该去问一个戴着这种徽章的人。他们是她的朋友,母亲曾经这么跟她解释。其实约瑟法后来认识了一些不是母亲朋友的人也戴着这么一个徽章,但是仍然有好几年的时间,只要对面站着这样一个同志,她就会感到一种油然而生的信任感。约瑟法会很快地压抑这种信任感,因为这会妨碍她的印象,还会一再使她产生孩子气的轻信,这与她的年龄和实际观点都不相符。

那个站在电梯前的男人朝约瑟法走了几步。"您是《每周画报》的纳德勒同志吗?"那个男人介绍自己就是主管同志。他说,对一个来访者来说,要想在这栋巨大得令人恐惧的建筑里找到路太难了,因此他会到电梯这儿迎接他的来访者,因为只是这栋建筑让人感到恐惧,而不是它里面的人。他笑了笑,约瑟法也笑了笑。那个男人领她走过曲曲折折的走廊,她试着去记住他们是在哪里向左或向右转弯的。

主管同志打开一扇门,让约瑟法先进了房间。房间里坐着女秘书,她从正在写的东西上抬起头来,友好地问候约瑟法。主管同志请他的女秘书从食堂取些咖啡,两杯或者三杯,随她的便。然后他领约瑟法穿过一扇内门,进了第二个房间,请她在一圈单人沙发上坐下,并且把遮阳帘放下来,好让太阳不再晃眼。最近他有一些轻微的结膜炎,他边说边把一个波西米亚玻璃的烟灰缸放在桌子上。否则的话他很喜欢让光线落在和他打交道的人和东西上面,他边说边表情含糊地端详着约瑟法。他问约瑟法用"您"来称呼她是不是让她感到别扭,对他来说她不是很熟悉的人,用"你"来称呼不是很熟悉的人让他有些为难,尤其在女士们面前,他总觉得有一种不大合适的亲密感,如果是漂亮的女士就更是如此了。他严肃起来,问道:"是您使我们的施特鲁策同志如此烦恼吗?"

约瑟法觉得,她在主管同志的笑容中发现了一丝讽刺,她不知道是针对施特鲁策的,还是针对她的,或者只是这位同志的一种面部表情特征。

"我不认为我给施特鲁策同志造成的烦恼比他给我造成的多。"约瑟法说。她还微笑了一下,一旦这位同志觉得她的回答有些过分的话,她也为自己准备好了逃入戏谑语气的出路。主管同志好像是喜欢约瑟法这种缺乏敬畏的表达方式。他笑了笑,问道,她喝咖啡的时候是否也想喝一杯法国干邑。他从帘子后面的柜子里拿出一瓶烧酒,倒满了两杯,把一杯递给约瑟法。

"但是玩笑归玩笑,我读了您的文章。"主管同志说,"我想,您理解我们的决定。"他说他很喜欢那篇报道,明显感觉到其中的激情和责任心。事实方面,他也没有发现任何不正确的地方。他必须再次声明,这一切都让他对约瑟法和她的工作很有好感。

女秘书拿来了咖啡,约瑟法喝一口干邑,再喝一口咖啡,并且抽她的香烟。一缕阳光横掠过家具和地板,主管同志那抑扬顿挫的声音说明他应该是从北方来的。约瑟法很喜欢听他"R"带颤音的北方口音。但这一切又让约瑟法感到疑惑,就好像这座建筑如何让人不快,检查是那么冷淡,心神不定如何让她神经崩溃等等这些感觉都没有出现过一样。她现在放松地坐在沙发椅上,因为主管同志的赞扬而微微脸红,并感到轻松——自己仍然属于其中,就像过去一样,就像她向他这样的人问时间或问路的时候一样。但是怀疑又让她清醒过来,毕竟这个同事让人,而且是让施特鲁策转达了他坚决的"不"。

他现在说他希望所有记者都能够如此诚实而且充满斗志地为事业而奋斗。他说的是"我们的事业"。

约瑟法说,因此他希望,邮递员投递的是没有印字的白纸而不是报纸。

同志满意地点点头。他说,约瑟法的这个观点暴露了一个本质错误。"您太绝对了。"主管同志说。每个时代,在阶级斗争中都有一个策略性和一个战略性的目标。现在,战略性的目标肯定包括消灭像 B 城那样的城市。约瑟法自己肯定也知道,几年前就有人设想过,让 B 城不再作为居住用的城市,要疏散居民,把他们迁到更有利于健康的地方,然后他们可以乘班车去单位。但是这样的话住房不够,这个方案后来就被人遗忘了。到底怎么样、什么时候才能进行消灭 B 城的工作,这是一个策略性的问题。他和约瑟法之间的误解——他认为,这只是一个误解——仅仅与策略有关。主管同志脸上的表情突然变化了,脸上的肌肉却一块也没有动,只是投在约瑟法脸上的严厉目光突然明显变得僵硬。还有其他策略性的考量,他的话音里带着一种单调,这种单调让约瑟法感到压抑。那些考量即使不是针对阶级敌人的,但也影响深远。很遗憾,恰恰是那些最可贵的同志，对某些事情却很少理解，如果可能的话总是想马上改变某些不可能的东西。主管同志的每一个字都拉长了声音，就好像在这些话中还能插入其他话，这些话他想用他那直勾勾的眼神传达给约瑟法。他停了下来，等待着她的回答。

约瑟法试着去理解主管同志刚才告诉她的话。他是另外一种类型，与她和克里斯蒂安练习的时候想出来的不一样。设想的那些责备并没有出现，反而是他迫切地努力得到她的理解。他也可以放弃她的理解，但他不愿意这么做。为什么在这儿、在他的遮阳帘之后，他需要这种理解呢？

"我不能这么想。"她说，"我不明白。"

"您太没有耐心了。"主管同志说，"也许我们一年后急需同样的一笔钱，而现在不需要。您想一想布莱希特，他的伽利略。如果还有很多话要说，有时候更聪明的做法其实是沉默[①]。"

他们沉默着。

"纳德勒同志，为什么我请您到我这儿来呢？为什么我嘴巴都磨出泡，想让您理解我们的决定呢？"在过渡到回答之前，主管同志等了一下，"因为我们不能放弃像您这样的同志，不想也不能放弃，因为我们应该一如既往地彼此信任。我现在告诉你一些只有咱们两个人之间知道的话：像你们的施特鲁策同志这样的人只能负责一个顺利的过程。不管是在一个编辑部，还是在一个研究所，他们都是必不可少的。但是用这些人我们是无法建立起社会主义的，我们需要那些充满了幻想的、勇敢的、即使是让人不舒服的人。因此，纳德勒同志，现在我必须要用'你'来称呼你，现在我要努力争取

---

① 此处引用的是德国作家布莱希特的戏剧《伽利略传》里的句子。

你的理解。"

主管同志说的所有话中，在约瑟法的脑海里只留下了"理解"这个词，它扩散开来。她应该理解，她理解了那个无政府主义者和塔尔，但她首先理解了霍里韦茨卡，现在她还要理解这位同志。过多的理解不好，一种理解取代了另外一种。她无法承受这么多的理解。

霍里韦茨卡死了，她说，他无法写信了，总得有一个人写信。

她讲起与霍里韦茨卡的谈话。主管同志必须知道这些，这样他才能理解。她讲到无政府主义者如何咒骂她，讲到她曾经希望施特鲁策会摔断一条腿，讲到露易丝是如何看待施特鲁策的，讲到为什么鲁迪·戈尔达默生病了——而且总有一天会因为施特鲁策而死去。

约瑟法感觉到房间里充满了她自己的话和她的声音。她想，她应该停止说话，却继续说了下去。那个男人好像是理解了，鼓励地向她点着头。施特鲁策是一只肥胖的水母，她说，而他，主管同志却支持他。她害怕施特鲁策，这种恐惧会在耳朵里喧嚣，变成怒气。她一点都不想理解施特鲁策。她理解的够多了，甚至也有过同情，因为他必须喝自己的尿。但是现在，因为霍里韦茨卡死了，她彻底受够了，她拒绝去理解这种策略性的愚蠢。

主管同志的脸色阴郁起来。"您不仅不理解施特鲁策同志，"他说，"您也不理解我。虽然您谁都不理解，但我却必须理解您，理解施特鲁策同志、戈尔达默同志，还有主管我的同志，这难道公平吗？我理解您，纳德勒同志，我甚至能很好地理解您。您这种革命性的不耐烦，您希望一切比现在更好。我有一个女儿，比您年轻几岁，一个漂亮的姑娘，很聪明。您让我想起她，我经常跟她谈话。姑娘，我说，如果你失去了信心，那谁应该去保持它呢？您必须学会忍受失败。"

主管同志第二次把约瑟法的杯子倒满,他自己的杯子里还有一半。"姑娘,您要忍受,要节制,不要用大炮去打麻雀。"

"施特鲁策是一只特殊的麻雀。"约瑟法说,"一只不死的麻雀。除了大炮的轰鸣,什么都不会让他害怕。"

"那您到底是为了发电厂还是为了施特鲁策?"主管同志问道。

"为了发电厂,"约瑟法说,"也为了施特鲁策。"她很疲倦,她突然觉得累得要死。在踏进这座建筑之前与克里斯蒂安的那些演习、那些恐惧,还有寻找正确的屋门、法国干邑,以及那卷舌的 R 音,这一切都让她感到疲倦。约瑟法手里拿着凸肚的杯子,摇晃着里面棕色的液体,在握着杯子的地方,液体的颜色显得更深。她盯着镜子般的水面,两根手指在那里游泳。一个彩色的、小小的酒瓶精灵把另一个小小的东西放到了水下,然后骑到它的背上。那个酒瓶小精灵挥舞着一条看不见的鞭子。另一个东西看起来像一条鱼,它的侧面长出的不是鱼鳍而是胳膊,它用力地甩着尾巴,像发了疯一样挥着胳膊,想要把小精灵甩下去。小精灵挥着鞭子,唱道:"起来,把旧世界打个落花流水。"

"在天地之间还有更多东西。"主管同志用这句话结束了谈话。约瑟法没有注意听,疲倦迈着蜘蛛般的腿从她的脚底直爬到头顶的皮肤下面。这个男人现在还想让她干什么呢?已经决定了。忍耐,忍耐这个男人。

"是的。"她说。

"为什么'是的'?"主管同志说。

"是啊,为什么?"约瑟法说。现在我甚至飞不到亚历山大广场了,她想道,我必须得走过去。为什么她这么疲惫,这么突然,这么毫无缘由？男人看了一下他手腕上的表。

"对不起，请您告诉我一下现在几点了？"约瑟法用细细的、孩子似的声音问道。

男人告诉了她。他得向约瑟法抱歉，有一场紧急咨询已经在他的主管同志那儿开始了。他问她是不是有些不舒服，他是不是能帮助她。他把她送到走廊的下一个拐弯处，然后向她指明了去电梯的路。

第八章

在接下来的几个星期里,约瑟法只要一想起主管同志就感到胃一阵疼痛,这疼痛是一种说不清道不明的恐惧引起的。她离开那栋建筑后,再次走入或匆匆忙忙或悠闲踱步的行人之中,人们在刺目的三月阳光中满意地眯着眼睛,或者正在寻找一条公园长椅——有关部门还没能尽快把那些长椅摆放好。当约瑟法靠在桥栏杆上,望着首都最著名的河流泛起的水花,她已经感觉一阵惊惧缓慢穿过全身,这惊惧的味道是咸涩的。谁又能阻止主管同志给施特鲁策讲约瑟法对他的辱骂呢?或者,他会向他的主管同志报告,有一个叫约瑟法·纳德勒的人鼓动工人反对首脑,并煽动他们写信;或者,他可以问鲁迪·戈尔达默,他是不是想把他的艰难工作让给其他人做,因为他听说鲁迪生了重病。约瑟法盯着水面上的一点,时间长了,那一点慢慢涨起来,向约瑟法靠近,只有砖砌的河岸上那潮湿的印记才能证明水位并没有改变。

两个星期之后举行了一次会议,主管同志要给《每周画报》的同志们做一场关于媒体对社会主义竞赛的描述情况的报告。当约瑟法走进会议室的时候,主管同志已经在主席台上施特鲁策的旁边就座了。施特鲁策轻声而亲切地跟他说着什么,时不时用铅笔敲着他面前的文件。主管同志头微微斜向施特鲁策,心不在焉地望着会场。约瑟法在他的嘴和鼻子周围再次发现了那好像是讽刺的神情。

主管同志的眼睛一直漫无目的地在屋子里扫视,最终停留在约瑟法身上。他微微地朝她点了点头,这是一个不经意的姿态。施特鲁策却继续讲着。约瑟法觉得在施特鲁策的行为中发现了胜利的标志,一种国王式的得胜的微笑,茶色镜片后面那疲惫的眼睛中露出明显的得意。约瑟法等着他站起来,用铅笔敲一敲让大家安静,声音里带着受伤的语气说:"同志们,在我们中间有一个女同志,她把另外一个同志称为'肥胖的水母''一只特别的麻雀',还有其他动物种类。我请这位同志对此发表意见。"露易丝、君特·拉索夫、汉斯·舒茨都会把头埋到手里,吃力地压抑着笑声,其他人会愤怒或阴险地等待着约瑟法怎么样才能给自己解这个套。

这个时候,约瑟法已经给最高委员会写了那封信。事后她觉得这个行为特别可笑,而对后果的恐惧让她起床、回家、看信箱时都心情郁闷。自从她把那个带着打字机打印的长长地址的信封扔进黄色邮筒里,一个星期已经过去了。从那儿以后,她就希望那封信在邮寄过程中被丢掉了,或是在最高委员会的收发室不小心被扔到了废纸堆里。这些希望阻止她跟别人讲这封信。她写这封信的时候,情绪受到晚上回家路上一次经历的影响。那天,她比往常早一个小时离开编辑部,她要去房管所预订一个新的浴室炉子。她慢慢地随着办公室的下班人群爬上地铁的台阶,这时她还没有察觉什么。她后来才注意到,有轨电车站上等待的人比往常要多,让她感到不同寻常,原因应该是有一辆或多辆电车都停开了。约瑟法只需要坐三站或走二十分钟。因为时间并不紧,天气也算得上温和,她决定走路。她穿过固执地等待着的人群,走到了街道的另一面,那里有更多商店可以打破一路上的单调。走了五十或者一百米之后,约瑟法才发现空气中有一些奇特的东西。一开始她以为是光线,一种刺目的双光把街道和物体都分成了两个层次,它们重叠在一起,相差几毫米。约瑟法闭上眼睛,但奇怪的氛围并没有消失,它是可以听到的,尽管约瑟法识别不出这到底是何种声音。一种宁静的沙沙声在空气中闪闪发光,是树叶或者翅膀的声音。约瑟法把目光投向树冠,那光秃秃的枝丫间却什么都没有,她没有发现能够引起沙沙声的东西。一只黑色的鸟蹲在一根树枝上,张开黄色的嘴好像要唱歌。它拍打着翅膀,好像要飞翔,却无声地落到地上。空气流动起来,约瑟法转过身。她看到那辆黑色的高级轿车,由一队身穿制服、骑着摩托车的男人们包围着,他们匀速地在街面漂浮。宁静吞噬了引擎发出的噪音,只有一种被压抑的呲呲声传进约瑟法的耳朵,空气被挤压产生的气浪扑到她的脸上。高级轿车在街道的下一个拐弯处消失了,一阵尖厉的哨声把空气像一张纸一样撕破,两个警察从楼房墙壁的掩护中跳出来,跳到街面上,举起套着白色外套的胳膊。

　　被阻塞的车辆咆哮着从所有小巷里涌进主干道,就像黏稠的血液流进死去的血管,时停时走,拥挤不堪,迅速将其填满,渐渐变得平静,有了节奏,噪音也笼罩了街巷。那是一种寂静,约瑟法想,死亡的寂静。他们推着寂静前行,不管到哪儿,寂静都会在他们之前到达。他们因此而变聋了,约瑟法想。他们不会知道关于B城的事情,他们根本不可能知道。她把浴室炉子的事推迟到第二天,坐车回家去写那封信。她在信中写道:她,记者,三十岁,必须向政府报告一些也许政府不了解的情况,B城的锅炉工霍里韦茨卡本来在几星期前就想写这封信,但是他被汽车撞了。当时他想左转弯,却没有打手势。由于主管同志们不允许媒体公开讨论这个题目,她觉得有必要以这种方式向政府汇报一些在社会主义建设中错过了的事情。然后是一个对 B 城发电厂情况精确又简短的描述。约瑟法找了一个没有折角的、干净的信封,打上她在电话簿里找到的完整地址,在报亭买了邮票,然后把信塞进了黄色的信箱。第二天早上,她想要去拦住在这附近开信箱的人,想要收回那封信,但是她去得太晚了。她只能寄希望于邮局的不可靠,或是相关部门无法完成任务。

  自从约瑟法开始等待她那封信的回信,她第一次感到心无恐惧。她还有点不相信,时不时会静静地等待身体里咚咚的跳动和痉挛的发生——这是只要一想到过去那段时间的混乱就会发生的情况。她躺在用半羽绒被做成的街垒上,在闭上的眼睛后面看到浅红色的血液被泵入她的心脏,通过细小的枝杈,一直流到手指尖。这个功能正常的生物体就是她。有几秒钟的时间,她可以清楚地回忆起与克里斯蒂安共度的那个夜晚。那种清晰又突然出现了,这是她从那一夜之后一直徒劳寻找过的,她又看到自己在从出生到死亡这条道路的中间,义无反顾地不停走着。世界分裂成了自己的痛苦和他人的痛苦,分裂成了自己的绝望和他人的绝望,分裂成了自己的快乐和他人的快乐。只有在她身上聚集的、与她有关的、从她身上出来的,才是她的生命。

  约瑟法想着自己的未来。想想你的未来吧,孩子,这是伊达最喜欢的一句话。有一段时间,伊达觉得她唯一的外甥女未来有了保障,如果听说了约瑟法是如何轻率地抛弃了她的未来,伊达那淡蓝色的眼睛里肯定又会满是清澈的泪水。

一只四点半就会响起的闹钟,明年儿子就上学了,她五点半就必须离开家门。六点半儿子要起床,七点半他要出发,这之前他要自己吃早饭。她必须得问问别人他们是怎么做的。卜午二点她就能回到家,这是一个优点。但是,晚上她会累得像摊烂泥,如果不在八点或九点就上床睡觉的话,早上就会因为起不来而大哭。在工厂里一开始人们会笑话她,"那个怪里怪气的","她还上过大学",但是这种话会慢慢消失。后来他们会发现,她可是只母老虎,不是盏省油的灯。他们会建议她担任工会职务,也许是文艺委员,让她去搞轻歌剧的票。如果更糟糕的话,人们会送她去进修,让她当联络员。但是她会反对这么做,从今天开始都别指望她了,那将是对他们的惩罚。她会去进修,但是不要干别的。她偶尔会给最高委员会写一封信,提醒他们注意在社会主义建设中错过的事情。没有人敢因为这个跟她算账。尊敬的先生们,她会写道,我的工作特别单调,让我有很多时间思考。因此我思考了一下,我干的活就像从每个月发给我的工资能够算出来的一样,为什么和其他人的相比被评估的那么少,我向你们保证……

约瑟法站起身,从书架上的一个盒子里取出一张纸,找她的圆珠笔却没有找到,就拿来了打字机,坐到床上,把打字机放在大腿上。她把纸卡好——没用复写纸,她写东西的时候从来不用复写纸,露易丝总是为此生气。然后她写道:我向你们保证,经年累月地坐着,用眼睛盯着几毫米大的小零件,还要用平稳的手把它们焊接在一起,在这种折磨人的条件下干活是违背天性的。我没有办法去完成更多任务,我的女同事们也是如此。没有人强迫医生或艺术家像我们一样来否认自己的天性,但是他们干了多少活并不重要。其他职业也跟我们相似,女清洁工或者是掏粪工、扫街的、送信的、卖鱼的,没有一个岗位比亚历山大广场上打扫厕所的女人更难以替代,她们整天要闻那些臭气,但是你们仍然认为那是一份轻松的工作。我,约瑟法·纳德勒,一个没有受过训练的电焊工,提出建议:每种工作都应该有相同的报酬,工作只应该有干得好和干得坏的区别。干得坏的挣得少,干得好的挣得多,不管是男人还是女人,部长还是邮递员都应该一样。谁有孩子,就拿多一点。对三班倒的工人、矿工和其他毁害人的职业应该有较短的工作时间和较长的休假,否则没有人愿意做这种工作。尊敬的先生们,约瑟法继续写道,我坚信,这能达到让我满意的效果:谁喜欢用刨子,他就会成为木匠而不会是儿童歌曲或文学读物的作者,因为这样做他就要放弃自己的快乐,对他来说也没有什么好处。他不用像现在这样郁闷地盯着作家又搬进了新房子——那些作家诗写得很烂,可日子过得比做好桌子的木匠强。人们愿意为他们的快乐而付出代价。这样的木匠会给我们造出我们现在只能梦想的桌子,为此他可以不用自己出钱到瑞典的家具制造者那儿交流经验。剩下来的还有像我这样的工作,谁要是碰上了这样的工作,就像被汽车轮子从身上碾过、压碎了一样。没被毁掉的只是工作必需的东西:耐心、麻木、灵活的手指、臀部柔软的肉——包裹在脂肪里,一个人的剩余部分可以坐在上边。尊敬的先生们,我知道本世纪落后的技术对人的束缚,知道缺少资金,知道这些措施的必要性。因此我建议,这个国家的每一个公民,我强调,每一个公民都要一起来挑起这个担子。他需要拿出生命中的一年或两年的时间来做这些工作,每天四个小时,剩下的时间里他可以学习语言或者乐器,以保持感官的敏感性,以好好利用这些时间。我切盼你们的回复。一旦有新的建议,我会再给你们写信。约瑟法·纳德勒,一个没有受过训练的女工。

约瑟法大声地读着那封信，设想着收信人那吃惊的脸色，并且决定，她只要当三个月的工人就把这封信寄出去。从那之后，她每个月都会给他们写一封信，她会成为最高委员会的通讯成员。有一天，她会站在广场上，站在那些卖菜的车子——这些车前排队的人最多——中间，把她与最高委员会的通信告诉人民大众。

也许约瑟法的生活仍会一如既往。如果她在上文提到的那一天早上早点起床，没有错过开邮箱的邮递员，她会重新获得写给最高委员会的信，前提是那个男人会把信给她，而邮政规定并不一定允许他这么做。前提是，那个人会理解她这种可怕的处境，会把她那封用打字机打上地址的信还给她。《每周画报》很快就会忘掉关于一篇报道的稀松平常的争吵。现在已经几乎不再有人提到那件事，只有露易丝偶尔会说"真是糟糕，太糟糕了"。鲁迪·戈尔达默的胃溃疡已经痊愈了。施特鲁策不得不带着苦涩的微笑把成山的杂志和纸拖过白色的走廊，运到他自己的房间里。约瑟法在给阿尔弗雷德·塔尔的信中写道：请您问候那个无政府主义者，并且告诉他，我无力改变现状。她像往常一样坐在黑色的人造革椅子上，坐在办公桌后面，被大办公室里的噪音包围着。她盯着君特·拉索夫那柔弱的脊背，给图书馆打电话，给工厂打电话——她要去那儿为她的下一篇报道搜集资料，约好摄影师，解读字迹潦草的读者来信并回复。然后等待，每一天每一刻都在等待，等待她那封信的回复到来。每一声电话铃响，每一个上面写着她名字的信封，都会让她心惊肉跳。额尔娜——鲁迪的女秘书给她打电话，简短又颐指气使地通知她——她跟编辑部所有成员说话时都是如此——领导要跟她谈话，约瑟法的膝盖都发抖了。在去往鲁迪房间的路上，她在茶歇室喝了一杯凉水，因为她的嘴像棉花一样干，而且味道苦涩，让她喘不过气来。鲁迪欢迎她时拥抱了她一下。他十分对不起,他说,他现在才能看那个东西。很遗憾,事情进行得很糟糕。这个施特鲁策,嗨,改不了啦。胃溃疡总是来的不是时候,这一点她应该相信他,如果他没有生病,事情就不会是这个样子。鲁迪因为给自己加在身上的使命而受罪,约瑟法也跟他一样感同身受。"我知道。"她说,"我知道,如果你在的话……"鲁迪迈着小碎步在房间里踱来踱去,同时盯着自己的脚尖,然后停在约瑟法面前,盯着她的双眼,大概是想证实一下她的认同是不是认真的。桌子上摆着红色康乃馨。"很漂亮的花。"约瑟法说。"是啊,"鲁迪说,"额尔娜买的。如果我生病的话,额尔娜总会送给我几枝花。"

鲁迪向门口走去,约瑟法站起来。鲁迪说:"下一次……"他轻轻地拍了拍约瑟法的肩膀,约瑟法点点头。在回办公室的路上,她又喝了一杯水,想冲去嘴里那从来没有遇到过的干涩的苦味。她应该放松,却忍不住地想哭。

这时约瑟法并不知道,在她离开鲁迪的房间几分钟之后,施特鲁策接了一个跟她有关的电话。施特鲁策听到一位女士报上名说,这里是最高委员会公民信访办公室,我给您转接最高委员会公民信访办公室主任。他心中暗暗诅咒鲁迪·戈尔达默,鲁迪肯定又不在位置上,又把替罪羊的任务压到了他头上。不定是哪个写作狂到最高委员会那儿投诉《每周画报》,谁要承担这些麻烦呢?当然是他施特鲁策。施特鲁策的暗中咒骂被一个男人的声音打断了。这个男声的主人证实了一下他是否在跟施特鲁策同志——《每周画报》的党支部书记说话。"对,很好,我是最高委员会公民信访办公室主任。"那个声音说道,"施特鲁策同志,我们这儿正在处理一件事情,跟你们有关。"

那就请讲吧,施特鲁策想。他对副手职位心怀不满,这个职位给他带来的不快要比认可多得多。每天,当额尔娜给鲁迪泡茶的时候,他都要在装着来信的盒子里翻一翻。他刚发现了一个很精致的宽信封。按照施特鲁策的经验,这是一张请柬,而且是从比较高的地方来的。施特鲁策觉得最让人讨厌的是鲁迪·戈尔达默的虚伪。他一看到这种请柬就会唉声叹气,并声称讨厌这一类活动,另外由于胃病,他也无法享受那些吃喝,但他从来没想过要把这种请柬转给施特鲁策,施特鲁策苦涩地想。

"我们找您,施特鲁策同志。"那个声音在施特鲁策的耳边说道,"而不去找行政领导戈尔达默同志,因为我们认为应该由党支部来通知纳德勒同志。另外,我们认为,党支部应该尽快对纳德勒同志就几个问题的观点进行讨论。"

施特鲁策的内心平静下来。他紧张地听着这个声音,这个声音想要的东西不是他刚才想象的。人家想找的是他施特鲁策,在电话线另一端的同志不是因为没有找到戈尔达默才跟他说话,而是一开始就想找他。

文件几天之后就会送到,施特鲁策听到,还有纳德勒同志那封有问题的信。现在只想提前告诉施特鲁策,让他知道为什么在这个事情上要找他。办公室今天给信访人发了一封收到她的信的确认函,还会按法律规定给她一个对她的问题的详细回答。只是人们相信,纳德勒同志头脑里那混乱的思想需要更彻底的讨论,这是信访办公室无法做到的。

施特鲁策把一个既认真又充满忧虑的"哎"拖着长腔插到对方的句子中。他说,他长期以来就发觉纳德勒同志的举动有问题。现在事情激化了,他毫不惊讶。施特鲁策感谢主管同志给予的充分信任。他保证党支部会考虑一下如何帮助纳德勒同志。

他小心翼翼地把听筒放回话叉,从办公桌最上边的那个抽屉里拿出一张光滑的白纸。尽管纸上一点皱折都没有,他还是仔细地用手把纸摊平,然后在纸的右上角写上日期。在左上角施特鲁策写道:"有关约·纳德勒,最高委公信办主任电话通知"。他心里充满了得意。在把信拿到手里之前,在仔细计划每一步之前,他不会跟任何人说起这件事。他不想犯错误,这是他负责的案子,在组织生活会把这件事处理好之前,不管是戈尔达默还是露易丝都不能有机会插手这件事。他把公民信访办公室主任刚才跟他说的每一句话都记录下来,届时可以引用这些话。他从一摞档案纸下面抽出一个蓝色的文件夹,检查了一下文件夹上的标签,硬纸封面的内侧用小字写着"B城事件"。他把刚才写的那张纸跟已经在文件夹里的东西放在一起,这时施特鲁策才感到胃那灼热的压力,他看了看表——十二点差四分,就去吃饭了。

第二天,姚尔第一次回到编辑部。星期一早上,他坐在露易丝的小会议桌旁,被君特·拉索夫、路易丝、汉斯·舒茨和夏娃·索莫尔围绕着,大家都观察着他,带着毫不掩饰的好奇。夏娃·索莫尔抚摸着他的头发,用沙哑的声音说道:"小伙子,你看起来气色不错,真的。"姚尔讲道,出于康复的目的,他要用牙齿从一个装着面粉的盆里把一个圆环捞出来,他那个小组的其他成员都围坐在他身边笑着,因为他肯定看起来特别可笑。但是后来,当其他人用牙齿在面盆里找那个圆环的时候,看起来也同样可笑。这样,每个人都笑话了其他人,那不是恶意的笑,当然不是,而是一种解放自己的笑。

当约瑟法想到满身都是面粉的病人时,她心中一阵不快。为什么他们不让你们干脆去玩捉迷藏呢,她问道。她恨捉迷藏,那种盲目造成的紧张感。她被绊倒、被推推搡搡,不知道是从哪儿来,也不知道要到哪儿去。而其他人眼睛上没有蒙着布,他们站在她的周围,见她跌倒就哈哈大笑,让她感到羞愧。

"这对你有帮助吗?"她问。

"就像你看到的一样。"姚尔说,他的声音里有一些抵触。但是,这只是疗法的很小一部分,还有小组谈话、个人谈话,尤其是要与平时接触的东西完全隔绝开来。医生说过,不要与单位接触。这时姚尔带着满是责备的骄傲望过一张张的脸,最终目光停在露易丝的身上。

那好吧,露易丝说,你又回来了,太好了。她往嘴里塞了一块甘草糖。汉斯·舒茨把他黑色皮质的烟斗套放在桌子上,一个接一个清理着烟斗。他带着一种宗教仪式般的平静把一根绕着软毛的铁丝穿进烟嘴的开口推几下,然后再把烟嘴安到烟斗上,轻轻往里吹一口气,把最后一点不干净的东西清掉,然后第一百或第一千遍仔细端详着他每个烟斗的侧面都显示出来的高贵曲线,然后再把它们放回套子里。"你说说,你现在真的能睡觉了?"他带着明显的怀疑问道。

姚尔微笑着说道:"是啊!"

让人惊奇的故事多得是,君特·拉索夫说。他少年时代的一个朋友曾经无缘无故地在青春期过后突然开始跛行,人们猜测他是肌肉萎缩症,是不可治愈的。简短截说,后来年轻人去了一个心理医生那儿,医生诊断他是俄狄浦斯情结。拉索夫朋友的母亲在上面提到的那段时间里经常责备这个年轻人走路拖拖拉拉、姿态不雅。如拉索夫所说，那个小伙子性格极其敏感，他马上变得非常拘谨——按照医生的观点，这也就是疾病发作的那个时刻。下意识里，他却要为他走路的姿态找到一个客观原因，好摆脱母亲的责备。医生建议那个年轻人不要再抵制母亲的爱和关怀。

那后来奏效了吗？夏娃·索莫尔问。

他真的不再跛脚了，拉索夫说。但是同时他身上又发生了一些奇怪的变化。拉索夫显然不太乐意去描述整个过程的细节，他支支吾吾，在努力寻找着合适的表达方式。"在他的身上，人们可以观察到某些身体上的退化现象，不是那么明显，但后果很严重，就连声音有一段时间也变得很高很亮，像小孩子一样。"拉索夫清了清嗓子，用一个低沉的"就是这样"结束了他的讲述。

夏娃·索莫尔笑着说："这总比跛脚要好。"

"谁知道呢。"汉斯·舒茨说道。

约瑟法望着大家的脸，想要证实一下大家是不是都和她想的一样，觉得拉索夫就是那个极其敏感的少年朋友本人。汉斯·舒茨集中注意力享受着他的烟斗，烟斗现在总算被清理干净，填上了烟丝，叼在他的牙间。露易丝本来就对心理医生和其他招魂术不以为然，她只顾嚼着甘草糖。只有夏娃·索莫尔还在着迷地回想着拉索夫的故事。

"姚尔的俄狄浦斯情节肯定是针对露易丝的。"约瑟法说。

姚尔的脸色变了。大家应该严肃地看待这件事，他说。他的声音颤抖着。他现在感觉很好，比一生中的任何时候都好，他可不想让愚蠢的闲话破坏这种状态，他觉得这件事不应该成为嘲弄的对象，笑话只能说明无知。

约瑟法很惊讶，她的话本来是针对露易丝的，并不想伤害姚尔。

她在过去几个星期里常常想念他,只是医生绝对禁止,她才不能去拜访他。她结结巴巴地说了一声抱歉,姚尔这时候大概也觉得自己的过激反应不是很合适,咕哝了一句"没事儿"。汉斯·舒茨第一个打破了那让人尴尬的宁静。"你长胖了。"他说,长时间打量着姚尔。约瑟法也发现姚尔的脸变了,下凹的曲线丰满了起来,脸变成了匀称的椭圆形。那萎黄病态的肤色以及颧骨上淡红色的斑点都消失了,皮肤变得更亮,脸颊均匀地泛着红光。最引人注目的是他的眼睛,里面有了另外一种目光。约瑟法无法清楚地描述这种目光,但是目光中那种总是痛苦、总是受伤的神情找不到了。

当姚尔把头发从额前拂开时,她注意到了一条淡红色的线横过他的额头,消失在左右两边的发际线里。约瑟法想不起来姚尔的额头上曾有一条红线,她不知道是自己过去没有发现过,还是过去没有这条线。一条细细的、红色的凹痕,就像一枚硬币边缘留下的压痕,或者像一道抓痕,一道伤疤,一道不同寻常的、很精美的伤疤。也许是小时候受伤的结果吧,约瑟法想,从滑板车上掉下来,或者从地窖楼梯上摔了下去,这条红线肯定一直就在姚尔的前额上,只是她以前没有看见。

"我不抽烟了。"姚尔说。

约瑟法突然觉得姚尔的声音也变了,好像他的声音更大、更坚定了,好像声带终于成了他自己的。约瑟法很肯定的是,姚尔不再给人以不成形的印象了。她把姚尔的变化归结于病症的康复以及三个月与世隔绝的结果。三天之后,姚尔穿了一件休闲西服式样的翻皮外套出现了,里面是浅色衬衫,戴着颜色与之相配的领带。他再也不穿那件陈旧的黄色翻皮夹克了——那件夹克领子上都有了汗渍,还是十年或更多年前他母亲送给他的。直到这时,约瑟法还是没有想到姚尔的变化是如何之大。她后来才会察觉到这种变化，那时最高委员会给施特鲁策的信早已由一个信使送过来。"纳德勒同志这个肆无忌惮的举动"——就像施特鲁策对这个事件的称呼，将作为组织生活会的唯一内容加以讨论。

尽管约瑟法把电话放在床边，但她还是等到电话铃响了三声之后才把听筒拿起来，免得让人以为她就坐在电话边上等着别人来找她。

"你为什么没有去编辑部？"克里斯蒂安问道，"你病了吗？"

"没有。"

"那是怎么回事？"

"没事。"

"我以为今天是你应该谈判的日子。"

"是的。"

"我的上帝，你说话吧！到底发生了什么事？"

"什么也没有发生。我就是不去。"

沉默。

"约瑟法，肯定发生了什么事情……"

"没有。"

沉默。

"过去几天我没法儿打电话。我事情很多，另外我还得改我的命题。"

"是的、是的。"

"求求你，别那么孩子气，你现在在干什么？"

"我在床上躺着。"

沉默。

"要我去你那儿吗？"

"不要。"

沉默。

约瑟法用两个手指把那两个白色塑料零件按回电话机的黑色壳子里，然后才把听筒放到上面。她喝了一口红葡萄酒，想把嗓子里那种让人窒息的压力咽下去。她把枕头放在脸上，就好像有人在近旁，而她不想让那人听见她在撕心裂肺地大声哭泣。

她等这个电话等了一个星期。在那个折磨人的星期三，她最后一次见到克里斯蒂安。那天之后，她每天都想给他打电话，或者干脆坐车去他家，按门铃，就像两个月以前一样，或者一千九百七十七年前一样。在那个星期三，他们沉默了两个小时之后，他走了。从那一天起，每一天她都想解开前几个星期的误会。现在太晚了，或者星期三那天已经太晚了。她觉得他们像坐在一列火车里，火车不停地向前飞奔，就要到达轨道的尽头。尽头就是唯一的目标。火车开呀开呀，只有等火车一头栽进沙子里，他们才能下车，现在只能等待着不幸的来临。每一个试图拉下紧急制动的动作都会让速度更快。一个星期以来，她绞尽脑汁地想，到底发生了什么使他们相对无言。

她一天一天地回忆，回忆每一个她曾经参与的情景，现在她成了这些情景吃惊的观众。为什么她当时什么也没有明白？她听到她曾经说过的话，事后才明白它们的意思。她听到克里斯蒂安说过的话，那些话她当时根本没有听见，而他确实是说了，或者她听见了但没往心里去，没有体会这些话的意思。她发现，他们遭遇的事情，在星期三那两个小时的沉默之后终结的东西，有着与过去几个星期中决定一切和每个人命运的东西同样的逻辑。

克里斯蒂安因为约瑟法的抑郁而苦恼,但他对此却找不到足够的解释。即使他理解她面对那些无法逃避的不愉快而产生的紧张情绪,但她对待这些事情的恐惧甚至是恐慌仍然让他觉得奇怪。她给最高委员会的信简直是可笑。约瑟法的幼稚经常和儿童的变化无常有着可怕的相似,过去他总是觉得这很可笑或者可气——这要看他发觉这些幼稚中有多少无知的成分。是的,人们不需要特别敏感就能对 B 城这个城市产生深入骨髓的震惊。约瑟法是敏感的。当她一边大哭一边舀着牛肉汤,讲那些恐怖故事的时候,就好像她刚刚参观过地狱。那时他理解她,但那封信太小孩子气了!当约瑟法给他看了支部委员会邀请她参加会议的通知,并第一次向他讲起那封信的时候,他就建议她:"你就说'对不起'。你就说你知道那封信很傻,你说你喝醉了,或者发烧了,然后就会没事了。"

约瑟法把一把椅子贴着壁炉放下,在温暖的瓷砖上暖着她的背和手,却还浑身颤抖。"为什么那封信那么傻?里面可都是事实。"她用牙齿撕扯着下唇的干皮。

克里斯蒂安叹气道:"但是你不能向整个政府书面表明你觉得它是愚蠢的。"

约瑟法绝望地望着他。"我只写了我看到也许他们没有看到的东西。为什么连你也不理解我呢?"

"约、瑟、法。"克里斯蒂安把她的名字一个音节一个音节地说出来,就像发出起跑的命令,"在人们的共同生活中有某些习惯和规则,一个成年人通常应该了解这些规则。你可以喜欢它们,也可以不喜欢它们,但如果你想达到什么目的的话,你应该知道它们。你不会真的以为,有人需要你的信才会知道 B 城是什么样子吧?那里的臭气传得已经够远了。"

约瑟法痛苦地撇了撇嘴。"别跟我说教。"她说,"我反正是不懂。"

"这有什么不懂的?如果你想抓住一条鱼,你就要用钓鱼竿,而不是用吹管。这是个手段问题,和别的都没有关系。"

"你说话的样子,好像我扔了一颗炸弹。"她用手背抹了抹咬破的下唇,流血了。克里斯蒂安沉默着,她让他感到难受,她真的不明白,她不理解游戏规则。自从他们认识以来,她就蔑视所有概念,她总是按照当时的氛围发明自己的概念。如果去更正她,她就会大发雷霆。她说,如果他能够纠正她的话,显然他已经正确地理解了她,因此要把这些名词翻译成他精确的科学语言完全是多余的。

"好吧。"他说,"那你就去做你认为正确的事吧,那你就多写几封疯狂的信,但是事后可不要因为害怕而哆嗦。如果你觉得这是一种理智的讨论方式,你也应该能够向他们解释清楚。"

约瑟法泄了气,垂下了头。"快别说你的理智了。"她哀求道,"我可听不明白。我写了一封信,那又怎么样?人们如果不想要它的话,可以把它扔掉,那就什么也没有发生。就连你也那么激动。我认为,我之所以害怕,因为我什么都没弄明白。那个施特鲁策总是在那儿,我跟主管同志谈话,我给最高委员会写信,但最终总是施特鲁策坐在桌子的一边,我在另一边。"

克里斯蒂安坐到她的身边,也靠着炉子。约瑟法感到他的肩膀和胳膊,她想象着他们可以像电流一样交换感受。她可以传导给克里斯蒂安一些她的恐惧,从他那里得到几安培的淡定。

"你要辞职吗?"克里斯蒂安问道。

"不。"

"那就把这封信的事搞定。起码你要听一听他们的指责,不要反驳，最后你说你认识到错误了。"他说。然后，他又拿出了他最爱说的一句话："重要的不是一时正确，而是一直正确。"

　　自从知道这句话以来，她总觉得自己无力去面对它。她无法像估计做一盆汤的佐料一样估计出别人会给出什么样的回答、做出什么样的反应和打什么电话。她无法事先知道施特鲁策下一步会做什么，而她接下来又应该怎样做。"我会试着去做的。"她说。然后她又一次想到，就像在布罗梅尔的乡间别墅那天晚上，只要能在克里斯蒂安面前保留自己本来的样子，那她的分裂还比较容易忍受。一想到他们有一天会分开，就连这种想法她都觉得是对她存在的一种威胁。

　　支委会议安排在星期一。但星期一早上，《每周画报》所有同事都已经了解了约瑟法那不同寻常的错误，尽管施特鲁策在一个小会上通知到的支委成员有义务严守秘密。当约瑟法打开露易丝的房门时，露易丝在她的黑色人造革椅子里直起身子。她又把茶壶放回桌子上，说道："那你说吧。"她摇摇头，把嘴唇紧闭在一起，然后说："把门关上。"她又抓起茶壶，给自己倒了一杯茶，然后说："你大概没想出更愚蠢的主意。"

　　"没有。"约瑟法说。她没有坐下。她在想是不是应该解释什么，但是她沉默着。

　　露易丝深吸了一口气。"那你知道……"她刚开了个头，却又停下来，用摊平的手掌拍了三下前额，大概这个手势就足以表达她想说的所有东西。她打开一张报纸读着——或者没有读，她眼珠那焦躁的运动让人产生这种猜测。约瑟法轻声地离开了房间，在白色走廊里碰到乌尔里克·库维阿克，她的问候让人觉得十分严厉和严肃。约瑟法的办公桌边上站着君特·拉索夫，正使劲向她挥着她的电话听筒。"领导。"他小声说道，脸上带着同情的微笑。

"为什么说走就走了？快回来。"露易丝说完就把电话挂上了。

露易丝不是支委成员。上一次选举的时候，施特鲁策在与会人员面前宣布，由于健康状况不佳，露易丝请求不再当候选人。他保证说，他对此感到十分遗憾，他想要表示感谢，他将会怀念……他递给露易丝二十枝红色康乃馨——那是额尔娜买的，然后又用白色的、粗壮的手指抓起露易丝垂下的手。事实却是，露易丝在每次支委会之后都要往她的茶杯里滴几滴治疗心血管病的药水，因为她总是跟施特鲁策吵到筋疲力尽，或被他气得要死。

"你听着，你别指望有什么好事。"露易丝说。她用手指数着支委的七个成员，可能会投反对票的用右手数，为约瑟法辩护的用左手数。她右手的五个手指都不够用了，左手上只有食指从拳头里边探出头来。"汉斯·舒茨。但是也要看你的运气。如果你倒霉的话，他只会嚼他的烟斗，什么都不会说。"

"那君特呢？"约瑟法问道。

露易丝摇摇头。"我跟他谈过了。"她说，"如果他没有气得晕头转向，没头没脑地大发雷霆，那他会老老实实地举起他的手。另外，你的那封信对他来说违背了他的秩序原则。他甚至还有一个为自己辩解的理由。"

约瑟法无聊地看着露易丝的尖鼻子怎样在空气中戳出一个个洞洞。露易丝有计算的才能，她有做生意的头脑，她可以像称鲱鱼一样称量力量的对比，会像估算价钱一样估计别人的回答，并按照供需原则加以认真计算。但是她第一次觉得自己对露易丝的计算才能没有心怀感激，第一次觉得对她的目的来说这是一种完全没有用的手段。过去几个星期里,她的意图和目标都缩小成了一个最小值:她只想被人正确理解。露易丝的皮重、毛重、净重的计算对她又有什么帮助呢?这种包装中的话很轻,那种包装中的话分量很重,同样的话装在信封里最重。她只想被人正确地理解,别无所求。仅仅这个意图就不允许使用任何策略,哪怕是试着局限于一半事实也意味着对目标的背叛,意味着从一开始就放弃成功。

露易丝还在计算着,尽管她已经预先知道了结果。她说,最起码约瑟法不应该去反驳,应该倾听那些指责,至少要露出一丝悔意。

这她已经向克里斯蒂安保证过了。

几个小时之后,约瑟法被笼罩在早春午后那昏黄的光线里,她两边各有三个支委成员坐在桌子的两条长边旁,对面坐着施特鲁策。施特鲁策让她坐在桌子下首那空着的短边上,而自己则坐在另一端上首。约瑟法很肯定,这里说的每一句话她都曾经听到过,她也很清楚接下来整个谈判的步骤。

施特鲁策把那封信读了一遍,对那些他觉得特别有问题的句子就用一种讽刺的语调加以强调,句尾还会停顿一下。他边读边心照不宣地打量着支委成员,并用会心的微笑鼓励他们做出反应。"……有时候我觉得,你们周围的那种寂静,是那些开道的摩托车、那些为你们的访问所做的匆忙准备,还有错误的报告所造成的。这阻碍你们去认识事情的本来面目。"施特鲁策读道,每一个音节他都敲一下铅笔。乌尔里克·库维阿克从牙缝里挤出话道:这真是太无耻了。艾丽·梅瑟克用充满责备的目光看着约瑟法,并说:"可是,姑娘,你怎么能这么认为呢?"施特鲁策继续读下去。

肯定是两封信,约瑟法想。她写了一封,把长长的地址打到信封上,把它扔进了黄色的邮筒。但到收信人那儿的却是另外一封信。邮筒、邮包、分拣、来信信箱、机构里的眼睛、机构里的脑子把她的信变成了一种冷嘲热讽的谩骂。从她的家到一个机关,通过那个机关,到施特鲁策白白的手指上,到施特鲁策的嘴巴里,再到约瑟法的耳朵里,经过这一路,语言发生了谜一般的变化,她已经认不出来那是她自己的话。它们变得刻薄、虚荣,那不是她写的,不是这么写的。

"我能自己读这封信吗?"她问。

"那就请吧。"施特鲁策通红的嘴巴微笑着。他把信递给艾丽·梅瑟克,艾丽·梅瑟克用一种厌恶的眼光扫了一眼信纸,就好像看到了一个让她恶心的动物,她害怕看它,但是又想看它。然后她把信纸递给乌尔里克·库维阿克,乌尔里克·库维阿克把信推给约瑟法。毫无疑问,这是她的信,那纸张,那有点歪的小写 e ——她的打字机总是会把这个字母敲得高那么一毫米。信纸在她的手里轻轻颤抖着,她把信纸放到桌面上,然后又重复了刚才打断施特鲁策前的那句话:"……有时候我觉得,你们周围的那种寂静,是那些开道的摩托车、那些为你们的访问所做的匆忙准备,还有错误的报告所造成的。这阻碍你们去认识事情的本来面目。"她读的声音很轻,没有停顿,一句话也没有强调,几乎不关注逗号和句号。那些句子听起来又变得熟悉起来,她认出了在那些句子产生之前她的想法。她很快地扫视了一下其他人的脸:汉斯·舒茨那个朝着约瑟法的右嘴角微笑着;君特·拉索夫的头一直垂着,他把双手像马的护眼罩一样放在太阳穴边上,把脸遮住了;其他人的脸都毫无变化,表情处于同情和彰显的不理解之间。"由于别人,"约瑟法继续读道,"让我无法尽到职业上的义务,提醒公众注意那急迫的、必要的改变。我只能选择这个途径向你们汇报 B 城的情况，我请求你们检查一下事情的过程，并改变你们的决定。"尽管她认出这是自己日常的语言，但是这些话经过刷了白灰的墙壁和相关的脸的反射，却像陌生人的语言一样落回她的身上。她用别人的耳朵听着这些话，循着他们的思路，她像挨了一击，霍地感觉到信里包藏着的狂妄。这些狂妄一旦遇到那些顺从的心灵就会凸显出来。现在，她集这封信的发出者和收信人于一身，总算明白了她这封信的第二种存在方式。写信人那种不合时宜的、傲慢的甚至是危险的、不可忍受的要求出现在她的眼前，让她觉得陌生。她原以为她对自己的意图比别人更清楚，现在这种想法被挤走不见了。

"让我们再来听听，纳德勒同志自己对这封信有什么解释？"施特鲁策说道。

其他人都松了一口气。这一举动听不见，但是能看得出来：他们脊背和肩头的紧张消失了，紧紧抓着圆珠笔的手也放松了。

约瑟法如坐针毡。如果他们正确的话，如果这样一封信真的是与国家为敌的话，那该怎么办？也许她真是给自己找了一个不适合扮演的角色？难道她没有声称比所有机构和所有主管同志都更加了解 B 城吗？她盯着仍然摆在她面前的那封信。"尊敬的同志们"——那些字变得杂乱起来，变成了"尊们"，在她的眼前闪烁。眼泪，不要抬头，咽下去。

"请吧，约瑟法，该你说了。"施特鲁策说道。

约瑟法试着张开嘴，可她的嘴唇却紧紧地粘在一起，无法分开。至少说自己不是这个意思。把舌头放到嘴唇中间，让它们分开，舌头却肿胀而又干燥。她的嘴瘫痪了，她无言以对。

"从纳德勒同志的沉默我可以推断，她没有什么要告诉我们的。"施特鲁策说,"很遗憾。那么我现在请其他同志发言。"

她知道会是这样。这种情况以前曾经发生过一次,也是在刷了白灰的四壁之间,但是那时还有另外一种颜色,是绿色。人们在她身上盖上绿色的布,就像国葬时给棺材盖上旗子一样。一个声音响了起来,充满了熟练的慈悲感:"不要害怕,没什么严重的。如今连我们的守门人都能做。"不严重,尽管如此,手腕上还是束着皮带,嘴巴和鼻子上罩着黑色的橡胶罩子。"深呼吸,这是氧气。"往左臂注射。最后一个想法:我再也不会醒来。但是仍然醒来了,慢慢地清醒。肚子上有冰凉的挤压。意识到这一点,毫无恐惧。有人在切她的肚子,而她是清醒的。马上,马上剧痛就会来临,她想呻吟,用力,却没有发出声音。睁开眼睛,却只有一毫米,只睁开一只眼睛。不行,什么都不行,也感觉不到手指。疼痛马上就来了,而我是一具活死尸,无言无语,没有动作。还有活生生的理智,却被解剖了,就像一台洗衣机一样被关掉了。知道自己发生了什么事,知道自己应该做什么才能救自己,但是只能知道。是死的,但没有死去。只能忍耐。人为刀俎,她是鱼肉。然后是一个男人的声音:"她怎么还这么活跃,再给她一百五十。"然后就什么也没有了。后来,他们解释说,在手术中肌肉应该麻木,而他们发现她的肌肉还有反应。——你太有活力了,你还有感觉。

艾丽·梅瑟克要发言,她举起前臂,把食指笔直地伸出来。她只有一个问题问约瑟法:为什么约瑟法没有带着她的问题来找他们,来找她的同志们。

其他人又松了口气。该约瑟法发言了。为什么她没有来,为什么呢?但她是想跟他们说的,她把所有东西都给他们写下来了,所有关于B城的事情。施特鲁策、鲁迪,还有主管的同志读过。这他们都知道。为什么这个胖子要问这个问题呢?

君特·拉索夫瘦削的脊背颤抖了一下,颤抖传到了胳膊,胳膊慢慢地举起来。奇怪,这条胳膊居然没有咔咔作响,居然那么顽固地运动,就像一扇生锈的合页。但是合页既不吱吱扭扭,也没有咔嚓作响,这条胳膊也没有吱吱作响。他考虑的是另外一个问题,君特说。又是一个问题。为什么他们没有察觉,她还一个回答都没有想出来。君特说,有一个问题,他觉得更加重要。"我们每天都看到这个同志,我们和她一起工作,她带着烦恼和问题,最终让她做出这种绝望的举动。但为什么我们就没有察觉呢?对我来说,这封信是一个绝望的举动。我问你们,为什么约瑟法会走到这一步,我们自己忽略了什么?"

谢天谢地,他没有问她。但是他疯了,"绝望的举动"——好像她真的扔了一颗炸弹,或者是进行了一次谋杀。君特朝她眨眨眼,约瑟法不明白他的意思。也许他以为这是在帮她。他只是没有向她提问,仅此而已。她必须要说点什么,那不是"绝望的举动",而是一个国家公民的权利——信访法还有其他一切。但是她的嘴紧紧粘在一起,舌头紧贴在上颚上。因此电影里紧张的人总是在喝水,但这儿没有水。请别人拿水又不行,他们会以为她是在演戏。现在,施特鲁策完成了君特的急转弯,他举起铅笔,深吸一口气。他对拉索夫同志那自我批评的态度很是赞赏,但大家对此也没有什么要自责。他自己曾经和纳德勒同志进行过很长的、很深入的讨论,甚至主管同志也努力过,但纳德勒同志的表现却是不可教诲。她的傲慢也引起了主管同志的注意,让他感到不快。

他还是说了。她差点忘了自己在主管同志那儿表现出的轻信。他还是把她咒骂施特鲁策的话传给了他,或者施特鲁策在撒谎。约瑟法在他的脸上寻找着受伤的痕迹,却只看见国王式的微笑在他翘起的嘴巴周围游戏着,眼睛隐藏在茶色眼镜片后边。约瑟法说过"肥胖的水母",她不相信主管同志会重复这样的话,但他可以问施特鲁策说他对纳德勒同志的基本印象如何——那就是傲慢。那好吧。

施特鲁策沉默着,怀着期待的目光望着周围的人,却避免望向汉斯·舒茨的方向。如果是舒茨下一个发言,那并不合他的意。约瑟法通过大楼正面的那排宽敞的窗户望着天空,望着那白色的和灰色的云山。它们不停却从容地融合在一起,变成新的图像,然后又缓缓地分解开来。一片寒冷的天空,因为没有与大地联系而缺乏暖意,没有枝条、没有屋顶能够达到这个高度,达到约瑟法的眼睛能够看到的天空的高度。天空在她的头顶无边伸展,就像在前人、来者头顶上伸展一样,不来也不去,无喜亦无悲。这种想法在她的身体内部传开来,既温暖、令人惊奇,又突如其来,好像她从来不知道这个想法似的。其实她应该是知道的。那不可分割的天空,不,还是可以分割的——主权领空,这个词是有的。但是,云却可以违反飞行管制四处飘荡,它们只听从风的命令,亘古不变。她觉得,坐在这张长长的方桌边上的人,好像除了她以外,没有人知道云彩只飘向它们应该飘去的方向,仿佛天空也是为了她而在这个时刻挤进了窗户。施特鲁策会对这个天空有什么兴趣呢,尽管他把自己称为"大自然的朋友"。他在自己房前的小花园里种郁金香,皱边郁金香、紫色郁金香。有一次出差的时候他从荷兰带回了郁金香球茎,还给《每周画报》的几个行家看过。在郁金香开花的季节,施特鲁策时不时地会把他培育的特别漂亮的一枝放在办公桌上,并给每一个看到这枝花的人解释他是如何让郁金香做出如此骄人的成绩的。只有去年的郁金香花季施特鲁策没能如愿以偿。野生的兔子发现了他的郁金香花畦,每天早上他查看郁金香的时候,都会发现有几根花茎没了头。施特鲁策拿来一把霰弹枪,趴在那儿等着兔子出现。但是那些兔子是狡猾的大城市兔子,它们总是等到施特鲁策困倦不堪、满怀希望地以为他的郁金香今夜不会出事,去上床睡觉的时候才来。有好几天,施特鲁策都是愁容满面、心情忧郁地出现在编辑部。有一个周末,他决定要值守一整夜。兔子们在晨曦微露时来了,施特鲁策开了枪。虽然受过军事训练,但他并不是一个好射手。施特鲁策后来说,主要是因为那天早上又潮又阴,视线特别差。施特鲁策打中了一只兔子,但没把它打死。它中了枪,逃进了灌木丛。那只兔子哀叫着,在那儿慢慢地死去。施特鲁策对于他正义的复仇很满意,睡觉去了。这栋房子的其他住户在这个星期天却一大早就被那动物的叫声吵醒。除了施特鲁策以外,房子里没有其他人有武器能把兔子彻底打死,而施特鲁策在睡觉。星期一,他来找露易丝——他已经送过露易丝三枝郁金香,而且知道露易丝在她的花园里种香草——对她抱怨说,他的邻居从那以后再也不跟他打招呼了。

施特鲁策对那些云彩不感兴趣。

约瑟法不停地透过不是很平整的玻璃向空中望去。天空的颜色越来越暗,黑色里掺杂着一抹深紫红,周围的声音听起来也好像是透过窗玻璃传来的。她希望世界上所有的乌云现在都聚集到他们头顶上这个正方形的空间里。只需要五或十分钟,不需要更长的时间,这些乌云就会在他们头上爆发一阵可怕的雷阵雨。打雷、闪电、瓢泼大雨,都一齐袭来,把窗玻璃都压弯,让抗震的墙壁都颤抖。说话声和尖叫声会被可怕的雷声轰鸣吞没。所有人都望向天空和街道,那里白茫茫的一片,什么也看不清。他们只能猜想,行人一片恐慌,被大雨驱赶到楼房门洞里。汽车无助地在积水的道路上停下来。混乱之中警笛长鸣。亲爱的上帝，帮助我吧，他们会想，像"天兵天将"以及"大洪水"这样的词都冒了出来。施特鲁策悄悄地双手合十，乌尔里克·库维阿克哭着，约瑟法毫无惧色。她知道，云只是想对人们的不敬、健忘，还有他们的小家子气表示抗议。不一会儿，风平浪静，云轻轻地笑着向四方散去，散到它们来的方向，太阳在它们的身后等待。所有人再次望向天空，心有余悸，思绪万千。约瑟法和那封信都被他们忘掉了。

施特鲁策尖厉的喊叫把约瑟法从她的幻想中惊醒："你不仅没有话对我们说，你连听都不听。我们所有人有的是事儿干，不是在这儿专门跟你打交道的。"施特鲁策红色的嘴巴在说话时皱起了深深的纹路。他手撑在桌子上，好像紧紧地抓着桌子，铅笔斜着放在纸上。约瑟法缩成一团，嘴张开又闭上，什么也没有说。慢慢地，她的血液涌到了头上，开始在前额后边喧嚣起来，并钻进了耳朵里。

"我现在专门为纳德勒同志总结一下格尔哈特·文采尔说过的话。你的傲慢不仅引起了主管同志的注意，就连在我们这儿工作时间还不长的格尔哈特对你的不明智——用他的话说是'自以为是'——也常常表示惊奇。他还提起你的工作纪律。是不是，格尔哈特？"

格尔哈特·文采尔点点头。他的额头被深深的皱纹分成三道横条，这让文采尔的脸显出一种超乎寻常的努力表情。现在，这些皱纹离得更近了。"这样吧，同志们，我在这儿不想给任何人抹黑。但是在我们那儿，在工厂报那儿，我们可不能每天早上迟到，或者提前一个小时走。车间里的同志都很注意这一点。这对别人也不公平。另外，如果我听的没错，你在信里写道，有个来自B城的工人应该写这封信，他的名字我现在想不起来了，但是你们知道，他已经死了。我觉得这很难说。你们可以相信我,我了解工人,我在工厂报待过四年,这样自以为是的东西一个工人是绝不会写的,更不会瞒着他的集体来写。"

"这很奇怪,约瑟法。"艾丽·梅瑟克说,"你为工人写过那么多的好话。你自己难道从来没有想过向他们学习点什么?比如纪律,比如谦虚。"

约瑟法耳中的喧嚣越来越强。天空不顾她的愿望慢慢黑了下来,变成了祥和的夜晚。君特·拉索夫悄悄站起身,打开了灯。灯管里蓝白色的光闪烁着,然后变得刺目,毫无怜悯地撕碎了在座的人身上那最后的一丝柔和。汉斯·舒茨眯着眼,好像刚从梦中惊醒。他擦着自己的眼镜——突然处于一片光明之中,他戴着眼镜没法儿看清。"我建议,还是讨论刚才要讨论的那一点吧。约瑟法不是因为缺乏劳动纪律性才被请到这儿开会的,而是因为那封信。那封信在我看来确实十分幼稚。"

"我对幼稚的理解可不太一样。"乌尔里克·库维阿克说。

"跟这没什么关系。在我的眼中,那封信是出于幼稚,而不是出于恶意。"

"也许你应该向我们大家解释一下,汉斯,你是怎么理解幼稚的。"艾丽·梅瑟克说着,脸上挂着和解的微笑。

汉斯·舒茨自从参加谈话以来第一次把烟斗从嘴上拿开,然后又坐直了身子。"我理解的幼稚跟麦耶尔词典中的解释一样。如果有必要的话,我可以给几位同志解释一下……"

施特鲁策使劲儿用铅笔敲着桌面。"同志们,我恳请你们不要再这样争来吵去。我们的时间很宝贵,你们想想列宁,时间经济学。我们讨论的对象如此严肃,不要再斗嘴了。请回到题目上来。"

艾丽·梅瑟克对施特鲁策表示理解,她有话要说。施特鲁策让她发言。

艾丽叹息一声,让她通红的脸平静下来。她叠起双手。"是啊,同志们,我现在应该怎么说呢?是这样,我不相信汉斯是对的。我想,约瑟法的那封信与她对同事的态度,以及对纪律的态度都有关系。不管我们是像格尔哈特一样称之为'自以为是',还是像主管同志那样称之为'傲慢'——最终这都是一个东西,都是值得我们思考的。如果我们想要帮助约瑟法,而我们坐在这儿正是为做这件事,那我们就不应该躲避这个问题。约瑟法,你知道吗?请不要把这看作是人身攻击,就像我告诉你的一样,把这看成一种善意的批评:如果我早上在工作开始半个小时之后,看见你穿着靴子,披着披肩,昂首阔步、大摇大摆地穿过走廊,我常会问自己:'哎哟哟,这个姑娘是哪儿来的这种自信?'"

"正是这样。"乌尔里克·库维阿克说,并小声窃笑着。格尔哈特·文采尔满意地点着头。"就像人们常说的那样,你描绘的这个样子真是一针见血。"他说。读者来信部的女秘书从不说话,她脸色苍白,身形瘦削,坐在她的椅子上微笑着。这时她却突然迟疑地举起手。"我也觉得纳德勒同志应该认真思考一下大家在这儿给她的批评,比如她和技术人员的关系。前一段时间,我自己时间都很紧,还给她写过三封信。大家都知道,国内政治版并不归我管。可我一句谢谢都没听到。尽管这只是小节,可我也觉得这种做法不太妥当。"

直到咨询会进行到这一刻,约瑟法都能清楚地回忆起来,能重构每一句话、每一个手势,能像听磁带一样听见那些声音和语调。但是之后发生的一切,她的大脑里存储的只是一片由激动组成的混乱，只有尖厉的只言片语从低沉的喧嚣声中凸显出来，而那喧嚣也已经沉没在事件剩余的部分里。她记得自己说过话。汉斯·舒茨后来告诉她，一开始她给大家留下了一个平静、几乎是冷漠的印象。汉斯·舒茨说，她对责备做出的反应竟然出人意料地谦卑，以至于他以为事情还会有所转机，但是后来他都不愿意相信自己的耳朵。汉斯·舒茨说，她仍然用那种梦游似的平静去解释那封信产生的原因——那辆黑色的豪华轿车、那只死鸟、那寂静，听起来有些瘆人。

约瑟法记得施特鲁策以胜利者的姿态靠在自己的椅子里倾听着，尽管看不见他的脚，但是在她的回忆中却看到了他的全身。他坐得很直，左胳膊放在椅子的扶手上，只是摆摆样子而不是撑在上面，右手放在大腿上，左脚微微往前一步，正是西格弗里德国王摆出的统治者姿态。然后是那句话，约瑟法不知道自己当时是不是真的听明白了那句话，这还是她事后从汉斯·舒茨那儿听到的："纳德勒同志刚才自己给我们提供了她那病态自大的最好证明。"

她记得一阵疯狂的、不可控制的冲动攫住了她。她的身体在这种冲动中变得迟钝，并毫无抵抗力，重又完全属于她，听命于她——她站在深渊的边缘，离那垂直的下切只有半米远，脚下是土地，前面就是不可预料的深渊。如果她不自卫的话，就有可能跌进那不可预料之中。一些人在她周围跳来跳去，用又长又尖的矛戳着她，胡乱地戳中了她的腿、胸和肚子。他们想把她从悬崖上赶下去，但她是属于悬崖的。她很感激她的身体，因为它放弃了去感觉、去忍受的权利，好让她能够扑向那些长矛，用疯狂的大喊大叫把围攻她的人吓退。但是他们人太多了，约瑟法不得不仔细考虑她要如何回击。她原地转着圈，像挥舞大棒般挥舞着她的权利——她存在的权利、在这儿的权利、在这个悬崖上的权利。她用有力的打击麻醉了她的进攻者。他们安静下来，放开她。她逃走了，她受了伤，跛着脚逃进悬崖边上的一个洞里，这个洞只有通过岩壁才能够到达，那些一望向深渊就会却步的人是无法进入的。

现在，三个星期之后，那不可预测的东西变得对约瑟法来说不再恐怖。她躺在被子和床单间，就像悠然躺在天地之间一样，几天来刚刚获得的内心平静还让她有一些发蒙。那不可预测的东西不再深不可测，变得可触、可想，加入了生活中诸多可能性的行列。另外，一想到自己终将摆脱从童年起一直践行的随时听命的性格，摒弃所有陌生人对她的计划，这种想法是那么的诱人。她隐隐觉得，更是希望，这种方式也许能杀死她的不安，这种不安总是指责她的每个行为都是错误的，也许终于有希望能够知晓自己的本真是什么。她一直寻找着那个本真，一想到这将是她在有生之年唯一要做的事情，而且唯有她来做这件事，她的心情就明朗起来。

那时约瑟法第一次明白了，人们谈起他们的私生活时到底是什么意思。在这之前她从来没有明白，私人生活和其他生活之间那神秘的界线是如何划定的，从哪里开始，到哪里结束。私生活与其他任何人无关，人们也不会谈起。我的丈夫，你的妻子，我的东西，你的事情，那是生活的一种特别形式，只有借助表示占有的代词才能够描述，私人所属、禁止入内、小心咬人的狗。约瑟法以前并不曾认为，她的婚姻、她的孩子是可以与包含露易丝、霍里韦茨卡或施特鲁策的生活分开的。

那时候，她开始理解了其他人的双重生活。她自己希望，能够把她选择的生活与强加给她的生活小心地分离开来。当她晚上一手拉着孩子，一手提着网兜走上回家的楼梯，她觉到达了这一天的目的地。为了入睡之前的最后几个小时，她从早上就开始打猎。现在她把猎物带回了自己的洞穴，她和她的幼崽在这里不用害怕不速之客闯入。为此，她回答了那些毫无意义的读者来信，忍受了眼前君特·拉索夫瘦削的脊背，还不加抵抗地让施特鲁策那胜利者的微笑在她身上扫来扫去。现在开始的时光只属于她，对所有施特鲁策来说都是不可触及的。如果她愿意，她可以把住房的所有墙壁都刷成黑色或红色或紫色，可以整天四脚着地到处乱跑，像狗一样狂吠，可以口无遮拦、大声小气地咒骂她想到的随便哪个人——这跟别人毫不相干，她不必谈起这些事情。她既吃惊又觉得好笑地认识到，那些总是让人哂笑的说法，就像"虽是小的但是我的"，还有"我的家是我的城堡"之类，对她来说正在变成意义重大的东西，而她对此并不抗拒。

有些日子，他们三人一起吃晚饭。约瑟法泡茶，在桌子上放上蜡烛，分发餐巾——这些在她的家里可是新的变化，克里斯蒂安总是带着嘲讽提起这一点。他们不再经常说起《每周画报》，甚至也避免那些他们担心会制造紧张或者不安的题目。

克里斯蒂安接受了她突然的变化。他既松了一口气，又感到惊奇。一方面，他很高兴不用再把施特鲁策的每一句话翻来覆去，直到把这句话里所有的潜台词摆出来，这些潜台词也许只存在于约瑟法的想象里；另一方面，克里斯蒂安一想到他也参与造成了约瑟法目前的处境，心里总有些郁闷，无论如何，那一个题目写两篇文章的主意是从他这儿来的。现在他很高兴有希望迎来相对平静的时间，他可以更多地关注自己的论文——在过去一段时间里他把论文都耽搁了。约瑟法看上去很平和，几乎是快乐的，尽管她的平静有时让他觉得有些可疑。他不愿意去想，约瑟法的淡定也可能是假装出来的，因为自从他们认识以来，她总是毫不克制，动辄大发雷霆。她会花样翻新地把那个躺在胖太太身边睡觉的施特鲁策撕成碎片，而不会静静地蜷在椅子里，等看侦探连续剧的开始。

夜里，半睡半醒间，他常常感觉到约瑟法抚摸他，轻轻吻他，但是他太困了，无法醒过来，或者是胳膊向她伸过去。头几个星期里一直让他们到早晨都无法入眠的那种贪婪现在得到了满足，那种对"今夜以后，再无来时"的恐惧也离开了他们。约瑟法躺在那儿独自做着她的梦，恐惧的形象和狰狞的面容表演着血腥的想象，折磨着她，在她睁开眼睛之后仍然纠缠着她。她望着窗外那空洞的路灯。她想抚摸克里斯蒂安，抚摸他温暖的皮肤、他起伏的胸膛，抚摸她身边这具活生生的身体，直到她再次睡着。

早上，他们共进早餐的时候，她会给他讲她的梦——不是所有的，而是她觉得重要的。有一个特别可怕的梦，她记得很清楚。

那天早上，她醒来了，离应该起床的时间还早，是凌晨时分，只有一辆有轨电车飞快地隆隆驶过，毫无顾忌地发出噪声打破了宁静。约瑟法觉得可以从它发出的声音听出来，那辆车是空的。她走进厨房，喝了一杯冰凉的苏打水，想着应该吃点什么，咬了两口酸黄瓜，然后又躺下了。克里斯蒂安睡得很沉，脸朝着墙。约瑟法把头靠在他的背上，克里斯蒂安没醒来却挪开了。约瑟法转身朝向另一侧，这样他们背靠背躺着。也许这样她能再次睡着。当她把眼睛闭上，她看见一个房间里有两个人，一个男人和一个女人。约瑟法觉得两个人有些面熟，尽管她想不起来在哪儿遇到过。男人和女人坐在一张空桌子边对望着。"我要去大海边。"女人说，"我信仰无人的广阔，那见所未见的东西，我信仰大海。"

"太晚了，"男人说，"你得走了。"

"是的。"女人说。

他们头顶的灯发出白光,晃了男人的眼。他空手把那盏灯打碎了。

"我看不见你了。"女人说。女人的声音里带着恐惧。

男人站起来。他只有一条腿。他用一条腿跳到窗子那儿,拿来蜡烛,把它放到桌子上。"我没有火柴。"他说。

"那就用石头。"

男人跳向炉子,把石头捡起来,打火。蜡烛的光照在女人的眼睛里,那眼睛看起来像是在燃烧。

"一起去吧。"女人说。

男人僵直地坐在椅子上。他不看女人。"我走不了那么远。"他说。

"因为你太懒了,还太胆小。因为你既懒又胆小。"女人喊道。

男人在女人尖厉的声音里缩作一团。他扯了扯嘴角,想要说话,但除了一声压抑的喘息,什么声音都没有发出来。

蜡烛的火焰一直升腾到天花板。男人用一条腿跳到房间的一个角落里,然后用粗哑的声音叫道:"你想杀死我。"

女人从柜子里拿了一个玻璃杯,接满了水,拿给角落里的男人。"这不是我干的。"她说,"是风,从大海吹来的风。"

男人颤抖着,他拿不稳杯子。女人把杯子放到他的嘴边。男人急匆匆地喝着水,水咕噜咕噜地流过他的咽喉。

"别那么大声地喝水。"女人说,"真恶心。"她把水从男人嘴边拿开。

"不要走。"男人说。

"我不走。"女人说。

"脱下你的衣服。"男人说,然后跳到床边。女人脱下衣服,在她圆圆的肚子上有一个红色标记十分醒目。

"你怀孕了？"男人问道。

"是的。"她说，"这会是一个特别的孩子，这就是那个标记。"她躺到床上。"小心点，"她说，"否则你会把它弄坏了。"

男人躺到女人身上，女人抚摸着男人那结了红疤的腿根。

"我没有兴趣。"她说。

男人一拳打在女人脸上，女人的眼睛里流出血来。

"我真应该走掉。"她说。女人摸索着走到水龙头那儿，用一条湿毛巾小心地擦着脸。她呻吟着。

男人坐在床上哭着。他用床单盖住了残腿。"你不能把这忘了吗？"他说。

"不行，我看不得这些了。"女人说，"我什么也看不得了。"

男人狂笑着。"她看不得这些了！"他大叫道。他跳向女人，把她抱起来，然后抱着女人跳回床边。"她再也看不得这些了。"他喘息着说道，"她再也看不得这些了！"

女人静静地躺在床上。男人把她的腿掰开。蜡烛在屋顶上烧出了一个黑色的痕迹。"这就是你的大海。"男人喊着，深深地捅进女人身体。女人呻吟着。男人折腾着女人，把她翻来扭去，趴着、仰着、朝向侧面。床单被女人眼睛里流出的血染红了。然后男人从女人身上滚下来，他看也没看她一眼就问道："好吗？"女人没有回答。男人用他沉重的手摸了一下女人。女人死了。

早上克里斯蒂安没有睡够，情绪不佳。他前几天抱怨过，时间长了他无法两个人睡在一张床上，因为醒来之后，他总觉得像是被压烂、打碎了一样。另外，如果长期在夜里靠着冰凉的墙、睡在一个透风的窗户下边，他早晚会得风湿病。约瑟法建议他们换个位置，她习惯了靠着冰凉的墙睡觉。克里斯蒂安焦躁地在房间里走来走去，摸摸书架、沙发和桌子，好像在找他的眼镜。"你的屋子住三个人也太小了。"他说，"我在这儿无法工作，看不成书，也就看看报纸，仅此而已。你看到我的眼镜了吗？"

约瑟法把她的脚缩回沙发上，好像这样就不会打扰他找眼镜。没有，她没有看到眼镜。克里斯蒂安在一堆旧报纸下面翻着。"这你也可以扔掉了。"他在自己的上衣口袋里发现了眼镜。约瑟法笑了。"什么破事都能让你发笑。"克里斯蒂安说。他给自己倒了一杯咖啡，然后抓起报纸。约瑟法看着他翻着报纸，熟门熟路地找出最重要的消息，浏览大标题，经济版只扫了一眼，花更多的时间停留在国际政治和文化的版面上，略过体育，最后是讣告。

"我梦见了奇怪的事情。"她说。她仔细地讲了那个故事，让人感到她对那些血腥的细节很是享受。

克里斯蒂安看着她，有所触动。他把报纸叠在一起，放在沙发旁的地面上。"你怎么会知道这种怒气？"他问道。

"我也不知道。"约瑟法说。克里斯蒂安的问题的分量慢慢地才沉入她的意识之中。

"这种怒气"。"这种"。不是随便哪种，而是某一种他知道的，并认为那是他的秘密。现在他很惊讶，因为她居然知道这件事。但是她什么也不知道，她只是感觉到。有时候她会在转瞬之间在他的臂膀中迷失自己，因为他忘掉了他紧紧抱住的身体是属于谁的。她会感觉到他是在与她搏斗，不，不是与她，而是与她的身体。他把她的身体悄悄偷走，与它搏斗，直到战胜它，让它臣服，让它只属于他。然后克里斯蒂安才会再想起约瑟法，就像他悄悄地把这个身体偷走一样再悄悄地把她的身体还给她，吻她的脸，充满了悔意。

"你也曾把这种怒气发泄到我的身上吗？"她问。

克里斯蒂安把眼镜摘下来。在要跟她说一些不愉快的话之前，他经常会把眼镜摘下来。约瑟法记不起自己以前是不是注意过这种关联。最近这段时间她才开始熟悉这种犹豫的动作：手往太阳穴那儿抓去，若有所思地、慢腾腾地把眼镜腿合上，然后把半瞎的目光投向她——在这种目光中她会变成一个模模糊糊、支离破碎的约瑟法，不仅是无头无脸，还没有了身子。这样对她来说他就变得无法触及，躲藏在一片雾气之后，只有她的声音能传进这片雾气，但不会有微笑，也没有眼睛里的恐惧，这时他才能说话。

"跟你想的也许不一样。人人都有，但是大部分情况下是沉睡着的，人们感觉不到。有时候它会突然出现。其实这不是针对你的怒气，更多是针对我自己的，一种针对我自己的、特别粗鲁、特别恶毒的怒气，连我也不知道它是从哪里来的。如果反抗它，就无法摆脱它。必须要接受它，然后再把它传递出去。之后，我会感觉很难受。我相信大部分男人都是这样的，多多少少，我自己肯定要少一些。那些因为性而杀人的人肯定有这种感觉，当然是不一样的，更严重，因为有区别：有一些人会杀人，有一些不杀人。但他们的也是从这儿来的。"

克里斯蒂安停下来，他把眼镜腿掰开又合上，犹犹豫豫地玩着眼镜，然后再把它戴上。"不要这么恐惧地看着我，我不会杀你的。你肯定，女人们的感觉不一样吗？也许不是那么切身，无论如何不会针对男人，因为男人大部分情况下要更强壮。但是你认为，女人在打她们孩子的时候，她们感觉到的是什么呢？那些孩子只不过是掉进了一个小水坑，或者是提了一个让人厌烦的问题。或者当自己的男人吃饭时吸吸溜溜，身上发出难闻的气味，或者因为他们的胡子扎人，女人就折磨他们，这难道不是相似的么？女人从来都是把她们的男人毒死，而不是打死。"

约瑟法把腿蜷得更紧了，下巴撑在膝盖上。早上，她的房间里很冷，炉子还没有热起来。也许是这么回事。所有人都有这种怒气，男人和女人都有，她自己也有。她想起来离婚的时候。她并不高兴想到这件事，他们把五年的时间都浪费在相互谩骂、相互指责和彼此厌倦之中。争书、争家具，最后是争一把值两块三毛钱的菜刀。有半年的时间，他们相互警惕着，希望自己不要错过对方忘记掩护、露出软肋的机会。从那时起，她认识到自己有能力去发怒，去做出粗野的举动。她害怕这种能力。"难道我们所有的意义不是在于——"她问道，"把彼此排除在我们的怒气之外，你把我排除在外，我把你排除在外？如果不能为了所有人，那么至少为了一个人，去做自己想做的人？"

"那当然好。"克里斯蒂安说，约瑟法看到他匆匆看了一眼手腕上的表，"我只是担心，人们会选择最容易攻击的、最无助的人，毕竟这种诱惑太大了。这会减少麻烦，还会提高兴趣，你明白吗。我像你一样觉得这很糟糕，但是情况就是如此，对大部分人来说就是如此。"

"对你来说也是吗？"她轻声问道。

"有时候是。"克里斯蒂安的回答有一些躲闪。他得抓紧时间。他也催促着约瑟法："快一点，否则我们要迟到了。"

路上他们说话很少，那辆旧车的发动机会同时以各种音高发出吼叫，他们要想听懂对方的话，非得扯着嗓子大喊不可。

晚上，克里斯蒂安打电话说他晚些来，让她不要等他。约瑟法忘掉了那场对话。

她当时想忘掉那场对话。她觉得那场对话里产生了威胁，她感受到了威胁,但她不想承认它。现在,因为不再有计划针对她,不再有陌生的计划,她也还没有自己的计划,她又想起了那场对话,回忆起了每一句话,她的梦的每一个情节。她很惊讶,她和克里斯蒂安之间要发生的事情,她在几个星期之前就应该能够知道得清清楚楚。但是,当克里斯蒂安来得越来越少,他说是为了写博士论文,他已经有些耽搁了,她也没有允许自己去想那场对话,也从来没有想到他还欠她一个回答,一个让她害怕的回答。

现在她已经知道答案了,不用克里斯蒂安来告诉她。如果两个星期之前她已经知道答案,她会拿这个答案怎么办呢?还会有哪一条路能够绕过她在床上度过的这一天?因为再也没有什么跟她有关,或者因为她再也不想跟其他人有关。

她想起来那些痛苦无助的晚上。没有克里斯蒂安,施特鲁策和《每周画报》是白天那段时光的唯一内容。下班的时候是施特鲁策,第二天上班的时候还是施特鲁策。这之间什么也没有,只有对儿子良心不安。她受不了他那尖细的声音,所以常常冲他喊叫。当他要给她唱一首刚学会的歌时,她拒绝了,或是以头疼为借口,不给他讲他睡前习惯听的故事。她比平常更早地赶他上床睡觉。当一切总算安静下来,她兴致寥寥地翻着一本书,或百无聊赖地把电视从一个台调到另一个台。她因为对孩子没有耐心而责备着自己。孩子这时已经睡了,她多想在当天还能补偿他。

她坐在单人沙发上,蜷着双腿,把下巴撑在膝盖上,做着梦,等待着电话铃响或是有人敲房门。如果电话铃真的响起来,她会吓一大跳。而后,因为打电话的不是克里斯蒂安,她又重新陷入那相同的不安之中。她精神紧张,毫无意义地等待着夜晚的结束,直到这一切对她来说变得不可忍受,她就会从小玻璃瓶里拿出两颗药片儿——瓶子的标签上面写着"不含巴比妥的安眠药"。

她不喜欢这个东西,它对她大脑的影响让她觉得有些恐怖。她的每一个动作都变得那么陌生,胳膊和腿好像都不属于她了。她能很清楚地感觉到入睡时的那一秒钟。仿佛突然坠入让人眩晕的深处,每一次她都会心跳加快,再次惊醒,因为她以为自己要死了。她想到那些绿色的布,还有黑色的面罩,以及注射。死的。但是没有死去。她安静下来,这只是药的作用,被催眠的脑细胞,早上她会再次醒来。最终,灰色的、温暖的、无所谓的感觉更紧地缠绕着她。那又怎么样?会有什么呢?她不会有什么感觉,只有孩子……

尽管这种麻醉让她厌恶,并使她害怕,但是几乎每一个没有克里斯蒂安的夜晚,当时间像水滴一样落在她的身上,均匀而又麻木,她都会用这些药片来结束。

早上她很难醒来,四肢和头脑的迟钝会持续很长时间,比制药厂家在使用说明书上保证的时间要长。她醒得很慢,在冷水浴、喝完一杯浓咖啡之后,约瑟法才会回过神来。尽管如此,她对上午的头几个小时也只有很模糊的感觉,就像坐在一列飞驰的火车上看到的风景。一直到中午这段时间都过得比平时要快,这倒很合她的意。

在这种日子里,姚尔会用一种奇怪的好奇观察她。露易丝会问约瑟法是不是生病了,眼睛看起来像发烧一样。约瑟法会马上走到盥洗室,在镜子里检查自己的眼睛。确实,她的眼睛像在发烧似的闪光,瞳孔放大,就像姚尔没有接受治疗之前的眼睛。约瑟法吓了一跳,但转而又安慰自己。她想,姚尔有好几年的时间吃了大量的这种药,她只不过是偶尔使用。一旦她忍过与施特鲁策的争执之后,一旦克里斯蒂安有更多时间给她,她就可以不用这种药。再有两三个星期,一切就会过去。

有一个星期天,克里斯蒂安和约瑟法本来打算一起过的,克里斯蒂安上午却打来电话说他来不了了,他星期一要交论文提纲,不仅是必须交,他也想交,否则弄不完,约瑟法一定要理解他。

约瑟法做了饭,这一次甚至不是番茄汁意面,而是一顿正经的饭——羊肉和豆角以及土豆丸子。她星期五在肉铺排了队。被挤在陌生人的肚子和屁股之间,对她来说简直是一种超乎寻常的付出。但是,她忍受了这一切,没有去罐头货架那儿拿两三瓶炖羊肉放在购物筐里,尽管她和孩子在周末从来都是吃罐头肉。她让露易丝这个很优秀的厨师给她写下了土豆丸子的做法。她已经在厨房里站了一个小时,一边擦土豆,一边给羊肉浇汁。

"但是你至少过来吃饭。"她说。

"不行,这毫无意义。"克里斯蒂安说,"如果我过去,我肯定会留下来,这你知道的。"

"那你就不要留下来。"约瑟法说。她知道所有想要说服他的尝试都是毫无意义的,就简短地说:"那好吧,那就算了。"她挂上电话,关了烤箱和做土豆丸子的热水,给孩子一个人煎了蛋。她自己什么都没有吃,从药瓶里拿出两颗药片,然后躺在了床上。

她对躺在身边看书的孩子说,如果他醒得比她早就看一会儿电视。窗子上啪啪的雨声慢慢融合成了一种低沉的隆隆声。约瑟法紧紧蜷缩在孩子身边,奇怪的是孩子因为长期的支气管炎而微喘的呼吸声让她感到安慰。她把手放在孩子的胸口,想让那烦躁的咳嗽平静下来。"马上就到春天了。"她说,"那时候就不会咳嗽了。"

"你还会在公园里藏复活节彩蛋吗?"孩子问。

"肯定会的。现在我们睡觉吧!"

孩子很快就睡着了。约瑟法久久地观察着躺在身边的孩子:他的头偏向一边，下巴执拗地往前伸，拳头松松地握着，一左一右放在头边。看起来像拿破仑，她想，他也会长成一个男人，有一天也会跟女人睡觉，并在电话里告诉她们，她们的饭白做了。

渐渐地，困倦的、感觉麻木的状态向约瑟法袭来。只有雨声越来越大，让人觉得咄咄逼人。雨声把里克特家吸尘器的声音吞没了，把孩子的呼吸声也吞没了，成了世界上唯一的声响，既沉闷，又隆隆作响，像是一支军队在齐步走。约瑟法想起一个画面：那是她十岁的时候，那时候她的床也靠着窗户。窗户下面有一个有轨电车站，人们在雨中等车，雨水挂在天地之间像一堵墙一样。因为下雨和潮湿，大家都缩着头弯着腰。有些人撑着伞，风钻到伞下面，不停地把伞摇来晃去。约瑟法跪在床上，紧紧地围着一床被子，看着那些冻得发抖的人，直到她困得倒在枕头上。她脑子里只有一个意识：自己不用挨冻。只有面对大街上那些浑身透湿、浑身冰冷的人，她才能确实地感觉到什么是温暖。有时候，她希望下雨或者来场雪暴，好让自己能够偷偷地、每次都带着良心的不安来享受这种感觉。

后来，成年之后，她又有几次试着重复这种游戏，把自己裹在暖和的被子里，观察着受冻的人，想要重新唤回那种愉快的安全感。但是她只获得了一种令她满意的、十分实用的想法，就是她不用站在雨里或者是冷风里，而是及时逃进了她的洞穴。除此之外，没有别的。这个情景失去了它的神秘色彩。

这个星期日，在约瑟法被麻痹的头脑里，声音和感觉都发生了荒诞的变形。她只觉得那咚咚的雨声咄咄逼人，永不疲倦地对着她藏身其后的、薄薄的墙壁发动冲锋。外面是大洪水，每个人都希望能登上自己的方舟，一千艘方舟、三千艘、一万艘、一个方舟文明。每艘方舟上都有一个人。失落，注定要灭绝。

下午，克里斯蒂安来了。

儿子坐在约瑟法的肚子上，一会儿捏着她的鼻子，一会儿用小手指揪着她的眼皮。"醒醒。"他喊着，"醒醒。克里斯蒂安来了。现在你要做饭。"

约瑟法不明白为什么孩子一大早就穿好了衣服，为什么她这个时候要做饭。

"几点了？"她问。

"四点半。"

克里斯蒂安怀疑地看着她。显然她口齿不清，像是喝醉了一样。这种药真是可恶。她渐渐想起了羊肉、土豆丸子，还有那个电话。她太困了，无法发怒。她把脸转向墙，想再睡一会儿。

"快来，起来吧。"克里斯蒂安说。

"我不起来。"约瑟法含含糊糊地说道，"我再也不起来了。只要下雨，我就躺在床上。"

她把被子拉过头顶，说话让她觉得吃力。直到晚上她才清醒过来，羊肉和佐料的强烈气味把她唤醒了。儿子摆放着餐具，并不断重复着两个句子："小声点，否则妈妈就醒了。小声点，否则妈妈就醒了。"

约瑟法起了床，轻声地穿过走廊，走进浴室，好避免让克里斯蒂安注意到她。她照了照镜子：浑浊的、因为长时间睡眠而肿胀的眼睛，泛黄的、不健康的肤色。她把莲蓬头对着脸，冷水流进她的嘴和眼睛里，她的皮肤又能感觉了。约瑟法考虑着怎么样跟克里斯蒂安解释。也许最好什么都不说，她下午就是睡了一觉，这有什么奇怪的呢？她穿上衣服，借助各种各样的化妆品把自己的脸重新整理了一下。最后她朝着自己的镜像微微一笑，微笑最能掩饰那睡过了头的松弛。

克里斯蒂安已经整理好床,敞开了窗子。雨停了,清凉的空气涌进房间。吃饭的时候,克里斯蒂安只跟孩子说话。约瑟法很高兴,这为她争取到了时间去准备一个解释,因为过一会儿克里斯蒂安就会问她,而她将不得不给他一个说得通的答案。她可以说头疼或牙疼,结果不小心吃了安眠药,而不是止疼片。这听起来很令人信服。或者她说,她夜里没有睡觉……不行,这样她白天就不需要吃药了。她甚至考虑要告诉他真话:她忍受不了一直等他,有时候希望自己会死,是死亡的状态,不是死去,她害怕死去,但她想要死亡的状态,根本就没有活过,不需要抛弃什么,因为她什么都不曾见过。她很快又放弃了这种想法,自己却也不是很清楚为什么不想让他承受真相。但是她有一种不确定的感觉,也许她的感情会让他吃惊,这种想法阻止了她。约瑟法回忆起她意兴阑珊地咀嚼的羊肉的气味,她闻到了那天晚上凉凉的、甜甜的空气,再次感觉到她那疲惫的寂寞。她不知道为什么自己在那天晚上还没有明白,为什么他几天之后才不得不告诉她那句话:做你自己的决定,不要考虑我。

饭后,克里斯蒂安也没有向她提出她等待的问题。他们看了一部愚蠢的西部片。约瑟法已经看过那部电影,但是没有说,因为她害怕克里斯蒂安也看过了,这样他们就必须关掉电视,谈话,或者更糟糕——沉默。约瑟法很高兴没有被询问,尽管如此,她又因为克里斯蒂安的漠不关心而生气。为了他,她去肉铺排队,擦土豆,做饭。为了他,她蹉跎了许多日子,用白色的小药片阴险地毒害了这些时光,而他的做法好像这一切与他无关。她时不时地感到他在观察她,但是一旦她向他转过身,他又直直地盯着电视机。后来总算响起了煽情的、雄壮的音乐,警长大笑,副警长尴尬又骄傲地用袖子擦亮他的警徽。完。约瑟法按了关机，点上一支香烟，站在窗前，很久。

"我认识一个心理医生。"克里斯蒂安说。约瑟法慢慢地转回身，不理解地看着克里斯蒂安。"那又怎么样？"

克里斯蒂安把眼镜摘下来，揉着眼睛，用半盲的目光搜寻着约瑟法。"他也许能帮助你。"他说，"那些东西可不是闹着玩儿的，约瑟法。我之前在橱柜里发现了那些空瓶子。"克里斯蒂安把眼镜腿掰开，又合上。约瑟法站在敞开的窗前，笔直且僵硬，不相信地盯着克里斯蒂安的嘴。

"这种事每个人都会发生，"克里斯蒂安说，"但是要及时地采取行动。你现在筋疲力尽，遭遇了这么多破事之后，这不足为怪。如果你自己无法从困境中逃出来，就应该寻求帮助。他肯定能帮助你。"

"你可以帮助我。"约瑟法说，"我不需要心理医生。有一天我会像姚尔一样从心理医生那儿回来，脸蛋胖胖的、红红的，眼神呆滞，被调成了另外一种状态，可以像闹钟一样被拨得慢点或快点。这样一个人怎么能帮助我？他能够把施特鲁策赶走或者把电厂建起来，还是能够让你经常来这儿？他只能让我对这些都不再有感觉。这种疗法最大的成就是我会觉得施特鲁策充满魅力，B城和其他城市没什么两样，我会停止爱你——因为我压根不能再爱了。我也不会再想念你，我被治好了。里克特家的吸尘器也不再会打扰我，因为我已经半聋了，所有感官都迟钝了。我也不再激动，不再哭泣，反而觉得脱下来的裤子特别奇怪，晚上也可以安稳地睡觉。'您要学着去接受这个世界，就像它本来的样子；您要放得下；要在自己的内心中找到宁静。'最终我成了一个幸福的人，因为我变傻了。为什么我们不继续留在树上，做那些没有文明创伤的幸福的猴子呢？除了原子弹，心理医生是对人类最可怕、最疯狂的威胁。"约瑟法说话的声音很大。克里斯蒂安把窗子关上，想要拥抱约瑟法。"请不要这么激动，你误解了我。"

约瑟法用粗鲁的动作把克里斯蒂安的胳膊从她的肩头推开。"你不是说我要去心理医生那儿吗？为什么不呢？就连孩子现在都需要心理医生了。因为他们不能每天八个小时乖乖地坐着，因为他们的父母整天看电视，除了'洗脸''上床'和'别那么大声'，不跟他们说别的话。如果孩子有一天撒泼打滚，又哭又闹，他们就会被送到心理医生或心理学家，总之送到一个心理什么的人那儿。他会让那踢腾的腿平静下来，然后耍些手段让充满了问题的脑袋变得傻乎乎的。"

克里斯蒂安放弃了去安抚约瑟法。他坐在炉子边的椅子上，用手拄着头，沉思着——或者只是很有耐心地听着。他无论何时都能保持平静，这让约瑟法更加光火。在讨论这个题目的时候，他怎么还能保持平静？

"你还在听我说吗？"她把声音放低一些问道，"你明白我的意思吗？他们用药片把我们填满，直到一切都不会让我们难受，一切也不再使我们高兴，直到我们又困倦又满意，再也不想改变什么，因为我们不再会感受那必须改变的东西。心理医生会阻碍进步，而你想把我送到他们那儿去，因为这种做法很简单，胜过说'我克里斯蒂安会帮助你'。"

等她沉默下来，最后的一句话停顿在突如其来的宁静里。她觉得，好像所有的绝望都包含在这句话里。也许她很想哭泣，但是她太累了，哭不起来。她跌坐在一把椅子上，一动不动地坐在那儿，直到克里斯蒂安跪在她面前的地上，像抚摸一个孩子似的抚摸着她，小心翼翼地向她说："这只是我的一个想法，把它忘了吧。我也不会撒手不管，肯定不会。我也想帮你。"他温暖着她冰凉的手，慢慢地，嗓子里那疼痛的痉挛缓解了，她终于能哭了，因为她又有了一点点新的希望。

在那一夜里，他们相爱的方式与所有的其他夜里都不同。她那时——"那时……"她想，那已经是十天前的事情了——没能找到描绘它的词。现在她想到"感伤"，还有"完全断念"——这是一个她从来也不用的词。她还记得那一夜咸涩的滋味，那滋味来自克里斯蒂安的或是她自己的眼泪。

第九章

　　第二天,天空湛蓝得就像一幅地图上的大海。人们会觉得一切仿佛倒立着,蓝色、宁静的水毫无重量地悬在空中,房子的屋顶稳稳当当地朝下立在它们的山墙上,行人看起来好像孩子们通常设想的南半球的人一样,只有脚掌着地,却以神秘的方式不致下落。约瑟法把手伸出窗外,感觉到那空气温暖而柔软,决定不穿大衣。她知道,晚上回家的时候会挨冻;她还想到自己会不好意思,因为她是地铁里唯一一个既不穿大衣又不穿外套的人,那些不那么轻率的人会带着宽容的微笑看着她。

　　她想起,当她还是个孩子的时候,曾经听说或读到过一种饮料叫紫罗兰水。从那以后,她就把紫罗兰水看作是自己能想象出来的最美味的东西。它应该是浅蓝色的,并像玻璃一样透明,味道很柔和却又很持久。第一缕不期而至的春风总是最符合她对紫罗兰水的想象。一湖满满的紫罗兰水,她在其中畅游。约瑟法站在路边上,等待开过的车辆中会有一个空隙。一辆铁锈色的大怪兽突然发出呼哧呼哧的声音,停了下来。一个长着乱蓬蓬的金色卷发的小伙子,身上紧绷绷地穿着一件至少小两号的红色运动衫，大大方方地从开着的窗户向她招手。"请吧，女士。"他喊道。在他的身后，一长串五颜六色的小汽车耐心地等待着，直到约瑟法走到机动车道的中间，然后又对那个小伙子喊了一声"谢谢"。小伙子大笑着用力踩下油门，大怪兽发出吼叫，颤抖着冲了出去，就好像是属于一个马戏团，而不是城市垃圾运输队。约瑟法想，一个能够制造天气的政府统治起来会容易得多：在调整价格的时候就造出好天气；在开露天流行音乐会或者是推销夏季旅行的时候就造出坏天气；迎接外国首脑或游行的时候就来些健康的天气，既不太热又不太冷；儿童节的时候是不好也不坏的天气，这样博物馆和展览馆也能有人参观。甚至一天之内的不同变化也会有用：八点钟之前要温暖、阳光灿烂，之后是强烈的雷阵雨和狂风，谁迟到了就会淋湿。白天阴云密布又冷风飕飕，这会加强工作纪律。下班的时候天又晴了，万里无云，这样会有助于劳动力的再生产。当然，工业区和行政区之间应该加以区别，对工业区应该做出特别的规定，比如每一个车间的外面有专门程序的暴风雨机，这样就可以同时考虑到正常班、白班、晚班和夜班的人。

　　尽管约瑟法迟到了二十分钟，大办公室却几乎还是空的。在国内政治部里只有君特·拉索夫坐在他一向整理得整整齐齐、堪称模范的办公桌旁。约瑟法很恼火。她没有像其他还没来的人一样找一个借口，说在某个图书馆有一次一直都没有进行的会面或者在某个新闻办公室有一场紧迫的谈话，这样就可以挤出来两三个小时去散散步，或者去特浓咖啡馆喝上一杯咖啡。君特的桌子上摆着郁金香。约瑟法只要一看到郁金香，就想把它们吃了。郁金香看起来像是可食用的样子。有一次，她忍不住朝一朵肥肥的、血红的郁金香咬了一口。它是苦的,约瑟法又把它吐了出来。

君特·拉索夫看了看身后屋门上面的电子钟。"怎么,睡醒啦?"他边说边带着责备的神情微笑着。"你知道,"他说,"这跟我毫不相干。也就是说,我认为,你迟到对我来说无所谓。但是我想,在目前这种状况下,这对你来说确实不利。你难道不能至少努力几个星期吗?"

"我没问题,"约瑟法说,"可孩子早上太困了。如果我催促他,他就会哭。另外,我也不是最后一个到的。"

"其他人的孩子也困,但是父母也不会每天都迟到。在你这种情况下,确实应该小心一点。"

约瑟法摆摆手。"别再提你们那可恶的准时了。你们也不问问,我一个人带孩子,又没有丈夫,怎么能做得到?如果我整个星期都要出差,周末或晚上还要写东西,我又该怎么办?快别用这些废话来烦我了。"

君特耸耸肩,接着看他的报纸,并用直尺和红笔把某个段落一行行都画上红线。

"一起去喝杯咖啡吗?"约瑟法问。

君特看看表,这次看的是他的手表。他从公文包里拿出一包抹好的面包片,无言地站了起来。

"你昨天看了吗?"君特一边用勺子尖舀着酸乳酪甜点,一边问道。

"看了什么?"

"还有什么——《弗兰肯斯坦》①。"

"糟糕,我忘了。好看吗?"

"太恐怖了。我妈妈正好来看我,她吓得都不敢回家了。"

如果拉索夫说起女人,那说的总是他妈妈。他四十出头,生活中还没有女人是不大可能的。但是只要提到与此相关的问题,他都会温和地微笑着,并避免任何明确的回答。

"星期六,我一直在地窖里待到晚上。"他说,"我需要一个新的书架,但是没地方买。"

"我睡了一觉。"

君特叹了口气。"我也想睡一觉。"

"那就睡呗。"

"我白天睡不着,我白天从来都睡不着,即使在医院里也是这样。愚蠢的习惯,或者是教养。我妈妈总是说,只有废物才白天睡觉。这就印在脑子里,甩不掉了。"

"父母真是可怕的东西。"

"如果你的儿子有一天这么说你,你大概就不会这么想了。"

"谁知道呢。"

君特把剩下的那点酸乳酪甜点从玻璃碗上刮下来,认真地把勺子舔干净,然后把小碗推开一点。"另外——"他边说边用一条手绢擦了擦嘴唇和指尖,"我刚才并不是毫无缘由地说起你的准时问题。"他直勾勾地盯着约瑟法,等待着她提问,然后才宣布重要的事情。

"我已经认识到错误了,"约瑟法不耐烦地说,"但是现在别

---

① 指英国作家玛丽·雪莱创作的同名科幻恐怖小说改编的电影。

说了。天气这么好。"

"不管我说还是不说，都不重要。"拉索夫压低声音说道。他垂下头，朝着桌面的方向说着，这样周围坐着的人就不会从他的嘴唇读出他说的话。"施特鲁策还有很多招数要对付你呢。"

"那又怎么样？"约瑟法生硬地说道。

拉索夫总是倾向于把每件鸡毛蒜皮的小事都吹嘘成国家机密，这让她气恼。尽管如此，她仍然问道："怎么了？又有什么新闻了？"拉索夫沉默地搅着他的咖啡。

"本来我是不应该说的。"他几乎是在耳语，然后又往约瑟法身边靠了靠，"施特鲁策想把你的行为放在党员大会上讨论。支委会已经同意了，但是约瑟法，我求你……一句也别说，也别告诉露易丝。"

一阵恐惧灼热又锋利地击中了约瑟法的胃部，慢慢地传到腿，传到胳膊。她的手马上就会颤抖起来。她看着自己的手，直到不安传到手指。

"但是为什么呢？"她问。

拉索夫不回答。

"为什么要再来一遍？"

"别那么大声。"拉索夫说道。他把手放在约瑟法的胳膊上。"你可别激动，我本来什么都不该告诉你。我的上帝呀，如果你要说出去，我可就捅了马蜂窝了。"

"好了好了。"约瑟法说，没有看拉索夫，他的恐惧让她觉得羞愧，"我什么都不会说。但是为什么我不能知道呢？"

"你会收到一封邀请，书面的。"

就像上回一样，约瑟法想，一切从头再来一次，只是更大。什么紫罗兰水啊，垃圾运输车耍的把戏啊，都是废话，春天不会对施特鲁策造成任何影响。

"你也同意了吗？"她问。

"什么叫'同意'？"拉索夫说，"我不同意，但是要想反对也很难。你的举动特别不聪明，甚至可以说是挑衅。如果施特鲁策想要在党员大会上说这件事的话，那几乎不可能提出反对意见。如果他要把那封信的事再提一遍，那就是另外一种情况。但是现在……"

"那舒茨呢？"

"他一开始反对。唉！"

拉索夫突然不自然地咳嗽了两声。约瑟法看到姚尔手里拿着杯子站在他们的桌子边。"坐下吧，这儿没人。"拉索夫说。他松了一口气，可以甩开这个题目了。

姚尔讲他周末散步。自从住院治疗之后，他就开始在城郊散步，每个星期天都会开车到一个湖边，然后围着湖转。这也是治疗的一部分，他解释说。独自一人，与周围景物的自然联系，还有具体的目标——围着湖转上一圈，感觉到自己的身体在正常运转，这些都让他心生喜悦，会在身上唤起一种全新的自我价值感。姚尔的用词在最近几个星期里也发生了引人注目的变化。他不再感觉"舒服""肯定"或"不肯定"，而是有了或多或少的"自我价值感"。他也不再"生气"或者"悲伤"，而是"心理失衡"了。他不再说他对工作"有兴趣"或者"没兴趣"，而是说他现在"动力十足"。姚尔在说到他的心理或身体时，就像在说某个陌生的东西，这样东西不需要他做什么就存在着，他只是惊讶又仔细地观察着这样东西的变化过程。

姚尔的讲述擦过约瑟法思绪的边缘，穿过它，并且在中间留下空隙，这让约瑟法觉得不快并有些讨厌。但是她又不能确定，姚尔迫使她产生的联想到底是哪种类型。她设想着自己将面临的那些日子，设想着人们会给她好的建议、她的恐惧，以及施特鲁策，一再地、一再地出现施特鲁策。姚尔没有光泽的眼睛看着她。"训练。"他说，"可以像训练肌肉一样训练心理。"姚尔围着湖转圈，什么都不想，只想着湖、树木、森林的味道。这些可以学习，姚尔已经学会了，但愿她知道他的额头从什么时候起有了那条细细的红线。但是她的日子会比姚尔的好过。她不是一个人，她可以对一个人保持自己的本来面目。他常常在散步的时候达到不可思议的、充满创造力的状态，姚尔用他那不再不成形的声音说。她不需要心理医生。她的心脏有一会儿跳得更剧烈、更快了。不，克里斯蒂安会留在她身边，从昨天开始她就知道他会留下来，她不必像姚尔一样无眠独守长夜。

"我也感觉过这种气氛。"拉索夫说，"夏天钓鱼的时候我总是会有最好的想法。我钓鱼的时候从来都带着笔和纸。"

姚尔点点头，他说："尽管我什么也不写。应该让它沉到自己的内心深处，一直沉到深深的无意识之中，这会起到不可思议的稳固作用。"

"你让什么沉下去？"约瑟法问，"你的创造力？"

"那些想法。"姚尔说，"也就是说，把经过思索的意识沉入无意识之中。不要压抑它们，而是把它们完完全全变成自己的。你不需要向自己倾诉你的思想，而是把它们咽下去，也就是说用它们来营养自己。潜意识是一种消化器官，它不断在你和你的思想之间维持着平衡。那些思想，如果你不把它们说出来，它们就不会再以原始形式回到你身上，只会被消化，得到潜意识的加工。"

"能行吗?"

"训练。"姚尔说,"只要通过训练就可以。"

拉索夫说他一定要试试,夏天钓鱼的时候就开始。

"最重要的是,不要把想法说出来,而是用它们来滋养自己。如果你能做到这一点,其他的自然而然就来了。"

约瑟法站起身。"我得打个电话。"姚尔关于心理治疗实验的早餐课程让她感到无聊。有时候,她觉得他疯了。他胖了,可以睡觉了,手不再颤抖了,但是他发了疯。

她一边考虑着应该去哪儿,一边慢慢地、一级一级地走下台阶。在楼梯转角处,她停了下来,把额头靠在冰凉的玻璃幕墙上,然后整个身子也趴了上去。如果玻璃碎了的话,我就会掉下去,她想,却感觉不到恐惧。透过玻璃她闻到了阳光中从街道上飘来的、充满尘土的空气的味道,她听见下面那些微小的人在笑、在说话。我已经好长时间没有飞了,她想。她想凭着一栋高高的建筑顶上的旗子判断一下风向,但旗子松松垮垮地耷拉在旗杆上。一种不安的渴望从约瑟法心中升起。她闭上眼睛,寻找着一幅图像,但眼睑后面却漆黑一片。她深深地吸了一口气,想把那种不安压抑下去。爱,她想,我要爱。不是对克里斯蒂安或者对孩子的那种爱,不是那种可以穷尽的、永远疲惫的爱,而是一种人们可以生活在其中的爱,足够给所有的人。我要爱所有人,所有人也爱我。

当她和玻璃幕墙分开的时候,她有一种感觉,仿佛站在一个笼子里:左右都是厚厚的墙壁,从前边可以看进来,撤退的话只能向后,通过楼梯撤退。她继续往下走着,经过《每周画报》,一级一级地、慢慢地,因为她还不知道自己想去哪儿。千万不要多愁善感,她想道,对所有人的爱,这已经有了,就是博爱。而她想的不是博爱,她想的东西更简单,甚至十分简单:她今天早上出门的时候,一个金发的年轻人开着一辆大怪兽,为她把其他车挡住,还向她招手,她也向他招手。春天到了,她不由自主地想到了紫罗兰水。然后她来到这栋房子里,从拉索夫那儿听说了施特鲁策的计划,后来又听任姚尔长篇大论他自己的事情,她就忘掉了那个年轻人,忘掉了这温暖的一天,还有即将到来的夏天。她并不想忘掉这一切。一切就是这么简单。

就在这一天,她第一次想到要离开这栋抗震的房子,干脆就这么永远离开,走下十七层楼梯。如果她彻底离开,她肯定要走着离开。她想她可以写一封信,在信里礼貌地解释她的决定,同样礼貌地请人把她的文件寄回家里。她还想今天就做这件事,她觉得重大的决定这样做很合适。她边想边顺着楼梯往下走,直到头开始发晕。在四楼,她走进了图书馆,去借一本关于非洲的画册。

女图书管理员很惊讶。她问,最近这段时间所有人都想看关于非洲的书,到底出了什么事。约瑟法坐着电梯回到十七楼,再也没有想自己要离开这座大楼的事情。她把那本书翻了很久,认真地鉴别着光亮的彩色图片上的每一个细节,就好像想让自己相信,在这个世界上还有跟《每周画报》完全无关的东西,和施特鲁策、和她要在其中度过日日月月的混凝土大楼都没有关系。光头的年轻姑娘戴着大耳环,就像图片说明所说的那样连夜里也不摘下来。她们通过照相机好奇地盯着约瑟法的眼睛。一个女人,在她大而下垂的乳房上趴着一个孩子,孩子的肚子鼓鼓的。谁知道这个女人已经生了多少个孩子,有多少个还活着,其他都是怎么死去的。还有一个孩子,脸上全是苍蝇。有一些图片约瑟法看到过,看到过一样或相似的照片。一切都是通过欧洲人的眼睛看到的,用高精度相机拍了下来,为的是展示异国情调;极少有、只在无意间才有熟悉的题材。约瑟法觉得和那些母亲们很亲近,所有母亲都很相似。她们有同样的手,当她们抱孩子的时候,手是安静而松弛的,手指微微叉开,搂着那小小的身体。约瑟法思考着:如果她在一本欧洲画册里,她会是谁?那一无所知的陌生人在观察她的图像时会产生什么样的想法?人们为此会怎样给她——约瑟法和孩子拍照呢?或者约瑟法坐在办公桌边,或者约瑟法坐在办公桌边、孩子坐在她膝头上。这将是最接近真实的,但会传达一种对工业社会的工作条件的错误想象。约瑟法决定照一张自己跟孩子的照片,黑白的,在哑光纸上。她在那些欢笑着的光头姑娘旁边,在目光谦卑的母亲旁边,会表现出什么样的效果呢?是更幸福还是更不幸,是不同还是相似?是一个富有的、可惜得了痨病的亲戚。是国王的小公主,为了躲避日晒,待在阴凉的闺房里,满怀渴望地越过她那修剪精巧的花园望着大街——街上破衣烂衫的穷孩子们在玩捉迷藏游戏。

  看着这些图片,约瑟法不禁产生了羡慕之情。小时候,她对外祖母约瑟法也产生过同样的羡慕,后来才犹犹豫豫地承认这种羡慕。母亲总是给她讲外祖母艰辛的童年,约瑟法却希望自己能跑上一块绿草地,徜徉在许多黄色的小花之间,光着脚,身旁是咀嚼的母牛,还有睡觉的双胞胎。图片上的某些东西激起了她的羡慕或者渴望,同时也指责约瑟法轻率的感情用事,就好像她从来也没有听说过饥荒、蛋白质缺乏、阿米巴虫、婴儿死亡率和瘟疫。尽管如此,在那些姑娘的目光中、挺直的脊背里、赤裸着乳房的样子里,有某些东西揭露着文明人的自以为是,同时也让约瑟法隐隐觉得这些挂着耳环的光头姑娘比她更幸福。下午,她在办公桌上发现了那张淡绿色的纸条。纸条赤裸裸地、正式地向她昭示了拉索夫的"国家机密":"支委会认为有必要在党员大会上讨论你的行为。"

"这可是你自己招惹的。"露易丝说。当约瑟法在白色走廊里遇到鲁迪·戈尔达默时,鲁迪把胳膊搭在她的肩膀上,摇了摇头,叹了口气:"哎呀,哎呀。"约瑟法发现,鲁迪的嘴角和眼角下垂,让他看起来像一个苍白而又忧伤的小丑。"这回你可是把我们给坑了。"他说。

"对不起。"约瑟法说。

"好吧,好吧。"鲁迪说,然后用他的手用力地按了按约瑟法的肩膀,"哎,要来的总会来的。"

然后他把胳膊慢慢地、好像是偶然地从约瑟法身上滑下。"要来的总会来的。"他疲惫地微笑了一下,走进了自己的房间。

这一天,约瑟法第二次产生了干脆走开再也不回来的想法。这条走廊、打字机的啪啪声、门后面电话的零零声、光亮的打蜡地板,还有"小心,刚刚打蜡"的牌子,都让她觉得造作和可笑,像是一个巨大无比同时又光秃秃的电影背景,纸板做成的墙,录音带上传来的声音。应该有什么对不起的呢?她想。她没有什么对不起,可这是她在这部电影里的台词。如果鲁迪看起来像一个忧伤的小丑,那她就应该说:"我很对不起。"他们不知什么时候已经约好了他们在这个剧里的角色,他们必须把这当作最终决定,接受这些角色。

否则,为什么她要说对不起呢?

第十章

现在她不必再说对不起了。鲁迪那悲伤的脸也不再跟她有关。他得另找一个人,那个人应该对不起一切。他们需要一个人扮演这个角色,为了其他人他们也要这么做,为了姚尔,为了拉索夫和舒茨。他们会以这种方式知道,他们没有什么遗憾的,他们不必有什么对不起。但是至少有一次,就在今天,在一个小时之后,约瑟法将会让他们感到这个角色的缺失。今天他们必须放弃那让人安心的感觉,不再觉得自己比她更好、更负责、更理智。今天他们可以把"她应该觉得对不起"这句话向着四面墙壁大喊,直到声嘶力竭,但是落回身上的只能是他们自己的回声,空洞而且没有得到证实。

但是在这一天,以红衣男孩驾驶大怪兽和她垂涎君特·拉索夫的郁金香为开始的这一天,她留下了。接下来的一天又一天,她也来了。她查看、装订过资料,打过电话,开过会。

她不自觉地想起长着公猫脑袋的布罗梅尔,想起他的眼睛眯成一条细缝,在她身上寻找着他所说的怀疑杆菌。"也许您现在已经不属于其中了,只不过您不愿意这么想。"他曾说过。这已经有多久了？有六个星期，或者还不到。那时她觉得，过这么一种狡猾的生活是不可能的，不可能与施特鲁策缔结表面的和平，然后偷偷把她知道得更清楚的事情写到纸上，让人不定什么时候能够读到或者忘掉。但是现在有些时候，她渴望安宁。这样一种生活会给她提供安宁，在这种生活里她最终会把施特鲁策降级成一个无所谓的东西。她将让自己混迹于沉默不语、貌似无脑的人群中，会带着空洞的脸等待报告或讨论的结束，会带着无可指责的高傲微笑把她无可指责的稿子放在施特鲁策的桌子上。只有晚上，她必须在克里斯蒂安那儿肯定自己，肯定自己还是以前的约瑟法。她会听到自己过去曾经说过的话，而且她一定要知道，除了她自己以外还有一个人在听她说话。她必须一晚又一晚地证明自己的本真，才不会忘记自己是谁。

　　由紫罗兰水做成的早晨过去两天之后，当她在办公桌上发现浅绿色的纸条两天之后，她把这些想法告诉了克里斯蒂安。她拥有他，这是她的安全保障，然后是支支吾吾的、费了好大劲才被她的想法挤出来的那句话："做你自己的决定吧，不要考虑我。"

　　她的理智没有准备好去接受这句话的内容。它装死，就像一具遭受了无法忍受的疼痛的身体。

　　"我得向你解释一下。"克里斯蒂安说。

　　"不用。"

　　"请给我五分钟时间。"

　　"不。"她说，这次声音更大了一些。

　　他把椅子推到她的面前，坐下来，前臂支在大腿上，双手放在两膝间叠放着。他这么坐着，好像决定好了，要带着这种有罪的同时是宽容的眼神对峙下去，直到约瑟法改变主意。

　　"我觉得这件事让我感觉不好。"他轻声说，"我觉得很难受，很糟糕。"

"真没有必要。"

她的声音像是耳语,克里斯蒂安没听清楚。

"你说什么?"他说。

"这没有必要。"她说。

"你别往心里去。"他小心翼翼地说,如履薄冰,一毫米一毫米地向前挪以求及时察觉脚下的冰什么时候会破裂,"人会想要什么东西,不顾一切地想要,并一再想象这种东西,直到十分肯定自己想要的就是这种东西。但是得到后,那个确实地、强烈地想要的东西却是不一样的。这种事会发生。"

"不会。"

"事情就是如此。"

"那是你的看法。那你根本就没有确实地、强烈地想要过。你只是想要,就是想,因为你没有得到过。十五年来一直如此。事情就是这样,连你自己都不相信。"

"你过去不是这样的。"

"那是你的感觉,因为你没有感同身受。"

"不是,你过去不是这样的。你过去更自立、更坚强。曾经如此,因此我喜欢过你。"

"那你就搞错了。"

"或者你开始爱上我了,因为你自己一个人对付不了了。约瑟法,十五年了,你都没有想过要爱我,为什么现在你有了这种想法?你想要撤退。当你脚下的地面摇动的时候,你想至少有一只脚踩在坚实的陆地上。我明白这一点,我也希望这样。但我不能接受你不再是你自己。那些药片、那些指责、你没完没了的等待,还有恐惧。

你最后一次大笑到底是什么时候?"

"难道有什么我应该大笑的吗?"她说。她心不在焉,无力地尝试反抗,毫无意义,并不是认真的。几个星期以来,有一些东西已经悄悄地、不可避免地向她袭来,她没有往那儿看,但她已经感觉到有什么东西在悄悄地运动,但是她却装聋作哑,装作感觉不到。

"那现在呢?"她问。

他把眼镜摘下来。没错,她想,又是这样。"我不知道。"他说。其实知道,她听见。"有些东西必须改变。"他说,努力用柔和的语气。还有什么意义呢? "好了。"她边说边盯着桌布上一小块棕色的咖啡渍。"那就这样吧。"她说。

"我还什么都没有说呢。"他说。

"请别说了。"

他沉默着。

她想跳起来,紧紧抓住他,大喊、吼叫、请求、不要走、别这么做、我不能、请、留下来、抚摸头发、抓紧、耳朵、脖子、抓得紧紧地,留下来,请你留下来。

"你走吧。"她说,"现在就走。"她盯着那一小块棕色的污渍。

"相信我,我做这个决定不容易。"他说。

"滚吧。"她说。

他站起来,哆哆嗦嗦地把眼镜戴上,没有看约瑟法一眼。在门口,她靠到了他的身上。"不,请等一等,只一会儿。"她哭了,他抚摸着她的头。"放开我!"她大喊道。然后他们陷入沉默,两个小时之久。

他走的时候,她没有送他到门口。"我给你打电话。"他边说边把夹克扣上。她望着他的背影,不相信地听到他把门轻轻地关上。

然后，她坐在她的单人沙发里等待着绝望的出现，现在她一个人了，而且开始明白她是一个人了，绝望一定会出现。但是她内心一片空白，漠然，毫无痛苦。她用陌生的眼光观察着墙上的照片、椭圆的镜子、被香烟的烟雾熏黑的天花板；孩子睡在她的身边，在所有这些东西中间，还是她，就像以前一样，像一年以前，或者两年以前一样。但是有一些东西结束了，而对此的绝望却没有出现。它会出现的，她想。如果我站起来动几下，如果我醒过来，就会开始了。但她静静地坐着。千万别让头脑混乱，不要打破那僵硬的秩序，她的思绪正在这种秩序中运动。

我必须做些什么，她想，应该发怒并且大喊。如果她大发雷霆的话，也许会有帮助。对背叛大发雷霆。但谁是背叛者呢？是克里斯蒂安？是她自己？两者都是？两者都不是？

当外祖父帕维尔被赶出德国的时候，人们建议作为浸礼会教徒的外祖母约瑟法离婚，和她的孩子们一起留在柏林。外祖母先收拾了自己的衣服，又收拾了外祖父的衣服。她没有跟他移民到美洲，也没有到俄国。她禁止外祖父去漫游，但后来她愿意跟他一起去隔都。人们没有允许她这么做。外祖母没有试着去篡改自己的生平或逃避自己的命运。忠诚、爱情，直到死亡把我们分开。现在这些话被从允许使用的词汇中清除了出去，保护它们不被滥用，也不被使用。按照这一点，约瑟法这一情况里就没有背叛。没有可背叛的东西，也就不会有背叛发生。不，约瑟法的心中没有怒气，既没有针对克里斯蒂安的，也没有针对自己的。只有惊讶，因为必然发生的事情总算发生了。就像按照物理法则一样，她想，我们的反应总是遵循着致命的可预见性。

他是对的，她想，他是对的。

第二天，她请露易丝准她休几天假。

窗前，依然光秃秃的椴树上，花苞在阳光下闪着黏糊糊的光。再等两三个星期，那些浅绿色的叶子就会一股脑钻出它们的硬壳。然后再过两三个星期，它们就会因为路上的灰尘而变得脏兮兮、灰蒙蒙的。春天只有这么长。一只鸫鸟划过天空，它双翅展开向下滑行，然后又向上。它的两只翅膀中间有一些白色的东西。当那只鸟靠近的时候，约瑟法看出来那是一个娃娃。娃娃穿着一件白色的蕾丝连衣裙，它的塑料手指精巧地翘着，一层白色的面纱遮着她的脸。带着新娘飞行，黑色的鸟。浇水壶的喷嘴里传出天空的号角声。最后几个音符和水一起被浇了出来。不要把新娘扔下来，黑色的鸟。你看，她那枝叶稀疏的爱神木花冠，下面的面纱在风中充满渴望地飘荡，僵硬的手指已经开始抚摸自己。把新娘带到新郎那儿去，让他们成亲。她把自己那会开合的睡眼睁开，她的嘴把面纱从脸上吹起来。这样的眼睛和这样的嘴是从哪儿来的？它们是我的。你这只贪婪的臭黑鸟，别把你的黄嘴张开，这个新娘不合你的胃口。她的血管里有毒药，胸中有火炭。把她带到她的新郎那里，让他死于她的毒药，在她的烈火中烧成灰。快点飞，黑色的尸鸟，和风比赛。注意，她的腿动了，胳膊马上也动了。咔咔作响的是她人造的头发下面人造的头。她活动着头。等她活过来你就输了。她把她的面纱从头上摘下来，把它举在风里，风把面纱从她的手里抢走。现在她要下来了。快点飞啊，鸟。她跳了。不要用嘴去啄她，否则她会掉下来。她张开那僵硬的胳膊，好像要游泳。她迎着风飞了起来。把她弄回来。她想高高地飞到冰冷的空中，在那里她血管里的毒药会结冰，她胸中的怒火会熄灭。

那只鸟绕着窗前的椴树飞翔,然后落到靠外的一根枝条上,梳理着自己的羽毛。在它的背上,两只翅膀之间明显有一块白色的斑点。约瑟法还从来没见过背上有白斑的鸫鸟。也许它飞过一个工地,学徒们朝它扔了一个油漆刷子。闹钟叉着腿站在地板上,嘀嗒嘀嗒地走着。半个小时之后,闹钟就会响起。半个小时之后,施特鲁策会打开大会议室的门,让等待的人进去。现在她还可以起床,穿衣服,坐出租车的话还能赶到。约瑟法抓起电话,急忙地拨号。"——请转格雷尔曼先生。"

"格雷尔曼同事去吃饭了,半个小时以后也许能回来。"

约瑟法又拨了一个号码。

"露易丝吗?我是约瑟法。"

"我给你打回去。"露易丝说。

显然施特鲁策或鲁迪·戈尔达默——如果鲁迪没有牙疼的话——正好在她那儿。可以预见,鲁迪今天牙疼。

约瑟法把一条腿伸到被子外边,耷拉在床沿,那条腿站在了地毯上。然后约瑟法把胳膊也伸出床沿,胳膊无聊地在地板上方摆来摆去。十分钟后我起床,她想,再过十分钟连打出租车也没有用了。她跑进厨房,把水坐上,又跑回床上,想着她应该喝茶还是喝咖啡。她决定喝茶。

当她终于想起床的时候,露易丝打电话了。她问出了什么事吗,还是约瑟法重新考虑了一下。

"没事儿,"约瑟法说,"就按原计划。告诉他们我不来了,我再也不来了。"

椴树上的鸫鸟还在梳理着它的羽毛。在约瑟法看来,翅膀中间的那个白色斑点变小了。

第十一章

《每周画报》的同志们达成共识，应该审查一下纳德勒同志是否还有资格继续留在党内，这是一个用理念和纪律把他们团结在一起的党。就在同一天，最高委员会在下午的一场咨询会上决定：考虑到 B 城公民的健康状况，忽略短期的国民经济收益，关停 B 城的老发电厂。